Das Nussstrudelkomplott

Beate Ferchländer wurde 1961 in Scheibbs, Niederösterreich, geboren. Beruflich verschlug es sie als Lehrerin ins Weinviertel. Sie lebt mit ihrem Mann in Poysdorf, wo sie am Wochenende auch gerne ihre beiden erwachsenen Kinder bekocht. »Das Nussstrudelkomplott« ist ihr erster Kriminalroman.

BEATE FERCHLÄNDER

Das Nussstrudelkomplott

KRIMINALROMAN

emons:

Bibliografische Information der Deutschen Nationalbibliothek
Die Deutsche Nationalbibliothek verzeichnet diese Publikation in der Deutschen Nationalbibliografie; detaillierte bibliografische Daten sind im Internet über http://dnb.d-nb.de abrufbar.

MIX
Papier aus verantwortungsvollen Quellen
FSC® C083411
FSC
www.fsc.org

Umschlagmotiv: Montage, shutterstock.com/penphoto, shutterstock.com/rangizzz
Umschlaggestaltung: Tobias Doetsch
Gestaltung Innenteil: César Satz & Grafik GmbH, Köln
Lektorat: Uta Rupprecht
Druck und Bindung: CPI – Clausen & Bosse, Leck
Printed in Germany 2016
ISBN 978-3-95451-802-9
Originalausgabe

Dieser Roman wurde vermittelt durch die Verlagsagentur Lianne Kolf, München.

Ich möchte dieses Buch meiner Mutter widmen:
Mama, danke, dass du nie so warst wie Helenes Mutter!

Mordgelüste

Der Gedanke, meinen Mann zu töten, überkam mich, als mir die Mordwaffe quasi serviert wurde, und zwar in Form eines Nussstrudels und einer Tageszeitung.

Ich wartete, wie jeden Dienstag, im Café Bräunerhof auf Alma und bestellte mir, wie immer, eine Melange und einen Apfelstrudel. Draco quengelte unterm Tisch. Ich muss darauf bestehen, dass er da unten liegt, damit er möglichst unbemerkt bleibt. Die Leute fürchten sich vor ihm – schließlich ist er ein amerikanischer Pitbull. Sie wissen ja nicht, dass dieses Exemplar kein Kampfhund und zudem über die Maßen dämlich ist. Aber damit nicht genug, er ist auch noch grottenhässlich! Da putzt man sich extra raus für die Großstadt, und so ein bulliger Hund macht einem den eleganten Auftritt mit einem Schlag zunichte. Also unter den Tisch mit ihm!

Draco hasst das Kaffeehaus, weil er dort einen Maulkorb tragen muss. Ich finde Maulkörbe phantastisch, ich hätte auch kein Problem damit, Draco eine Zwangsjacke anzulegen, wenn es sie für Hunde gäbe.

»Tut mir leid, gnädige Frau, Apfelstrudel ist aus«, bedauerte der Ober.

»Um diese Zeit? Es ist elf Uhr!« Ich hob irritiert die Augenbrauen.

»Ein Bus Japaner zum Frühstück«, seufzte er. Seine leicht gebeugte Körperhaltung strahlte diese Mischung aus Resignation und Unterwürfigkeit aus, die dem Wiener Kaffeehaus-Ober so eigen ist.

Er brauchte gar nichts weiter zu sagen. Wahrscheinlich stand im Reiseführer, dass Mozart mit Vorliebe Apfelstrudel gegessen hat – oder vielleicht auch Kaiserin Sisi.

Ich sah die Gruppe direkt vor mir, wie sie alle ihren Kaffee und den »Apfelstrudel mit Schlag« fotografierten, um anschließend lustlos darin herumzurühren und -zustochern. Kein Japaner trinkt freiwillig Kaffee, wenn es auch Tee gibt, und welcher Asiat isst schon Obers? Und deshalb musste ich auf meinen Apfelstrudel verzichten? Sollen sie doch Kirschblütensushi essen, verdammt, das ist wenigstens hundertprozentig laktosefrei!

»Ganz frischen Nussstrudel hätte ich da, gnä' Frau«, unterbrach der Ober meine politisch unkorrekten Gedanken, »wie von der Großmutter!«

»Um Himmels willen!«, rief ich. »Wollen Sie mich vergiften?« Meine Großmutter ist wahrscheinlich die schlechteste Köchin in ganz Mitteleuropa gewesen, ausgenommen vielleicht England. Mit ihren Kartoffelknödeln hätte man in Wimbledon Furore gemacht; und hätte man die Reichsbrücke auf ihrem Strudelteig erbaut, dann wäre sie garantiert niemals eingestürzt!

Der Ober kannte mich zwar schon länger, aber über meine Großmutter und deren Kochkünste wusste er natürlich nicht Bescheid. »Meine Großmutter hätte man besser nie an den Herd gelassen«, erklärte ich deshalb schnell, damit er nicht beleidigt abzog und mich völlig strudellos sitzen ließ.

»Tatsächlich?«, erwiderte er leicht indigniert. »Aber ich sprach natürlich von *meiner* Großmutter!«

»Na dann«, rief ich erleichtert, »bringen Sie mir eben Nuss!«

Während ich auf meinen Kaffee und den Nussstrudel wartete, blätterte ich »Die Krone« durch.

Da blieb mein Blick an einem Artikel hängen.

15-jähriges Mädchen zu Tode geküsst – Erdnuss-Allergie
Ein Mädchen aus Kanada ist am Montag gestorben, nachdem sie am Sonntag von ihrem Freund innig geküsst worden war. Der Grund: Das Mädchen war gegen Erdnüsse allergisch, der Bursche hatte zuvor einige Erdnussbutter-Sandwiches gegessen …

Ich wusste nur zu gut, wie gefährlich so eine Allergie sein konnte. Hermann musste ständig ein Notfallpaket mit sich führen. Neben einer Adrenalinspritze, einem Antihistamin und Cortison hatte er stets sein Asthmaspray dabei. Er war gegen alles Mögliche allergisch, gegen Bienen- und Wespengift, gegen Sellerie und vor allem gegen Nüsse aller Art. Bei seinem ersten Anfall in einem Restaurant in Argentinien hatte er von Glück reden können, dass ein Spital in der Nähe gewesen war. Innerhalb einer halben Stunde müsse man einem Anaphylaxie-Patienten Adrenalin spritzen, andernfalls führe der Schock zum sicheren Tod, hatte der behandelnde Arzt erklärt.

»Eine Melange und ein Nussstrudel!« Beinahe lautlos stellte der Ober mir das Tablett auf den Tisch. Gerecht fand ich es nach wie vor nicht, dass ich auf Apfel verzichten musste, aber ich wollte dem gepriesenen Strudel eine Chance geben. Dafür, dass es kein Apfelstrudel war, schmeckte er einigermaßen passabel.

Wenn ich Hermann jetzt heftig küssen würde und ihn nicht an sein Notfallpaket heranließe, würde er wohl binnen einer halben Stunde ex gehen, dachte ich bei mir, und schon schmeckte der Strudel viel besser.

Als könnte Draco meine bösen Gedanken lesen, begann er zu knurren.

»Beruhige dich, ich werde deinem Herrchen nichts tun«, flüsterte ich, »abgesehen davon küsst er mich sowieso schon länger nicht mehr.«

»Wer küsst dich schon länger nicht mehr?« Alma zog sich einen Stuhl heran und ließ sich schwungvoll nieder. Der Ober nahm ihr ohne zu zögern den bunten Poncho ab und hängte ihn an den Kleiderständer. »Darf's etwas zum kurzen Schwarzen sein?«

»Der Nussstrudel ist hervorragend«, empfahl ich in der Hoffnung, Almas Frage nicht beantworten zu müssen. Ich hätte wissen können, dass der Ablenkungsversuch vergeblich sein würde. Kaum dass der Ober sich entfernt hatte, bohrte Alma auch schon nach. »Also, seit wann küsst dich Hermann nicht mehr?«

Sie steckte sich eine E-Zigarette an und zog elegant daran, ihr roter Lippenstift hinterließ einen dünnen Ring auf dem Spitz. Dabei sah sie aus wie Marlene Dietrich, außer dass ihre Haare knallrot waren.

»Ich glaub, er hat wieder eine!«, stieß ich hervor, und Alma verstand sofort, dass ich eine Geliebte meinte.

»Und woraus schließt du das? Nur, weil er dich nicht küsst?«

»›Nur‹ ist gut«, wehrte ich mich. »Aber bitte, wenn du es wissen willst, er riecht nach einem teuren Frauenparfüm!«

»Und das ist alles? Ich rieche auch nach einem teuren Parfüm.« Alma lachte und hielt mir ihr Handgelenk unter die Nase.

»Ja, das könnte es sein«, bestätigte ich.

»Na, siehst du. Vielleicht hat seine Sekretärin ein neues?«

»Du hast wohl vergessen, dass er jetzt einen Sekretär hat«, erinnerte ich sie vorwurfsvoll. Mir wurde das Gespräch langsam unangenehm. Erstens sprach Alma so laut, dass das halbe Kaffeehaus mithören konnte, und zweitens war die Erinnerung an Hermanns letzte Sekretärin alles andere als erfreulich. Was nützte mir die Tatsache, dass sie durch einen männlichen, extrem verpickelten Sekretär ersetzt worden war? Offenbar trieb sich in seiner Nähe schon wieder so ein Flittchen herum, das eine Vorliebe für teure Parfüms und wohlsituierte Herren im mittleren Alter hatte.

»Entschuldige, Schätzchen, ich wollte nicht in alten Wunden bohren.« Alma legte mir beschwichtigend die Hand auf den Arm. »Ich wollte nur sagen, dass es auch andere Gründe geben kann, warum er dich nicht küsst.«

Wenn ich mir über eine Sache im Klaren war, dann, dass ich nicht wissen wollte, warum mein Mann mich nicht mehr begehrte. Dass er mich betrog, war schlimm genug, aber wenigstens hatte ich eine verlässliche Begründung zur Hand: Der Mann ist eben ein chauvinistisches Arschloch!

»Ach, lassen wir das, erzähl mir lieber, von wem du dieses absolut phantastische Geschmeide hast!«

Es war mir natürlich trotz der peinlichen Fragerei nicht entgangen, dass an Almas Zigarettenhand ein neuer Ring prangte.

»Ein echter Versace!« Alma senkte ihre Stimme und blickte verzückt auf ihre jüngste Errungenschaft. Er war wirklich eine Augenweide, dieser Ring. Eine zarte Perle, umschmeichelt von einem mäandrierenden Geflecht aus Weißgold und kleinen Brillanten. »Es gibt dazu natürlich auch eine *ab-so-lut* wahnsinnige Halskette und passende Ohrgehänge. Fürs Kaffeehaus leicht übertrieben!«, erklärte sie kichernd.

»Er hat also Geld und Geschmack«, stellte ich fest. »Hat er auch etwas Negatives?«

»Definitiv«, antwortete Alma, »eine Ehefrau.«

»Schon wieder?« Ich konnte Alma nicht verstehen. Vor wenigen Monaten war sie noch am Boden zerstört gewesen, als sie erkennen musste, dass ihr verheirateter Geliebter von einer Scheidung nichts wissen wollte.

»Ach komm, schau mich nicht so vorwurfsvoll an!« Alma zeigte ihr unwiderstehliches Lächeln. »Du solltest dir auch einen Geliebten zulegen. Vielleicht küsst Hermann dich dann wieder?«

»Wenn ich einen Geliebten hätte, dann bräuchte ich zum Küssen Hermann doch nicht mehr!«, wandte ich ein.

»Na, umso besser!« konterte Alma. »Trinken wir ein Gläschen darauf!«

Der Ober brachte uns zwei Gläser Schlumberger Gold Dry, und wir stießen auf unsere Geliebten an, auf Almas Schmuck- und Samenspender und meinen fiktiven Toy Boy. Dass er jünger sein sollte als ich alte Mittdreißiger-Schachtel, darüber waren wir uns einig, einen beträchtlich Älteren hatte ich schließlich schon.

Leider beendete Draco abrupt unsere Feierstimmung, indem er ungestüm an seiner Leine zog und heftig mit dem Schwanz gegen mein Bein schlug. Gassi! Allein dieses Wort hasse ich!

»Ich muss sowieso in die Galerie, du weißt, die Vernissage ist nächste Woche«, seufzte Alma und raffte ihre Sachen zusammen. »Apropos, hättest du nicht Lust, vorbeizuschauen? Bring Hermann mit, er mag doch Kunst. Vielleicht solltet ihr einfach mehr miteinander unternehmen?«

Ich war mir sicher, dass Hermann nichts mit mir »unternehmen« wollte, versprach aber, zumindest zu versuchen, ihm einen Besuch schmackhaft zu machen.

Alma rauschte also aus dem Kaffeehaus, viele Blicke folgten ihrer beeindruckenden Erscheinung, während ich mich mit Draco abplagte. Nur mit Mühe konnte ich das kräftige Tier unterm Tisch hervorziehen. Aus seiner schwarz-weißen Hundevisage glotzten mich rot unterlaufene Augen an, und von seinen Lefzen tropfte der Sabber, als wollte er mich verhöhnen. Der Gedanke daran, dass Hermann ihn mir als Kind-Ersatz ins Haus gebracht hatte, wo er doch genau wusste, dass ich Hunde nicht ausstehen konnte, brachte mein Blut schon wieder in Wallung. Hermann hätte sich seinen Nusskuss redlich verdient!

Pfui, Helene, sagte eine strenge Stimme in mir, die ganz nach meiner Mutter klang, schlag dir das aus dem Kopf! Ich trank meinen Kaffee aus – er war inzwischen kalt geworden – und pickte die letzten Krümel der Nussfülle auf. Der Ober freute sich über mein großzügiges Trinkgeld. »Für Ihre Großmutter!«, sagte ich. »Für den hervorragenden Nusskuchen.«

»Strudel«, korrigierte der Ober, »Nussstrudel«, aber er nickte mir wohlwollend zu. Mit einem tiefen Seufzer nahm ich die Leine des missratenen Köters und ließ mich von ihm zum Ausgang ziehen. Draco war schon halb aus der Tür, als mir die hübsch angeordneten Säckchen mit Studentenfutter ins Auge stachen. »Nüsse!«, durchfuhr es mich erneut.

Wie aus einem inneren Zwang heraus kaufte ich zwei Tütchen zu einem horrenden Preis. Eines öffnete ich sofort, die Nuss-Rosinen-Mischung roch phantastisch, das andere steckte ich in meine Tasche. Ich bot sogar Draco eine Nuss an, die er anstandslos verdrückte.

Der Hund war im Gegensatz zu seinem Herrchen also ganz offensichtlich nicht gegen Nüsse allergisch, aber dafür umso mehr gegen Katzen!

Ich wollte zunächst eine Abkürzung nehmen, weil Draco gar so drängelte, man wusste ja nie bei dem Tier. Wenn er einen Touristen anpinkelte, würde das zwar vermutlich keine größeren Auswirkungen auf den Wiener Fremdenverkehr haben, aber mir wäre es peinlich. Und vor dem »Sacki fürs Gacki« grauste mir sowieso. So etwas konnte nur ein Mann erfunden haben, der noch nie seine Finger in die Scheiße hatte stecken müssen.

Ich für meinen Teil hatte Draco schon öfter diskret hinter einem Busch im Volksgarten seine Sache erledigen lassen. Dorthin dürfen zwar offiziell weder Hund noch Fußgänger, aber wer hält sich schon an solche Verbote, wenn keiner kontrolliert?

Ich stand also wie zufällig nahe am Busch, während Draco sein Ding verscharrte, als plötzlich ein Aufseher der Wiener Gärten auf mich zukam. Dezent ließ ich die Leine los und legte sie ins Gras – wer wusste denn schon, dass der Hund mir gehörte? Dann bückte ich mich und gab vor, mir ein Steinchen aus dem Schuh zu holen. Plötzlich hatte ich die Leine um die Ohren. Draco sprang mit einem mächtigen Satz über den Rosenbusch, zischte ab in die Hecke und auf der anderen Seite wieder hinaus, ihm voran ein armes Katzentier.

»Draco!«, rief ich, völlig vergessend, dass der Hund ja nicht zu mir gehörte.

Ein verheerender Fehler. Denn nun hatte nicht nur die Katze einen Pitbull Terrier am Hals, sondern auch ich einen Parkwächter! In beiden Fällen war Flucht der einzige Ausweg.

Gut möglich, dass wir einen ungewöhnlichen Anblick boten: erst Katze, dann Hund, dann Blondine in hochhackigen Schuhen, gefolgt von einem Uniformierten. Auf jeden Fall schien die Sache für einige Passanten interessant genug, um stehen zu bleiben und das Schauspiel zu verfolgen. Vielleicht wetteten einige sogar, wie das Rennen ausgehen würde?

Ohne zu wissen, wie es um die Kondition meines Verfolgers stand, hätte ich nicht viel auf mich gesetzt. Ehrlich gesagt, Sport ist für mich bestenfalls ein Fernsehprogramm!

Die Fitteste im Rennen war jedenfalls die Katze, sie hatte vermutlich auch die größte Motivation (da sieht man wieder, was das ausmachen kann!). Und sie war nicht nur schneller als Draco, sondern auch definitiv cleverer. Kurzum: Sie rettete sich auf einen Baum. Draco gab sich augenblicklich geschlagen. Einen Moment lang war ich erleichtert, bis ich erkannte, dass er sich kurz entschlossen ein anderes Opfer gesucht hatte, einen jungen Mann auf einer Parkbank, der völlig versunken einen Reiseführer studierte. Die Bank fiel um, das Büchlein landete im Busch und Draco auf dem jungen Mann. Nicht auszudenken, wenn Draco ohne Beißkorb gewesen wäre, dann hätte es schlecht gestanden um den Herrn. Allein das Bild – »Pitbull bedroht jungen Menschen!« – genügte, um dem Publikum einige hysterische Schreie zu entlocken, aber ich wusste gottlob, dass dieser blöde Hund ohnehin nichts auf die Reihe brachte. Er wedelte zudem eifrig mit seinem Schwanz, was bedeutete, dass er das Ganze als amüsanten Zeitvertreib betrachtete.

Ich ersparte mir das obligate »Er tut eh nichts!« und zog ihn von seinem Opfer weg.

»*¡Mierda!*«, fluchte der junge Mann und rappelte sich hoch.

Gerade als er mir die Leviten lesen wollte – in welcher Sprache auch immer –, hatte mich der Ordnungshüter eingeholt. »Das wird Sie teuer zu stehen kommen!«, sagte er noch etwas außer Atem und zog ein schwarzes Büchlein aus seiner Tasche. »Übertretung der Parkordnung in mehreren Punkten«, begann er seine Belehrung, »Verstoß gegen Paragraf 3, ›Schutz der Grün- und Pflanzungsflächen, Betretungs- und Fahrverbote‹, sowie gegen Paragraf 7, ›Hunde und andere Tiere dürfen nicht in den Park mitgenommen werden‹. Und wenn der Herr verletzt ist, müssen Sie auch noch mit einer Anzeige laut Paragraf ...«

Er wandte sich dem jungen Mann zu, der sich gerade Spuren von Erde von seiner Hose klopfte. »Darf ich Ihre Personalien aufnehmen für die Anzeige, mein Herr?«

»Wieso Anzeige, bitte?« Der junge Mann unterbrach seine Hosenreinigung und blickte den Uniformierten entgeistert an.

Was für Augen! Tiefstes Blau bei dunklem Teint – sehr selten, aber vielleicht gerade deshalb so außergewöhnlich attraktiv?

»Ist nichts passiert!«, sagte er schlicht, hob seinen Reiseführer auf und hastete davon, ohne mich eines weiteren Blickes zu würdigen.

»Na, da haben Sie aber Glück gehabt!« Man konnte dem Parkwächter ansehen, dass er mir dieses Glück nicht gönnte. »Das macht dann zweihundertfünfzig Euro geradeaus. Und Sie wissen natürlich, dass Sie für so einen Hund einen Führerschein brauchen?«

»Ja, natürlich«, stammelte ich. »Mein Mann ist der rechtmäßige Besitzer, alles ganz legal und amtlich, bitte schön!«

Ich bezahlte zähneknirschend, bevor mir dieser Amtsmensch noch weitere unangenehme Fragen stellte. »Und vergessen Sie nicht, das Gacki noch wegzuräumen!«, setzte er höhnisch hinzu.

Räum dir dein verdammtes Gacki doch selbst weg, dachte ich und sagte laut: »Natürlich, selbstverständlich«, unterstützt von einem gekonnten Augenaufschlag. Umständlich legte ich Draco wieder an die Leine und machte mich dann auf den Weg in Richtung des angeschissenen Rosenbusches. Entweder war mein Augenaufschlag tatsächlich sehr überzeugend gewesen, oder der Parkwächter hatte das Interesse an uns beiden verloren, denn er ging gemütlich weiter, ohne sich noch einmal umzusehen. Amtshandlung erledigt, gewissermaßen. Ich bückte mich dennoch pro forma, stellte fest, dass Dracos Würstchen noch vorhanden waren, und beschloss, diesen Umstand so zu belassen. Man sollte der Natur ihre Chance geben!

Wo der Hund begraben liegt

Die Rückfahrt im Auto von Wien nach Baden war erstaunlich unanstrengend verlaufen. Normalerweise bellt und winselt Draco in einem durch, was schrecklich nervt.

Anscheinend hatte ihn die heutige Jagd so ermüdet, dass ihm die Autofahrt egal war. Ich bin ja, was diesen Hund betrifft, grundsätzlich dankbar für jede Erkenntnis, diese allerdings würde mir nicht viel weiterhelfen. Ich konnte doch nicht jedes Mal, wenn eine gemeinsame Autofahrt bevorstand, eine Jagd für ihn veranstalten.

Tereza begrüßte mich in ihrem üblichen Outfit: graue Trevirahose, weiße Bluse und geblümte Schürze.

Sie nahm mir Draco ab, bevor er noch seine schmutzigen Spuren im ganzen Haus verteilen konnte.

»Der sieht aber fertig aus. Was Sie haben gemacht mit Hund, Frau Helene?«

»Ich? Gar nichts!«, antwortete ich wahrheitsgemäß und erzählte ihr von Dracos Jagd auf die Katze, unterschlug aber so unwichtige Details wie den jungen Mann oder den Parkwächter. Schon seit Wochen lag mir Tereza in den Ohren, ich solle Draco auf einer Hundeschule anmelden. »Der Hund nicht gehorcht. Er wird uns alle treiben in den Wahnsinn, Frau Helene!«, nörgelte sie. Fast so beständig wie meine Mutter. Ich wollte aber partout nicht in so eine dämliche Schule mit ihm. Ich hatte den Hund nicht gewollt, sollte sich doch Hermann um seine Erziehung kümmern!

Tereza kann manchmal Gedanken lesen. »Der Hund ist wie Waffe, Frau Helene. Eines Tages er beißt wen tot, dann haben wir Salat!«

Konnte man einen Pitbull nicht scharf abrichten lassen? Ich stellte mir vor, wie ich Hermann im Wohnzimmer mit seiner Geliebten überraschte, »Fass, Draco!« rief und er sich über das Pärchen hermachte. So wie im Park über diesen hübschen jungen Mann – nur diesmal ohne Beißkorb!

Igitt! Das viele Blut, womöglich auch noch auf meinem schönen Perserteppich! Nein, da wäre die Nussmethode bei Weitem die sauberere Lösung!

»Ist mein Mann schon zu Hause?«, fragte ich, um von Draco abzulenken.

»Ah, Frau Helene. Das ich hätte fast vergessen. Er hat angerufen vor halbe Stunde. Sie sollen allein zu diese Heurige fahren und bitte pünktlich sein, er kann später erst kommen. Er dann kommt direkt von Wien.«

Dieser verdammte Heurige jeden Monat! Diese schrecklich langweiligen Diplomatengattinnen! Die Herren Diplomaten waren ja meist ganz amüsant und durchwegs höflich zu mir, aber die Frauen! Entweder waren es arrogante Französinnen in Designerkostümen oder aufgebrezelte russische Datscha-Queens, die ihre stiernackigen Männer anhimmelten, oder pausbäckige Hausfrauen in Birkenstocksandalen, die über nichts anderes sprachen als genfreie Vollkornnahrung oder die Schularbeiten ihrer genialen Brut. Und jetzt zwang mich Hermann auch noch zum Small Talk mit diesen Weibern! Er wusste doch, dass ich keine gute Unterhalterin war – zumindest wurde er nicht müde, diese Tatsache zu betonen, wann immer sich ihm die Gelegenheit bot.

»Tereza, ich wünschte, Sie könnten mitkommen«, seufzte ich deprimiert, »ich werde mich wieder schrecklich langweilen.«

»Dann Sie denken eben was Schönes, Zeit geht vorbei im Nu. Ich mich kümmere um Hund«, erbot sie sich, »Sie machen frisch für Diplomaten.«

Nach einer ausgiebigen Dusche durchforstete ich meine Garderobe. Es gibt nichts Schlimmeres als einen prall gefüllten Kleiderschrank – wie soll man da etwas zum Anziehen finden? Der Anlass bedeutete mir persönlich nicht viel, aber ich wollte Hermann keine Chance lassen, mich schon wieder vor Publikum lächerlich zu machen. Das letzte Mal hatte er mich »mein Vampirchen« genannt, weil ich einen Strickpulli mit Fledermausärmeln angehabt hatte.

Meine Wahl fiel schließlich auf einen schmalen puderfarbenen Hosenanzug mit weißen Seitenstreifen. Zufrieden betrachtete ich mich im Spiegel. Nicht zu altmodisch, aber auch nicht zu auffallend. Meine Figur war eigentlich immer noch tipptopp, zumindest im Vergleich zu manchen meiner Schulkolleginnen. Mein naturblondes Haar fiel mir glatt und glänzend über die Schultern, und ich hatte einen sauberen Teint, noch keine Falten. Warum nur brauchte Hermann immer wieder eine andere Frau? War er vielleicht gerade eben mit der Neuen zusammen? Musste ich deswegen seine Diplomatenarbeit übernehmen?

»Hermann Winter, ich hasse dich, ich hasse dich, ich hasse dich!«, rief ich, aber das half mir nicht. Wie hatte es nur so weit kommen können mit uns beiden?

Er war mir sofort aufgefallen. Wie ein Ritter der Tafelrunde stand er da, groß, blond und stattlich. Allerdings war es zunächst nicht sein elegantes Äußeres, sein sichtbar teurer Anzug oder sein imposantes Lachen, was mich in seinen Bann zog, sondern dieses garstige Etwas unter seiner Nase. Ich konnte meinen Blick nicht davon lassen. Bei näherer Betrachtung war eindeutig zu erkennen, dass es sich nicht um ein Bärtchen handelte, aber was es sonst sein konnte, entzog sich meiner Phantasie. Ein Muttermal war es auf keinen Fall, denn das grausige Etwas wölbte sich von der Oberlippe bis zum linken Nasenloch, also war es ein Fremdkörper. Speisereste konnten es wohl auch nicht sein, denn so braun verkrustet, wie dieser Fleck aussah, hätte er ja schon ein paar Tage dort kleben müssen, und das passte nun wirklich nicht zu seiner sonstigen gepflegten Erscheinung. Ein Insekt? Blut? Blödsinn, schalt ich mich. Aber ich wusste, egal was es war – es musste dort weg!

»Er heißt Hermann Winter und ist designierter Kulturattaché für Prag.« Alma drückte mir ein Glas Prosecco in die Hand, sie hatte mich auf diese Vernissage mitgenommen. »Da lernst du wesentlich interessantere Leute kennen als auf der Uni«, hatte sie gesagt.

Wir waren damals beide im siebten Semester. Alma hatte es auf die Kunstakademie geschafft, und ich studierte Kunstgeschichte. Mittlerweile fürchtete ich schon, mein Studium tatsächlich abschließen zu müssen, weil ich noch keinen heiratswilligen Kandidaten gefunden hatte, der mir die Anstrengungen einer Erwerbstätigkeit ersparen würde.

Meine Mutter hatte gemeint, ich sollte Medizin studieren. »Entweder du angelst dir einen Doktor, und wenn nicht, musst du ihn eben selbst machen«, empfahl sie mir. Ein Dasein als Ärzte*gattin* kam mir damals durchaus wünschenswert vor, aber für den Fall, dass keiner anbiss, war mir die Sache zu riskant. Erstens kann ich absolut kein Blut sehen, und zweitens hatte ich meine Mutter schwer im Verdacht, dass sie mir das Studium nur einredete, um im Alter rund um die Uhr medizinisch versorgt zu sein. Das gab den Ausschlag, ein Studium zu wählen, das mich selbst halbwegs interessierte, meine Mutter aber nicht. Ganz ehrlich, eigentlich hätte ich auch gerne Malerei studiert, so wie Alma, aber ich hatte einfach nicht genug Talent dafür.

»Soll ich dich vorstellen?«, fragte sie mit einem Lachen.

»Wieso kommst du darauf, dass ich mich für ihn interessiere?«

»Du starrst ihn schon seit Minuten an. Er dich übrigens auch!«

»Du meine Güte!«, rief ich entsetzt und nahm einen kräftigen Schluck vom Prosecco. Vor lauter Ekel hatte ich vergessen, was sich für eine junge Dame von Welt geziemt.

»Es ist nicht so, wie du denkst«, wollte ich gerade sagen, aber da war es schon zu spät, Hermann Winter schlenderte bereits lässig auf uns zu! Gut, dass meine Mutter mir wenigstens beigebracht hatte, in jeder Situation die Fassung zu bewahren. Kichern und Rotwerden war nur etwas für pubertierende Gören!

»Wollen Sie mich nicht Ihrer hübschen Begleitung vorstellen, Alma?«, sagte er lächelnd.

»Meine Freundin Helene«, sagte Alma, »Helene, Dr. Winter. Diplom*át*.« Sie betonte das »Diplom*át*«, als müsste sie meine Mutter beeindrucken.

»Und Sie malen auch?«, fragte der »Diplom*át*«.

»Ich studiere Kunstgeschichte«, gab ich knapp zurück.

»Ah, Sie sind also eine Expertin der Interpretation!«

Du meine Güte!, dachte ich. Hoffentlich verlangt er jetzt nicht von mir, eine Expertise zu der Ausstellung zu geben. Wären es klassische Bilder gewesen, hätte ich wohl aus meinem erlernten Wissensschatz schöpfen können, aber es handelte sich um eine Themen-Ausstellung über die siebziger Jahre, die neben Bildern auch diverse Objekte zur Schau stellte, und die plastische Kunst war noch nie mein Ding gewesen. »Ach, ich interessiere mich eigentlich eher für Gemälde als für Gegenstandskunst«, erwiderte ich ausweichend, fügte aber schnell hinzu: »Aber ich sehe mir natürlich alles an, bevor ich urteile.« Ich wollte nicht zu provinzlerisch daherkommen.

»Da bin ich ganz bei Ihnen«, sagte er. »Aber als angehender Kulturattaché muss ich mich natürlich auch der modernen Kunst gegenüber aufgeschlossen zeigen.«

»Sie sind in Prag stationiert, habe ich gehört«, sagte ich, um vom Kunstthema abzulenken.

»Ja. Das heißt, ich trete nächsten Monat meinen Posten an. Sie kennen Prag?«

»Ich war als Kind einmal mit meinen Eltern dort. Gleich nach dem Fall des Vorhangs. Ehrlich gesagt war ich damals nicht sehr beeindruckt«, gab ich zu.

»Das kann ich mir vorstellen. Sie müssen doch noch ziemlich jung gewesen sein.«

Ha! Er will wissen, wie alt ich bin, dachte ich. Natürlich verriet ich es ihm nicht, sondern lächelte nur und nippte stattdessen an meinem Prosecco – obwohl das Glas eigentlich schon leer war.

Das hatte Alma bemerkt. Es war offensichtlich, dass sie mich verkuppeln wollte, denn sie erbot sich sofort, neuen Prosecco zu holen. Im Vorbeigehen zwinkerte sie mir verschwörerisch zu und ließ mich mit dem Diplom*áten* allein zurück.

»Sie würden staunen, wie mondän diese Stadt mittlerweile geworden ist«, sagte er.

»Das glaub ich gerne«, erwiderte ich, mehr fiel mir nicht ein. Jetzt, wo Alma weg war, wurde ich nervös.

Er bemerkte es gottlob nicht. Unbeirrt fuhr er fort, von Prag zu schwärmen. Es sei mindestens genauso schön wie Wien, habe auch kulturell so viel zu bieten, bla, bla, bla. Es fiel mir schwer, seinen Worten zu folgen, denn ich musste all meine Konzentration aufwenden, um nicht ständig auf diesen Fleck zu starren. Stattdessen blickte ich ihm wohl etwas zu tief in die blauen Augen, und, was soll ich sagen, den fleckigen Umständen zum Trotz schmeichelte mir, was ich darin las: »Die kleine Maus gefällt mir!«

Rückblickend gesehen war das eine meiner zahlreichen Fehlinterpretationen gewesen. Nicht *ich* gefiel ihm, sondern mein Interesse an ihm. Seine Eitelkeit ließ ihn nicht daran zweifeln, dass meine Faszination seiner interessanten Erscheinung galt. Hätte ich damals etwas genauer hingesehen, wären mir sicherlich – neben dem grausigen Fleck – auch die Geheimratsecken nicht entgangen, die er sorgsam mit zwei Schmalzlocken zu verdecken suchte, oder der Bauchansatz, den sein maßgeschneiderter Anzug gekonnt kaschierte.

Das Rätsel des garstigen Flecks löste er dann übrigens selbst auf. Nachdem der Small-Talk-Stoff langsam etwas dünn geworden war und Alma immer noch auf sich warten ließ, zog er ein hübsches silbernes Döschen aus seiner Jacketttasche, streute sich eine Prise Tabak auf den Handrücken und schnupfte ihn mit einem unsympathischen Schniefgeräusch in seine Nase. Dann nahm er ein riesiges Tuch und schnäuzte sich die Pulverreste endlich aus dem Gesicht. Immerhin war der Fleck jetzt weg, und ich wusste, woher er rührte! Dennoch, ich begann, die blauen Augen gegen ein garstiges Hobby abzuwägen.

Hermann ist nicht dumm, er ist schließlich Diplom*át*. Er erkannte sofort, dass mich das Schnupfen abstieß, und so beeilte er sich, zu erklären, dies sei eine medizinische Maßnahme gegen seinen Heuschnupfen.

»Es wäre doch jammerschade, wenn mir ein gerötetes Auge den Blick auf Ihre Schönheit verschleiern würde, meine Liebe. Oder stellen Sie sich vor, meine Nase würde tropfen wie ein undichter Wasserhahn – und ich garantiere Ihnen, ohne den Schnupftabak stünden die Chancen dafür um diese Jahreszeit gewiss sehr hoch.«

Ich war mir in diesem Moment nicht sicher, ob ich eine tropfende Nase nicht einem Schmalzlerfleck (mittlerweile weiß ich ja, wie das widerliche Zeug heißt) vorziehen würde. Aber immerhin gab es keinen Zweifel daran, dass mir die blauen Augen bei Weitem lieber waren als rot geschwollene Sehschlitze!

Von da an sahen wir uns regelmäßig. Er führte mich in exquisite Lokale, die ich mir nie hätte leisten können. Mein Vater war zwar Anwalt gewesen, aber nachdem er es vorgezogen hatte, zu seiner Sekretärin zu ziehen, war er knausrig geworden. Und da meine Mutter sich weigerte, arbeiten zu gehen, blieb unterm Strich auch für mich nicht sehr viel übrig. Es reichte wohl für ein Studium, aber großer Lebensstil wurde nur in den eigenen vier Wänden vorgetäuscht.

Seinen Antrag machte Hermann mir bei einem Candle-Light-Dinner in einem Nobelrestaurant in Prag. Die Aussicht über die Dächer von Prag, dazu leise Musik und Champagner sollten mich mürbemachen. Plötzlich kniete er vor mir nieder. So genau weiß ich den Wortlaut natürlich nicht mehr, aber in etwa sagte er: »Helene! Ich habe mir diesen Schritt gut überlegt, ich tue niemals etwas Unüberlegtes. Du bist jung und hübsch, du würdest mein Heim verschönern – in jeder Hinsicht. Auch wenn du keine Fremdsprachen sprichst wie ich und wenig weißt über die Kultur vieler Länder, die wir zusammen bereisen werden, so bin ich doch zuversichtlich, dass du lernfähig genug bist, um mir eine gute Gattin zu sein. Dafür werde ich dir die Welt zu Füßen legen. Dein Herz gehört mir, ich fühle es. Du musst einfach Ja sagen!«

Dann steckte er mir diesen protzigen Ring an, der mir viel zu groß und eigentlich auch ziemlich hässlich war, aber er schaute enorm teuer aus.

Ohne meine Antwort abzuwarten, winkte er dem Ober, der mit seinem Wägelchen schon in den Startlöchern stand und eine weitere Flasche Champagner und eine Torte mit Spritzkerzen auffahren ließ. Die Gäste applaudierten, als wir uns küssten, ein Fotograf schoss Bilder von uns und der Torte, ich musste meinen Ring ins Bild halten.

Somit war ich also verlobt. Keiner bemerkte, dass ich eigentlich gar nicht Ja gesagt hatte, und nach der Flasche Champagner hatte auch ich dieses unwichtige Detail beinahe vergessen. Erst als ich meiner Mutter vom Antrag erzählte, fiel es mir wieder ein. »Soll ich ihn darauf ansprechen?«, fragte ich sie naiv.

»Worauf?« Meine Mutter hat mich noch nie verstanden.

»Na, dass er mich überrumpelt und förmlich in diese Verlobung gezwungen hat.«

»Bist du von Sinnen, mein Kind!«, rief sie. Der Schock zeichnete einen schwarzen Ring um ihre Kontaktlinsen. Wie eine totale Sonnenfinsternis warf dieser kalte Blick seinen Schatten auf mich. »Kind, das ist die Chance deines Lebens!«

Hermann bot mir alles, wovon meine Mutter geträumt hatte, es war absolut verständlich, dass sie mir praktisch unter Androhung der Enterbung verbot, seinen Antrag abzulehnen. »Denk doch auch an deine arme Mutter!«, hatte sie sich bemüht zu schluchzen. »Wer wird denn für mich sorgen, wenn ich alt und gebrechlich bin? Du darfst einfach nicht so egoistisch sein!«

»Ich habe ja eh nicht abgelehnt«, entschuldigte ich mich, »es war nur so ein Gedanke.«

Damit war meine Eheschließung besiegelt.

Hermann hielt, was er versprochen hatte – zunächst. Wir zogen in der Weltgeschichte herum, erst Prag, dann Kopenhagen, zuletzt Buenos Aires. Ich machte in jedem Land brav meinen Sprachkurs, aber die meisten Diplomaten sprachen ohnehin Englisch miteinander, da konnte ich so halbwegs mithalten. Kulturelles Know-how holte ich mir aus Reiseführern oder dem Internet, das genügte völlig. Im Übrigen brauchte ich dieses Wissen ohnehin kaum. Hermanns Kollegen bedachten mich mit wohlwollenden Blicken – was er stolz zur Kenntnis nahm –, sprachen aber kaum mit mir, und mit den Damen unterhielt ich mich vorwiegend über Mode oder bekam Tipps, wo ich einen guten Friseur oder Masseur finden konnte und wo es den besten Kaffee gab. Mehr war da nicht.

Ich genoss dieses Leben, besonders in Argentinien. Dort hatte ich Dienstboten, eine schöne Wohnung und außer einigen beruflichen Dinners, zu denen ich Hermann begleiten musste, keinerlei Verpflichtungen. Meine Mutter rief ich einmal die Woche von der Botschaft aus an, um sie neidisch zu machen, was mir auch immer hervorragend gelang. Zweimal im Jahr besuchten wir sie und blieben ein paar Tage in Wien.

Es lief also alles ganz gut, bis zu diesem denkwürdigen Restaurantbesuch.

Hermann war vom türkischen Botschafter in Buenos Aires in ein exquisites Restaurant eingeladen worden. Ich freute mich sehr darauf. Die Frau des Botschafters war eine angenehme

Person, wir würden Deutsch sprechen, und ich brauchte mein mickriges Spanisch nicht auszupacken und mir danach Hermanns Schelte gefallen zu lassen. »Was tust du eigentlich die ganze Zeit, wenn ich arbeite? Du könntest wirklich ein bisschen Vokabeln pauken!« Aber ganz besonders freute ich mich auf die abwechslungsreiche Kost. Die ewigen Steaks hingen mir schon zum Hals heraus.

Die Gastgeber ließen sich nicht lumpen. Einer üppigen Vorspeisenplatte aus Hummus, gefüllten Weinblättern, Schafkäse und Olivenbrot folgten diverse Spießchen mit gegrillten Gemüsen und Pilaw, dazu gab es ausgezeichneten Rotwein. Als wir bei Arak und Baklava angelangt waren, fing Hermann plötzlich zu hüsteln an. Er drückte vornehm seine Stoffserviette vor den Mund, aber ich konnte sehen, wie sein Kopf immer röter wurde. Als das Husten stärker wurde, stammelte Hermann eine Entschuldigung und lief schnurstracks auf die Toilette. Hätte er Fisch gegessen, hätte ich vermutet, dass er eine Gräte verschluckt hatte, aber Nachspeisen sind normalerweise ungefährlich im Verzehr. Er hatte auch noch kaum etwas von der Platte gegessen. Vielleicht hatte er den Schnaps zu hastig getrunken und sich daran verschluckt, das kommt ja vor.

Zunächst plauderten wir ruhig weiter. Nach einer Weile fragte mich Frau Dönmez, ob mein Mann denn öfter solche Hustenanfälle habe, was ich verneinte. Als Hermann jedoch nach zehn Minuten immer noch nicht aufgetaucht war, erbot sich der Botschafter, nach ihm zu sehen. Und dann ging alles sehr schnell. Herr Dönmez kam aus der Toilette gerannt – nun hatte *er* einen roten Schädel, und er fuchtelte wild mit den Armen. Der Ober hastete zum Telefon und alarmierte die Rettung. »Ist jemand hier im Saal Arzt?«, rief er, und tatsächlich erhob sich eine korpulente Dame und eilte ins Herrenklo, Frau Dönmez und ich hinterher. Natürlich durften wir nicht hinein, allerdings nicht wegen unseres Geschlechts, sondern damit wir Hermanns Rettung nicht im Wege standen.

Er wurde unverzüglich ins nächste Spital gefahren, wo er einige Infusionen bekam. Die Ärzte stellten neben ein paar anderen, eher nur lästigen Unverträglichkeiten eine lebensgefährliche Allergie gegen Nüsse aller Art fest. Die Haselnüsse in der Baklava hatten einen Schock ausgelöst, an dem er beinahe verreckt war.

Okay, so eine Lebensmittelallergie ist nicht so ungewöhnlich, könnte man denken, man lässt halt dieses Lebensmittel weg, und schon passt es wieder. Bei einer Nussallergie gestaltet sich das etwas schwieriger. Man sollte nicht meinen, in wie vielen Produkten »Spuren von Samen und Nüssen« enthalten sind. Und welche Gewürze und Fertigprodukte in den diversen Restaurantküchen verwendet werden, entzieht sich ja dem Wissen eines normalen Bürgers. Kurz: Hermann konnte praktisch nicht mehr auswärts essen, vor Allergien warnende Fußnoten waren damals noch auf keiner Speisekarte zu finden. Diese Einschränkung war für einen Diplomaten natürlich sehr hinderlich. Hermanns Chef meinte sogar, dies könne seine weitere Karriere negativ beeinflussen, und legte ihm nahe, in den Innendienst zu wechseln. Aber Hermann war viel zu ehrgeizig. Er hatte sich schon als Kind das Ziel gesetzt, wie sein Vater ein hoher Diplomat zu werden. Ein noch besserer und einflussreicherer, wenn möglich, und er war nicht gewillt, dieses Ziel jetzt wegen einer »dämlichen Allergie«, wie er sagte, aufzugeben.

Wenn er eingeladen war, gab er vor, unter einer Magenverstimmung zu leiden, und aß trockenes Brot. Im Restaurant ließ er sich Gekochtes oder Gedämpftes bringen, ganz ohne Würze. Wenn er selbst einlud, gaben wir eben Dinnerpartys zu Hause. So der Plan.

Leider hat mir meine Großmutter ihr Anti-Koch-Gen vererbt, ich bin eine miserable Köchin. Und die Mädchen, die wir angestellt hatten, konnten zwar lokale Hausmannskost fabrizieren, aber keine gehobene Cuisine auf unsere Teller zaubern. Hermann war sehr ungehalten über die Situation. Eines Abends war er so erbost über meine mangelnde Kochkunst, dass er mich vor dem gesamten Personal heruntermachte.

Dabei hatte ich mich so bemüht, etwas klassisch Österreichisches zu zaubern.

Ich wollte Tafelspitz kochen wie einst meine Mutter, wenn mein Vater Arbeitskollegen mit nach Hause brachte. Leider hatte ich das Rezept ungenau gelesen und übersehen, dass das Fleisch mindestens drei Stunden bei niedriger Stufe köcheln sollte. Da ich schon etwas knapp dran war, beschloss ich, es einfach bei voller Power weich zu kochen. In der Zwischenzeit fabrizierte ich Grießnockerl, die ich – um Zeit zu sparen – gleich in denselben Topf warf. Wozu erneut warten, bis das Wasser in einem anderen Topf kochte? Den Zeitgewinn wollte ich nutzen, um eine Glasur für meine garantiert nussfreie Sachertorte zu rühren. Die Torte war mir beim Herausnehmen schon etwas flach vorgekommen. Möglich, dass es daran lag, dass ich den Eischnee vergessen hatte. Das Backpulver war drin, da war ich mir sicher, also konnte es wohl nicht so tragisch sein. Das Problem war eher, dass ich die Torte eigentlich noch in der Mitte hätte durchschneiden müssen, um zwei Böden zu haben. Aber wie schneidet man eine zwei Zentimeter hohe Torte, ohne sie zur Gänze zu zerstören?

Kein Problem, dachte ich, nehme ich für die Höhe eben mehr Schokoladenglasur, die war sowieso das Beste an der Torte. Zu Hause hätte ich ja zu Fertigglasur gegriffen, aber im Ausland war so etwas nicht so einfach zu bekommen. Ich musste sie selbst machen, aber was sollte daran so schwierig sein? Statt dreihundert Gramm Staubzucker, zweihundertfünfzig Gramm Kochschokolade und hundertzwanzig Milliliter Wasser nahm ich die dreifache Menge. *Alles im Wasserbad erhitzen*, stand da. Ich kochte also ein Wasserbad aus dreihundertsechzig Millilitern Wasser und warf die übrigen Zutaten hinein. Das Wasser war sehr schnell verdampft, und der Zucker brannte ein wenig an, das würde aber sicher keiner merken, denn ich goss sicherheitshalber noch einen Becher Milch dazu. Dann zog ich den Topf vom Herd und ließ die Glasur etwas auskühlen, sie kam mir nun doch etwas zu flüssig vor.

In der Zwischenzeit warf ich einen Blick auf meine Grießnockerl beziehungsweise auf das, was von ihnen übrig geblieben war. Sie hatten ihre hübsche Form verloren und schwammen jetzt wiedervereint als gelblich-klebrige Masse auf der Suppe. Ich hatte meine liebe Mühe, das Zeug von dort abzuschöpfen. Nun musste ich das Ganze eben umtaufen auf »Klare Brühe mit Grießbrei«.

Dann fischte ich das Fleisch aus der Suppe und wickelte es in Alufolie. Von meiner Mutter wusste ich, dass Fleisch vor dem

Anschneiden immer rasten muss. Ich war stolz auf mich und überzeugt, es würde allen schmecken.

Zugegeben, die Suppe war von der Konsistenz her etwas eigen, sie erinnerte mich an frühe Sandspiel-Zeiten. Außerdem hatte ich das Salz vergessen. Besser, als wenn die Suppe versalzen wäre, dachte ich, nachsalzen kann man schließlich immer. Niemand machte eine Bemerkung zur Suppe, nur Hermann sah mich böse an.

Ich ließ die Suppe abservieren und kümmerte mich ums Fleisch. Es war auf ein Drittel seiner ursprünglichen Größe geschrumpft, ich musste also sehr kleine Stückchen auf die Teller bringen. Rotes Fleisch ist sowieso nicht gesund, sagte ich mir, und setzte das Messer an. Es wollte allerdings nicht durch das Fleisch, wo ich es wollte. Am Ende hatte ich einen Haufen Fasern vor mir, aber kein vernünftiges Stück Fleisch. Ach was, dann war es eben Geschnetzeltes vom Rind. Ich schöpfte also je ein Häufchen Tafelspitzfasern auf die Teller, dazu Potatowedges (die gab es als Fertigprodukt fürs Rohr) und englisches Gemüse, das ich ebenfalls in der Suppe gekocht hatte. Vielleicht hätte ich es nicht gleichzeitig mit dem Fleisch in den Topf geben sollen, man konnte außer bei den Erbsen nicht mehr genau erkennen, um welche Gemüsesorten es sich ursprünglich gehandelt hatte. Aber geschmacklich war die Sache ganz in Ordnung. Bei gekochtem Gemüse ist die Konsistenz ja ohnehin Nebensache.

Ein Gast wollte Ketchup dazu, die anderen taten es ihm nach. Ich fand den Gemüsebrei nicht so schlecht, nachdem ich etwas nachgesalzen hatte, und die Potatowedges waren vielleicht ein wenig kross, aber mit Ketchup durchaus genießbar. Ich konnte Hermanns roten Kopf und seine strafenden Blicke nicht verstehen. Es war doch nicht meine Schuld, dass der Botschafter gleich drei Mal ins Bad musste, um sich ein paar Fleischfasern aus den falschen Zähnen zu stochern! Hätte er sich als Kind eben gründlicher die Zähne geputzt.

Ich war mir sicher, die Sachertorte würde alle wieder fröhlich stimmen. Schokolade ruft schließlich Glückshormone hervor.

Ich entschwand also noch einmal in die Küche, um dem Kuchen seine glücklich machende Glasur zu verpassen, die sicherlich inzwischen ausgekühlt war. War sie auch, allerdings hatte sie eine etwas klumpige Konsistenz angenommen. Kein Problem, dachte ich, die Mikrowelle wird das wieder heil machen. Noch etwas Öl dazu, damit die Creme geschmeidig wird.

Die Klumpen lösten sich wirklich auf, die Glasur ließ sich auch schön über die Torte gießen.

Da es schon spät war, wollte ich sie auch sofort servieren. Klar, dass die Glasur noch nicht fest geworden war, aber beim »Mohren im Hemd« rinnt die Schokolade schließlich auch. War es eben »Sacher-Mohr im Hemd«, den ich noch kurz in der Mikrowelle auf Temperatur brachte.

Die Frau Botschafterin, die gierige Person, kostete von der Schokosoße, noch bevor alle ihre Teller vor sich stehen hatten, und verbrannte sich ordentlich den Mund. Selbst schuld! Was konnte sie auch nicht warten. Das kalte Schlagobers fand jedenfalls reißenden Absatz. Nicht nur, um zu kühlen, wie ich später herausfand, sondern auch, damit die harten Tortenbröckchen leichter hinunterrutschten.

Zugegeben, für eine Kochshow hätte es nicht gereicht, aber so entsetzlich, wie Hermann dann tat, als die Gäste weg waren, war das Essen auch wieder nicht gewesen.

»Das ist ja so was von peinlich, was du da verbrochen hast, Helene. Ich kann das unseren Gästen nicht weiter zumuten!«, schrie er, und sein Gesicht rötete sich wie beim Allergieschock. »Du bist zu nichts zu gebrauchen! Du verplemperst mein hart verdientes Geld beim Friseur oder bei der Maniküre, du blätterst in deinen dämlichen Illustrierten, anstatt dich weiterzubilden, du langweilst meine Gäste, weil du nichts zu sagen hast. Wenn du wenigstens kochen könntest, dann hättest du immerhin ein Gesprächsthema mit den Damen. Aber du schaffst ja nicht einmal die einfachsten Gerichte! Helene, für meine Begriffe bist du eine glatte Fehlinvestition!«

Gott, war mir das peinlich vor diesen einfachen argentinischen Mädels, die ich immer von oben herab behandelt hatte! Ich hoffte inbrünstig, dass sie nicht genug Deutsch verstanden.

»Aber Liebster«, versuchte ich mich zu entschuldigen, »ich kann doch einen Kochkurs machen, wenn du es wünschst, und bis ich besser geworden bin, nehmen wir eben ein Catering. Dann erkläre ich denen halt ganz genau, was du essen darfst und was nicht!«

»Wenn das nur so einfach wäre«, meinte er. »Ich kann es mir einfach nicht leisten, vor meinen Gästen einen Anfall zu bekommen, dann ist meine Karriere dahin.«

Immerhin griffen wir die Idee mit dem Catering auf, und es ging auch eine Weile ganz gut. Meine Ambitionen, doch noch kochen zu lernen, schwanden dahin. Der Alltagstrott stellte sich gerade wieder ein, als Hermann mit der schlechten Nachricht nach Hause kam, dass er nach Wien in den Innendienst versetzt worden sei. Man wolle im Außendienst keine kranken Menschen, sagte er, sie seien im diplomatischen Dienst immer ein Risikofaktor. In Krisenzeiten müsse ein Diplomat eben robust sein.

Wir packten also zähneknirschend unsere Sachen und mieteten uns eine repräsentative Wohnung in der Wiener Innenstadt. Ich persönlich hätte die Situation nicht so schlimm gefunden, immerhin fiel in Wien die Sprachbarriere weg, und ich konnte meine Freundschaft mit Alma wieder aufleben lassen.

Aber Hermanns miese Laune machte auch für mich das Leben nicht gerade einfach. Ständig saß er zu Hause, mäkelte am Fernsehprogramm herum, am Essen, an meiner Kleidung. Er wandte sich wieder seinem widerlichen Schnupftabakhobby zu, vor dem mir so grauste.

Ich glaube, er tat es mir zufleiß. Ständig hatte er so einen grauslichen Fleck unter der Nase kleben.

»Kannst du denn nicht auch im Außenministerium Karriere machen?«, bemühte ich mich, ihn zu mehr Eifer zu motivieren. »Vielleicht wirst du ja Außenminister oder Bundespräsident?«

Hermann lachte bitter. »Es ist aus mit der Karriere, Helene, vergiss es. Ich bin zum einfachen Beamten degradiert worden!«

»Aber ich versteh nicht, wie eine Allergie eine Karriere vernichten kann, das ist doch unfair!« Ich war sauer auf das System.

»Genau. Du verstehst das nicht – wie so vieles!«, antwortete Hermann. Jetzt war ich sauer auf Hermann. Was konnte ich denn dafür?

Noch saurer war ich, als ich erfuhr, warum Hermann in

Wahrheit nach Wien versetzt worden war. Bei einem Bankett in der amerikanischen Botschaft setzte man mich neben den argentinischen Botschaftssekretär, den ich von Buenos Aires her kannte. Er war mir zwar nicht besonders sympathisch, aber immerhin hatten wir genug Gesprächsstoff. So kamen wir auch auf Hermanns Versetzung zu sprechen.

»Ich finde es einfach unfair, dass man Hermann wegen so einer Lappalie gleich zurückgeschickt hat!«, bekundete ich meinen Unmut.

Der Sekretär sah mich erstaunt an. »Sie finden, dass das eine Lappalie war? Sie müssen sehr tolerant sein.«

Ich fühlte mich geschmeichelt. »Er kann ja schließlich nichts dafür. Wahrscheinlich ist es genetisch bedingt.« Das hatte man Hermann im Spital gesagt.

»Wenn Sie es so sehen ... Ich denke, wenn es nur ein Ausrutscher gewesen wäre, hätte man vielleicht ein Auge zugedrückt, aber er ist halt unverbesserlich! Und dann ausgerechnet mit der Frau des Botschafters!« Der Botschaftssekretär schenkte mir einen bedauernden Blick.

Jetzt war es an mir, erstaunt zu blicken. »Was hat das denn mit ...?« Die Erkenntnis traf mich mit voller Wucht. Hermann hatte die Frau Botschafterin gevögelt! Ich schluckte. Was für eine ungewöhnliche Toleranz ich gezeigt hatte, indem ich »es« als Lappalie bezeichnete!

»Was hat das denn mit der Allergie zu tun?«, hatte ich eigentlich fragen wollen, stattdessen sagte ich: »Was hat das denn mit seinen Qualitäten als Diplomat zu tun?«

»Gar nichts, da haben Sie schon recht. Deshalb hat man als Begründung ja auch diese Allergie angeführt. Es gibt nämlich einen Paragrafen, der von einem Diplomaten gute Gesundheit verlangt, aber der kommt gewöhnlich nur in sehr unterentwickelten Staaten zum Tragen. Nach Timbuktu hätte man ihn also nicht mehr geschickt. Es ist halt offiziell als Vorwand verwendet worden.«

Ich fasste zusammen: »Die Allergie war also nur die offizielle Begründung, in Wirklichkeit war es die Frau Botschafterin?«

»Genau. Er hat eben zu hoch gepokert.«

Ich wusste nicht, ob ich den weiteren Abend so tun konnte, als wäre nichts gewesen. Du bist tolerant, Helene!, sagte ich mir. Offiziell bist du tolerant.

Und inoffiziell?, fragte meine innere Helene. Das willst du nicht wissen, gab ich zurück.

Zu Hause wollte ich es dann aber wissen, und zwar von Hermann persönlich. Es war das erste und einzige Mal, dass ich mich durchsetzte, indem ich ihn überraschend zur Rede stellte. Offen warf ich ihm an den Kopf, dass er mich in Argentinien betrogen habe, vermutlich nicht nur mit der Frau Botschafterin. Und ich wollte auch wissen, mit wem und wie oft.

Er gab zu, vor der Gattin des Botschafters auch dessen Vorzimmerdame vernascht zu haben, und er sei sich nicht sicher, ob das nicht das größere Verbrechen gewesen war. Denn auch der Herr Botschafter habe was mit ihr gehabt – oder hätte vielleicht gerne was mit ihr gehabt. Dann hüllte er sich in Schweigen.

»Ich lass mich scheiden!«, rief ich und fuhr mitten in der Nacht zu meiner Mutter.

»Ach, Kind«, seufzte sie, »wegen so was lässt man sich doch nicht scheiden!«

»Weswegen dann? Du hast dich doch auch von Papa scheiden lassen.«

»Das war etwas anderes«, erklärte meine Mutter, »dein Vater hat sich von *mir* scheiden lassen. Er ist freiwillig zu diesem Flittchen gezogen. Ich hätte seine Affäre toleriert – war ja nicht die erste.« Aha! Das war mir neu.

Ein paar Tage später erschien Hermann mit einem riesigen Blumenstrauß. Es musste ihn große Überwindung gekostet haben, bei meiner Mutter zu läuten. Ansonsten schien er seiner Sache sehr sicher. Wie beim Antrag, dachte ich, aber diesmal würde ich es ihm nicht so leicht machen.

Er war mit dem SLK gekommen, denn er wollte mir unbedingt etwas zeigen. Widerstrebend stimmte ich zu, ihn zu begleiten. Immerhin, so viel Aufmerksamkeit hatte er mir schon lange nicht mehr geschenkt.

Die Fahrt war nicht gerade berauschend, wir stauten uns durch die Südosttangente, und da nützt der schnellste Mercedes nichts. Aber als wir dann aufs Land kamen, wurde ich langsam neugierig.

»Weißt du, wo wir hier sind?« Hermann konnte so idiotisch fragen!

»Du wirst es mir sicher gleich sagen«, antwortete ich, noch halbwegs geduldig.

»Im Helenental!«

Na bravo, dafür hatte er mich durch ganz Wien gequält? Es war mir bis dahin noch gar nicht aufgefallen, dass er romantisch veranlagt war. »Hüte dich vor romantischen Männern!«, hatte mich meine Mutter immer gewarnt. (Die Warnung hätte sie sich übrigens sparen können. Bis heute ist mir noch keiner untergekommen!)

»Und was ist am Helenental so besonders, außer dass es meinen Namen trägt?« Meine Geduld schrumpfte merklich.

»Das wirst du gleich sehen!«, versprach Hermann.

»Aha«, sagte ich und wartete skeptisch auf die Überraschung.

Einige Minuten später hielten wir vor einer imposanten Villa. Hermann kramte den Schlüssel hervor, und wir wanderten wortlos durch das Anwesen. Das Haus war einfach umwerfend, eine Jugendstilvilla, fachgerecht renoviert und umgeben von einem parkähnlichen Garten. Sogar einen eigenen Swimmingpool gab es.

»Es ist deins, wenn du es willst«, sagte er und sah mich erwartungsvoll an.

Meine Knie zitterten. Ich stand vor dem Haus meiner Träume, und es sollte mir gehören? Hermann kaufte mich zurück? Liebte er mich tatsächlich so sehr? Oder war da ein Haken dabei?

Ich nahm alle Kraft zusammen, um ihm nicht gleich vor Ort um den Hals zu fallen, denn ich traute ihm nicht mehr. Natürlich würde ich alles tun, um diese Prachtvilla zu kriegen, aber ich würde diesmal Vorsorge treffen.

»Ich werde es mir überlegen«, sagte ich und gab mich immer noch verletzt.

Hermann tat nicht nur so, er *war* beleidigt. Die Heimfahrt verlief schweigend.

Auf meinen Wunsch setzte er mich wieder bei meiner Mutter

ab, und ich versprach ihm, mich in den nächsten Tagen bei ihm zu melden.

Meine Mutter erklärte mich für wahnsinnig, aber ich war so klar im Kopf wie schon lange nicht mehr.

Zum ersten Mal seit der Scheidung meiner Eltern nahm ich Kontakt zu meinem Vater auf, er möge mich rechtlich beraten.

Zusammen setzten wir dann einen Ehevertrag auf, den wir mit Hermanns Anwalt verhandelten. Nach diesem Vertrag war ich die rechtmäßige Besitzerin des Hauses. Selbst wenn ich mich von Hermann trennen würde, bliebe mir die Villa. Unterhalt durfte ich in diesem Fall allerdings nicht erwarten. Sollte Hermann sich hingegen von mir scheiden lassen wollen, fiele nicht nur das Haus an mich, er müsste mir – und natürlich eventuell vorhandenen Kindern – weiterhin Unterhalt bezahlen. Ich war mit dem Ergebnis zufrieden.

Selbst meine Mutter musste zugeben, dass Vater gut für mich verhandelt hatte. Was er allerdings nicht bedacht hatte, war, dass ich bestimmt nicht für meinen Unterhalt sorgen konnte – ich hatte ja nichts gelernt. Und falls ich doch einen Job fände, so würde der Erhalt meiner Traumvilla meine finanziellen Mittel ganz sicher bei Weitem übersteigen.

Aber damals war ich froh, mir über meine nahe Zukunft keine Gedanken mehr machen zu müssen, und Hermann liebte mich doch schließlich wieder, oder etwa nicht?

Wir erlebten in der Villa auch so etwas wie einen zweiten Frühling. Nachdem er eingesehen hatte, dass es mit meinen Kochkünsten nicht besser werden würde, und auch die Idee, meine Mutter als Köchin ins Haus zu holen, keine brauchbare Alternative darstellte, besorgte er uns eine Haushälterin.

Ich mochte Tereza vom ersten Augenblick an. Sie war mit der Badner Bahn gekommen, und ich musste sie lediglich vom Bahnhof abholen. Fasziniert sah ich zu, wie sie zwei riesige Schrankkoffer mühelos aus dem Waggon wuchtete. Ihr fester Po hielt wacker die Balance, und unter der hellgrauen Trevirahose zeichneten sich deutlich die Umrisse ihres großen Slips ab, der die beiden Hinterbacken fest im Griff hatte – wie ihre Besitzerin die Koffer. Sie zupfte sich die weiße Bluse zurecht, als sie mich bemerkte, und strich eine lockere Haarsträhne aus ihrem Gesicht.

»Tereza Hurniková«, sagte sie und schüttelte mir dabei kräftig die Hand. Sie blickte mir offen in die Augen. Wie eine »Hurniková«, die ich mir als wasserstoffblondes Model mit dümmlichem Blick und makellosem Körper vorstellte, sah sie nicht gerade aus, fand ich, aber sie war schließlich auch schon um die fünfzig. Sie war nicht blond, sondern brünett, ein paar graue Strähnen lockerten die Naturwelle auf, die ihrem Gesicht eine weiche Note gab. Unter ihrem rechten Auge zerriss eine Narbe diesen milden Eindruck und verpasste ihr eine geheimnisvolle, beinahe verruchte Aura. Die Nase und der ungeschminkte Mund stellten das Pendant zu ihren Gesäßhälften dar: unübersehbar und zu groß, aber echte Hingucker.

Mit ihrem Lächeln gewann sie mich sofort. Es wirkte weder gekünstelt – wie ich es von den Damen in den Diplomatenkreisen gewohnt war – noch aufdringlich. Es sagte schlicht: Ich denke, wir werden gut miteinander auskommen, und genauso war es auch.

Tereza war für uns beide ein Glücksgriff, und Hermann wurde nicht müde, zu betonen, wie geschickt er das doch arrangiert hatte und wie dankbar ich ihm dafür sein müsse.

Dankbar war ich ihm tatsächlich, auch wenn die Entdeckung unserer Perle für ihn nicht besonders schwierig gewesen war. Wir hatten einfach enormes Glück gehabt. Hermann hatte natürlich zuerst seine Sekretärin damit beauftragt, herauszufinden, wo man verlässliches Hauspersonal bekam. Zufällig war der tschechische Botschafter im Haus, und da er gerade versetzt worden war, empfahl er Hermann seine Reinigungskraft – Tereza.

»Sie putzt sehr gut, spricht außer Tschechisch noch Deutsch und Spanisch, und es würde mich wundern, wenn sie nicht auch kochen könnte«, meinte er. Und er sollte recht behalten. Sie konnte kochen, und wie! Wir aßen von nun an viel lieber zu Hause. Nach ein paar Wochen bemerkte Alma schnippisch, dass »diese Putze« meiner Figur nicht guttäte. Sie hatte natürlich recht, also bat ich Tereza, etwas weniger üppig zu kochen.

»Kein Problem«, sagte sie, »bis jetzt war tschechisch, mach ma halt Mittelmeer.«

Also gab es von nun an Mittelmeer, und was soll ich sagen, auch darin war sie perfekt.

Tereza kochte uns also von Beginn an ein. Aber nicht nur das. Mit der gleichen Wucht, mit der sie ihre Koffer aus dem Zug bugsiert hatte, krempelte sie das Haus um. Hermann und ich hatten zwar beide Sinn für Kunst, Tereza hingegen verkörperte das Praktische und setzte es um, wo es ihr angebracht schien. Sie verschob Möbelstücke und bat uns, eine Durchreiche von der Küche ins Wohnzimmer machen zu lassen. Sie organisierte die Handwerker, und im Nu war alles wieder sauber. Dann verlegte sie das Esszimmer ins Wohnzimmer, dadurch gewann Hermann ein Arbeitszimmer im Erdgeschoss, und wir konnten das frei gewordene Zimmer im Souterrain als Gästezimmer einrichten. Auch der Garten erblühte unter Terezas Händen. Neben Gemüse gab es Blumen und Sträucher, die zur Erholung einluden, und das Obst wurde nun nicht mehr dem Verfall preisgegeben, sondern dem direkten Verzehr zugeführt oder in Gläser gefüllt.

Es lief also alles wie am Schnürchen. Ich war beinahe geneigt, meiner Mutter recht zu geben, es sei ein Fehler gewesen, Hermann wegen eines, na ja, genauer gesagt, zweier Seitensprünge zu verlassen. Ich musste nun einfach nur dafür sorgen, dass er gar nicht mehr das Bedürfnis verspürte, fremdzugehen.

Leichter gesagt als getan! Einige Monate später, als ich mir noch dachte: Jetzt macht ihm auch seine Arbeit wieder mehr Spaß, weil er gar so viele Überstunden macht, öffnete mir ausgerechnet Tereza die Augen über meinen missratenen Gatten.

Ich kam gerade von meinem wöchentlichen Kaffeehaustreff mit Alma nach Hause. Terezas Gesichtsausdruck verriet sofort, dass etwas nicht stimmte.

»Ist was passiert?«, fragte ich beunruhigt.

»Wie man nimmt«, antwortete sie. Das verhieß nichts Gutes.

»Was ist los, Tereza? Sagen Sie schon.«

»Ich habe das hier gefunden unter Ehebett, Frau Helene!«, seufzte sie und zog einen schwarzen Spitzen-BH mit vermutlich Körbchengröße F aus ihrer Schürze.

Ich wurde blass. »Der gehört mir nicht«, sagte ich völlig überflüssigerweise – ich habe Größe B, mit viel Glück.

»Hat er das schon gemacht öfter?«, fragte Tereza ohne Umschweife und ohne auch nur eine Sekunde daran zu zweifeln, dass wir hier von einem klassischen Fall von Ehebruch im eigenen Schlafzimmer sprachen. Ich bejahte.

Das ich mir hab gedacht, sagte Terezas Blick. Sie schüttelte den Kopf und murmelte etwas auf Tschechisch, was ich nicht verstand. Trotzdem dämmerte mir eine Erkenntnis.

»Sie haben den BH gar nicht gefunden, Tereza!« Ich hatte sie durchschaut. »Sie haben ihn geklaut. Stimmt's?«

Tereza lächelte schwach. »Sie mich gut kennen, Frau Helene. Ja, stimmt. Zuerst sie waren in Schlafzimmer. Danach sie sind gewesen in Pool. Also bin ich in Zimmer und hab was gesucht, für Beweis. Weil, das geht jetzt schon ein paar Wochen so. Ich dachte, Frau Helene, Sie sollten wissen.«

Dabei sah sie mich so voller Mitleid an, dass ich ihr einfach schluchzend um den Hals fallen musste. Unter Garantie hätte meine Mutter sofort mir die Schuld an der Sache gegeben, aber mit Tereza hatte ich zum ersten Mal so etwas wie eine mütterliche Verbündete gefunden.

»Nicht weinen, Frau Helene. Männer sind das nicht wert. Männer sind alle gleich.«

»Aber was soll ich denn jetzt machen?« Ich wollte nicht schon wieder zu meiner Mutter ziehen. Die Villa, Tereza, meine Kaffeehaustreffen mit Alma, ich wollte das einfach nicht aufgeben. Ich wollte nicht einmal darüber nachdenken müssen, wie es weitergehen sollte.

»Sie müssen ihn werfen hinaus. Soll er doch zahlen für seine Spielzeug!« Tereza war beinahe zorniger als ich.

»Und wenn er nicht freiwillig geht?«

»Dann Sie müssen sich scheiden lassen.«

Es wäre die logische Konsequenz gewesen, das bestätigte ich Tereza auch. Sie sah mich bedauernd an, als ich ihr erklärte, warum dies nicht möglich war.

Ich hatte, wie gesagt, bis dahin gedacht, mein Ehevertrag würde mich begünstigen, erst jetzt erkannte ich, wie einseitig er eigentlich war. Hermann wäre ja töricht, wenn er freiwillig die Scheidung einreichte – dann würde er das Haus verlieren und müsste mir jeden Ersten sein halbes Gehalt überweisen.

Es sei denn – und das wäre wirklich ein Glücksfall –, er liebte dieses Busenwunder!

Als Hermann spätabends nach Hause kam, machte ich ihm eine irrsinnige Szene. Ich dachte, wenn ich mich nur hysterisch genug benahm, hätte ich bessere Chancen, dass er freiwillig das Feld räumte.

»Geh doch zu deiner Dolly Buster!«, schrie ich. Da lachte er mir einfach ins Gesicht. »Du kannst dich gerne scheiden lassen, Helene. Ich kauf dir auch die Villa ab, falls du Geld brauchst. Gerda hätte sicher nichts dagegen, hier einzuziehen. Besonders der Pool hat ihr gut gefallen!« Er ging zur Bar, schenkte sich in aller Seelenruhe einen Whisky ein und schnupfte geräuschvoll aus seiner Dose. Sein diabolisches Grinsen und der widerliche Schmalzlerfleck machten mich ganz wahnsinnig.

»Du Dreckskerl!« Ich blickte mich um, ob nichts Werfbares in unmittelbarer Nähe zu finden sei, aber um die Jugendstilschale von Hoffmann war es mir dann doch zu schade. Ich knallte stattdessen die Wohnzimmertür zu und zog mich ins Gästezimmer zurück.

Am nächsten Morgen fuhr ich mit Tereza nach Wien und bestellte mir ein sündteures »TEAM 7«-Schlafzimmer mit allen möglichen Kinkerlitzchen, die ich garantiert nie brauchen würde, und richtete mir eines der leer stehenden Zimmer her. Okay, das Bett war nicht von Hofmann, wie in unserem ehelichen Gemach, dafür würde ich laut Prospekt in nur sieben Sekunden in einen märchenhaften Schlaf sinken. Das war ich mir wert! Ein kleiner Schreibtisch und eine Spiegelkommode, ein Flachbildfernseher an der Wand, und schon war ich autark.

Damit war mein Problem zumindest notdürftig gelöst. Untertags ging alles seinen gewohnten Lauf. Wenn ich aufstand, war Hermann bereits außer Haus. Wenn er heimkam, aßen wir schweigend unser Abendbrot, dann zog ich mich in meine Kemenate zurück, wo ich mich schrecklich langweilte. Oft ging ich schon so früh zu Bett, dass ich mich selbst in meinem Sieben-Sekunden-Bett stundenlang herumwälzte.

Ich lief so unrund, dass es sogar Alma auffiel, und das, obwohl sie gerade wieder einmal auf eine neue Liebe fixiert war. Sie meinte, ich solle mir doch endlich einen Job oder wenigstens ein Hobby suchen.

»Und was soll ich deiner Meinung nach arbeiten? Kunst unterrichten? Irgendwelchen völlig desinteressierten Pubertierenden die Schönheit von van Goghs Pinselstrichen näherbringen?«

»Sei nicht albern. Aber du könntest mir vielleicht in meiner Galerie aushelfen, wenn du Lust hast.«

Alma hatte vor einiger Zeit eine kleine Galerie eröffnet, in der sie nicht nur ihre eigenen Bilder, sondern auch die anderer zeitgenössischer Künstler ausstellte und zu verkaufen versuchte. Das Geschäft lief einigermaßen, aber noch nicht gut genug, dass Alma sich eine fixe Angestellte leisten konnte. So behalf sie sich mit Praktikantinnen und Studenten.

»Danke für das Angebot. Ich werd es mir überlegen«, sagte ich, aber meine Begeisterung hielt sich in Grenzen. Ich hatte absolut keine Lust, jeden Tag weiß Gott wie früh aufzustehen und nach Wien zu pendeln. Finanziell hatte ich es nicht nötig, Hermann musste zahlen, so oder so.

Terezas Ratschlag gefiel mir da schon viel besser.

»Wie alt sind Sie, Frau Helene, wenn ich das fragen darf?«, sagte sie eines Morgens beim Frühstück zu mir, als ich wieder einmal extrem lustlos in meinem Espresso herumrührte.

»Fünfunddreißig«, sagte ich, »warum?«

»Haben Sie schon einmal nachgedacht über Kind?«

Hatte ich, aber das war lange her. Gleich zu Beginn unserer Ehe hatte ich Hermann darauf angesprochen. Damals bat er mich, damit noch zu warten, wegen der Karriere. Ich dachte mir nicht viel dabei, ich war ja noch so jung und genoss das unabhängige Leben an seiner Seite.

»Nicht wirklich«, sagte ich, »zumindest nicht, seit wir wieder in Österreich sind.«

»Manchmal ist Lösung«, sagte Tereza.

Je mehr ich darüber nachdachte, desto sympathischer wurde mir der Gedanke. Hermann würde sich in seinen Sohn verlieben, er würde früher nach Hause kommen, um mit ihm zu spielen, zum Fußball zu gehen. Vielleicht war es ja gerade das, was ihm fehlte?

Und so blieb ich öfter mal kurz beim Fernseher sitzen, wenn er sich die Nachrichten anguckte, dann schon auch mal länger. Wir begannen wieder, miteinander zu sprechen, und an einem gemütlichen Winterabend passierte es dann. Wir saßen zusammen auf der Couch, Hermann öffnete einen herrlichen Brunello, ich erinnerte ihn an gemeinsame Abende in Prag und Buenos Aires. Am Ende des Tages landeten wir in meinem Bett. Ich hatte es so geschickt eingefädelt, dass es den Anschein hatte, als ob *er* mich verführt hätte. Ich weinte. Gestand, wie sehr mir seine Nähe fehlte – und ein wenig stimmte es ja auch. Hermann zeigte sich reuig, er würde seine Sekretärin entlassen. Mein Adrenalinspiegel schnellte sofort wieder in ungeahnte Höhen. »Was, das Busenwunder war deine Sekretärin? Wie schrecklich banal!«

»Hättest du es lieber gehabt, wenn ich mit deiner Friseurin ins Bett gegangen wäre?«

»Wieso meine Friseurin? Ich wusste gar nicht, dass du die kennst!« Meine Friseurin war unter ihrer Tarnung aus Piercings und den wahlweise gelb, rot, lila oder blau gefärbten Haaren sicherlich auch ganz hübsch.

»Mensch, sei doch nicht so naiv, das war ja nur ein Beispiel!« Hermann verdrehte in seiner üblich arroganten Art die Augen. Ich schluckte mit größter Mühe meinen Zorn hinunter. Er hatte recht. Es war doch egal, ob Friseurin oder Praktikantin, Hauptsache, ich bekam von ihm mein Kind, mit dem ich ihn wieder an mich binden konnte.

Beim Frühstück nahm ich all meinen Mut zusammen.

»Hermann, ich will ein Kind von dir!«, sagte ich.

»Was?« Er blickte mich verdutzt über den Zeitungsrand an. »Was willst du?«

»Ein Kind. Du weißt schon. Diese kleinen Menschen, die man in Kindergärten und Schulen unterbringt.«

Hermann brach in lautes Lachen aus. Ich war verwundert. Er teilte meine Art von Humor normalerweise nicht. »Wie willst *du* denn ein Kind erziehen, Helene? Du kriegst doch so schon nichts auf die Reihe. Hast du auch daran gedacht, dass ein Kind gefüttert und gebadet werden muss, dass es plärrt, stinkt, Fieber bekommt? Vergiss es!«

Er tupfte sich umständlich den Mund mit einer Serviette sauber, trank seinen Kaffee aus und verschwand ins Büro.

»Ich hasse dich, Hermann Winter, ich hasse dich, ich hasse dich, ich hasse dich!«, murmelte ich, und Tereza blickte mich mitleidig an. Sie war aber – im Gegensatz zu Hermann – klug genug, nichts zu sagen.

Statt mich zur glücklichen Mutter zu machen, hatte es Hermann geschafft, mich in eine tiefe Sinnkrise zu stürzen. Ich kam mir immer blonder, dümmer und nutzloser vor. Sollte ich wirklich Almas Angebot annehmen, als Aushilfskraft in der Galerie zu arbeiten? Vielleicht ein paar nette Künstler kennenlernen?

Aber wie es so seine Art war, nahm Hermann mir auch die Entscheidung ab, wie ich meine sinnentleerte Freizeit füllen könnte, indem er mir eines Tages dieses Vieh nach Hause brachte.

Ich lag gerade auf dem Sofa und guckte »Desperate Housewives«, während ich mir die Nägel lackierte. Natürlich hatte ich das Auto gehört, aber ignoriert, wie alles, was mit Hermann zu tun hatte. Ich drehte mich nicht einmal um, als die Tür aufging. Hätte ich aber tun sollen, denn im nächsten Moment lag ein riesiges, hechelndes Ungetüm auf mir!

Es war mit einer unglaublichen Zielsicherheit hereingeschossen, aufs Sofa gesprungen und hatte mich und mein Nagellackfläschchen umgeworfen. Dann schleckte es mir seelenruhig das Gesicht ab. Der rote Nagellack zog eine blutige Spur über mein weißes Rolf-Benz-Sofa.

Ich schrie mir die Seele aus dem Leib. Ganz Baden musste das gehört haben, die Alarmanlage war ein Schmarrn dagegen!

Ich war in Panik – zunächst weniger wegen des Nagellacks, die Sofamord-Spuren ließen mich erst später noch einmal hysterisch schreien. Ich habe eine ausgeprägte Hundephobie, nicht einmal Pinscher sind mir geheuer. Und wenn ein Hund einmal Kniehöhe erreicht hat, dann mache ich einen Bogen um ihn wie ein Einbrecher um die Polizei. Dieser Hund war deutlich größer als »kniehoch«, außerdem extrem bullig. Er thronte über mir, sodass ich ihm nicht aus eigener Kraft entkommen konnte.

Der Geifer lief ihm aus seinen wabbelnden Lefzen, er sabberte in mein Dekolleté!

Hermann nahm ihn beim Halsband. »Sitz, Draco!«, rief er, und Draco ließ sich gnädig auf meinem Perserteppich nieder.

Panisch suchte ich nach etwas zum Abwischen. Hermann reichte mir sein Stofftaschentuch. Ein Akt der Ritterlichkeit?

»So, Helene. Da hast du nun das Kind, das du dir so gewünscht hast!« Sein Grinsen verriet die böse Absicht. Er wusste, dass ich Hunde nicht ausstehen konnte.

»Draco ist ein echter amerikanischer Pitbull Terrier, ein halbes Jahr alt. Sein Besitzer hat ihn ins Tierheim gebracht und nicht wieder abgeholt.«

»Er hätte mir das Gesicht wegbeißen können!«, schrie ich hysterisch. Ich habe einmal so ein Bild im Internet gesehen. Grauenhaft!

»Blödsinn!«, sagte Hermann. »Das passiert nur, wenn man so einen Hund scharf abrichtet. Der da ist überhaupt nicht abgerichtet, das wird dein Job sein für die nächsten Monate! ›Sitz‹ kann er schon, wie du siehst.«

Ich musterte den Hund vorsichtig von der Seite. Er war schwarz, am Bauch hatte er einen sternförmigen weißen Fleck, ebenso um das linke Auge herum. Das sah nicht nur extrem hässlich, sondern auch gefährlich aus. Sein Blick schien aber gutmütig.

Vorsichtig setzte ich mich auf. Nur nicht zu heftig bewegen, sagte ich mir, damit er das Interesse an mir verliert.

»Tu ihn da weg!«, flüsterte ich.

»Tu ihn doch selbst weg«, lachte Hermann.

»Ich meine, für immer!« Die Panik kehrte in meine Stimme zurück. Hermann wollte sich keinen Spaß mit mir machen. Er meinte es ernst! Er hatte den Spieß umgedreht. Er wollte *mich* vertreiben!

»Der Hund bleibt, und ich geh mich jetzt umziehen!«, sagte er, was meine Vermutung sofort bestätigte.

Draco sah Hermann zwar sehnsüchtig nach, aber er blieb sitzen. Neugierig beäugte er mich.

Ich war völlig strategielos. Sollte ich Tereza zu Hilfe rufen?

Aber Schreien war sicher keine gute Lösung, er könnte sich bedroht fühlen und … Lieber tot stellen. Aber wenn er Hunger hat? Fressen Hunde Aas? Hunde fressen alles!

Und so saßen wir einander gefühlte zwei Stunden bewegungslos gegenüber, bis ich merkte, dass nicht nur meine Beine eingeschlafen waren, sondern auch der Hund.

Fast lautlos schlich ich aus dem Wohnzimmer, duschte mir mit einer Extraportion Showergel den eingetrockneten Geifer vom Leib und warf die besabberte Bluse in den Müll. (Ich holte sie übrigens später wieder heraus, als ich erkannte, dass ich bald blusenlos sein würde, wenn ich jedes Mal, wenn Draco mich ansabberte, meine Kleidung entsorgte.)

»So leicht wirst du mich nicht los, Hermann Winter«, schwor ich. Ich hatte zwar keine Ahnung, wie ich das Problem Pitbull lösen sollte, aber ich wusste, wenn Hermann mich loshaben wollte, dann musste er selbst gehen. Freiwillig würde ich nicht das Feld räumen oder ihm gar das Haus überlassen. Nicht um alles Geld der Welt und nur über meine Leiche!

Mordmotive

Ein lautes Bellen unterbrach meine trüben Gedanken. Tereza und Draco kamen mich abholen.

Ich putzte mir schnell die Nase und lief ihnen entgegen.

Ich hätte nicht gedacht, dass mein Ausflug in die Vergangenheit so deutliche Spuren in meinem Gesicht hinterlassen hatte.

»Was ist los, Frau Helene?« Tereza war nicht nur eine perfekte Haushälterin, sondern auch eine verdammt gute Hobbypsychologin. »Haben Sie geweint?«

»Sieht man das, mein Gott? Ich kann unmöglich so zum Heurigen fahren!«

»Bis Sie sind bei Diplomaten, das Rot ist wieder weg, Sie werden sehen.« Tereza schob mir noch ein Taschentuch zu. »Also?«

Tereza ist zwar nur meine Angestellte, aber sie hat so etwas Zwingendes, dem ich nicht widerstehen kann. Ein bisschen wie meine Mutter, aber interessanterweise nehme ich Tereza die Anteilnahme ab. Auch meine Mutter löchert mich immerzu mit Fragen, aber sie wartet die Antworten meist gar nicht ab. Das hatte mich als Kind traurig, als Teenager wahnsinnig gemacht.

»Ich glaube, mein Mann hat schon wieder eine Geliebte«, jammerte ich.

»Ich weiß«, sagte Tereza.

»Sie wissen? Woher? Haben Sie etwa schon wieder einen BH gefunden?«

»Nein«, beruhigte mich Tereza. »Im Haus haben sie es nicht … Das Telefon, Frau Helene. Der Herr telefoniert sehr laut!«

»Wissen Sie zufällig auch, wer es ist?« Ich hoffte inständig, dass es sich nicht um meine Friseuse handelte. Sie frisierte super, und ich mochte mir wegen Hermann keine neue suchen!

Tereza zögerte. »Weiß ich. Aber besser, Sie wissen nicht.«

Das wurde ja immer heiterer.

»Doch, Tereza. Wenn Sie es wissen, dann müssen Sie es mir sagen!«

»Nach Heurige, okay? Sie müssen heute Abend lächeln und

so tun, dass alles in Ordnung. Wahrheit genügt auch nachher noch!«

Es war sinnlos, Tereza das Geheimnis entlocken zu wollen, sie konnte stur sein wie eine ganze Maultierherde.

Im Prinzip war es ja auch egal, wer sie war, ich hasste sie so oder so. Aber noch viel mehr hasste ich Hermann. Am liebsten hätte ich ihn auf der Stelle umgebracht!

Tereza hatte Draco müde gefüttert, er schlief ein wie ein kleines Kind, sobald wir uns in Bewegung gesetzt hatten. Er wachte nicht einmal auf, als ich vor dem Heurigenwirt parkte.

Mir auch recht, dachte ich, ließ das Fenster einen guten Spalt offen, damit er genug Luft bekam, und ging ins Lokal.

Ich begrüßte einen Gast nach dem anderen mit einem Glas Sekt oder Aperol, lächelte und sprach über das Wetter. Ich erkundigte mich nach Bandscheibenvorfällen oder Migräne. Kinder erwähnte ich sicherheitshalber nicht, ich konnte mir ihre Namen einfach nicht merken. Alles in allem fand ich, dass ich meine Sache sehr professionell machte. Einzig der viele Sekt stieg mir ein wenig zu Kopf. Obwohl ich mich sehr zurückhielt, hatte ich bereits einen kleinen Schwips, bevor alle da waren. Endlich tanzte auch Hermann an, entschuldigte sich zerknirscht für sein Zuspätkommen und rügte mich mit übertriebenem Kopfschütteln, dass ich die Gäste noch nicht zum Büfett geführt hatte.

»So, jetzt wird aber gegessen!«, rief er pseudofröhlich und öffnete die große Flügeltür zum Rittersaal. Die Diplomatenschar war offensichtlich schon sehr hungrig, es gab ein kleines Gedränge an der Tür. Ich hielt mich dezent im Hintergrund, mir war der Appetit durch Hermanns öffentliche Kritik sowieso vergangen. Zuerst lässt er mich so lange hängen, dann macht er mich wieder vor allen anderen herunter.

Plötzlich hörte ich ein mir vertrautes Bellen. Draco hatte ich ganz vergessen, aber das Bellen kam nicht vom Parkplatz draußen, sondern aus dem Rittersaal!

»Platz, Draco!«, schrie Hermann, aber es war natürlich zu spät. Große Stücke des Spanferkels lagen am Boden, Draco machte direkt vor seinem Herrchen Platz, ein Schweinsohr hing ihm aus dem Maul.

»Helene!«, schrie Hermann, und alle drehten sich zu mir um. »Warum ist der Hund nicht an seiner Leine?«

»Aber er …«, stotterte ich, »er war doch im Auto eingesperrt. Irgendjemand muss ihn rausgelassen haben.« Mir schwante auch schon, wer, aber ich konnte es natürlich nicht beweisen.

»Es tut mir so leid«, entschuldigte sich Hermann, »meine Frau hat diesen Hund einfach nicht im Griff. Ich fürchte, wir werden etwas Kaltes essen müssen.«

Ich kam mir vor wie eine Voodoo-Puppe, spürte die vielen bösen Blicke auf mir wie Nadelstiche, als ich Draco an die Leine nahm und zu meinen Füßen unter dem Tisch verstaute. Ich hätte mich liebend gerne zu ihm gesellt, um den Rest des Abends unsichtbar zu bleiben.

Die meisten Gäste benahmen sich mir gegenüber höflich und taten, als ob nichts passiert wäre, schließlich waren sie geschulte Diplomaten. Aber ihre Blicke sprachen eine andere Sprache, beim Essen hört bei vielen Menschen eben die Toleranz auf. Käse ist gegen Spanferkel eben Käse. Ich bildete mir auch ein, dass bei Tisch keine besonders gute Stimmung aufkam, bis irgendjemand anfing, Witze zu erzählen. Hermann hatte dem Alkohol mehr zugesprochen als gewöhnlich, auch seine rechte Tischnachbarin hatte Gefallen am hauseigenen Zweigelt gefunden. Kurzfristig keimte in mir der Verdacht, die Dame könnte diejenige sein, welche, aber bei Licht betrachtet war sie sechzig Jahre alt und hatte gelbe Zähne. Wie auch immer, Hermanns Witze gefielen ihr. Schlimm wurde es erst, als die Dame an Hermanns linker Seite sich benachteiligt fühlte und auch ein Stück vom Kuchen haben wollte. Hermann erzählte seinen »Witz« nun für alle, und es stellte sich heraus, dass es gar kein Witz war, sondern eine Anekdote. Die Hauptakteure in dieser Geschichte waren Draco, meine Krokotasche und ich. Hermann schilderte bildreich, wie Draco auf besagter Tasche aufgeritten war und mich dies zu Tränen gerührt hatte. »Helene, warum lässt du so wertvolle Stücke auch herumliegen«, habe er gesagt, aber da sei es schon zu spät gewesen.

Die ganze Runde lachte, und Hermann sah triumphierend zu mir herüber. »Ein anderes Mal …«, setzte er fort. Mir wurde es zu viel. Ich sprang auf, rannte aufs Klo und sperrte mich in eine Kabine ein. Dort wollte ich bleiben, bis der letzte Gast das Lokal verlassen hatte. »Ich hasse dich, Hermann Winter, ich hasse dich, ich hasse dich!«, flüsterte ich, als jemand an meine Tür klopfte.

»Sind Sie das, Frau Winter?«, fragte eine mir völlig unbekannte Stimme mit stark nordgermanischem Akzent.

Ich wollte nicht noch einen Skandal provozieren, daher beendete ich zähneknirschend meine Klausur.

»Wollen Sie darüber reden?«

»Worüber sollte ich bitte mit Ihnen reden wollen?« Mein Gegenüber sah mich wissend an.

Die dauergewellte Dame strahlte etwas sehr Esoterisches aus. Leute, die im Sommer Schals tragen, fürchten wahrscheinlich, dass ihnen die Aura wegfliegen könnte.

»Entschuldigen Sie, ich habe mich noch nicht vorgestellt. Moller. Liselotte Moller. Psychoenergetikerin.«

Ich hatte es gewusst! Dieses astrale Lächeln. Genau die Hilfe, die ich jetzt brauchte!

»Ihr Problem ist nicht der Hund«, sagte sie weise, »es ist Ihr Mann!«

»Ach!« Mehr brachte ich vor lauter Überraschung nicht heraus.

Die Tür ging auf, und zwei weitere Damen betraten das Örtchen. Sie verteilten sich auf die beiden äußeren Logen.

»Vielleicht ist das jetzt nicht der wahre Ort für eine Therapie?«, gab ich sachte zu bedenken, mit Blick auf die besetzten Kabinen.

»Natürlich«, gab mir Frau Psychoenergetikerin recht. »Hier haben Sie meine Karte. Schauen Sie doch einmal auf meiner Homepage vorbei. Ich therapiere auch online.«

»Oh, wie praktisch, da muss ich nicht einmal aus dem Haus. Oder vielleicht beim Gassigehen mit dem Hund, über Smartphone?«

»Das würde ich nicht empfehlen, Frau Winter. Sie müssen sich sehr konzentrieren bei den Übungen, wissen Sie.«

»Na dann!« Ich versprach ihr, sie baldigst im Internet zu kontaktieren, und verließ die Toilette. In einer Kabine war bereits die Spülung im Gange, und ich wollte nicht noch einer weiteren hilfreichen Expertin in Sachen Eheberatung in die Arme laufen.

Ich verabschiedete mich und ging zum Auto. Das Fenster war, wie ich es verlassen hatte – zehn Zentimeter offen. Draco hätte ohne Hilfe niemals durch diesen Spalt entkommen können. Hermann musste ihn also absichtlich rausgelassen haben. Ob er ihn dann auch direkt zum Spanferkel geführt hatte oder nicht, würde ich wohl nie erfahren; dass er mir damit nichts Gutes gewollt hatte, lag aber auf der Hand. Um das zu interpretieren, brauchte ich auch keine Frau Moller!

Tereza war ausgegangen, also war ich ganz allein zu Hause. Ich durchforstete Hermanns Weinkeller. Es gab Regale, die für mich tabu waren – dorthin zog es mich magisch. Ich nahm eine sehr teuer aussehende Flasche Rotwein, »Château Lafite-Rothschild«, Jahrgang 2005, mit nach oben und machte den Fernseher an. Colin Firth küsste gerade seine portugiesische Putzfrau. Ich hätte auf der Stelle mit ihr getauscht! Die Trostlosigkeit meiner Situation trieb mir die Tränen in die Augen. Nachdem keiner da war, der mir ein Taschentuch reichen konnte, kramte ich in meiner Handtasche danach. Neben dem Päckchen Tempo förderte ich auch noch das Säckchen Studentenfutter aus dem Kaffeehaus und die Visitenkarte von Madame Moller zutage. Die Nüsse gaben mir neue Hoffnung. Eines Tages würde ich den Mut aufbringen, es tatsächlich zu tun! Ich verschlang die Nüsse in Sekundenschnelle, aber ich konnte mich nicht überwinden, mir vorzustellen, wie ich Hermann küsste – ich konnte mir nicht vorstellen, dass ich ihn überhaupt jemals wieder küssen würde. Und das, obwohl das Resultat so verlockend gewesen wäre.

Zur Ablenkung holte ich mir den Laptop und besuchte Frau Moller auf ihrer Homepage.

»Manchmal braucht das Leben schnelle Hilfe«, sagte mir das Bild von Frau Moller – Psychoenergetikerin und EFT (Emotional Freedom Technique)-Expertin. Sie hatte einen anderen Schal (andere Jahreszeit?) um, aber das Lächeln und der weise Blick waren die gleichen. »Ich bin für Sie da«, versprach sie. Gut, das hatte sie ja auch auf der Toilette bewiesen. Vielleicht war ich doch an der richtigen Adresse gelandet? Immerhin versprach die Dame unter anderem Hilfe bei Sinnsuche, Beziehungsproblemen und Entscheidungsfindung. Der erste Kontakt sei gratis, wobei – war die Toilettenberatung am Ende bereits der erste Kontakt gewesen? E-Mail-Beratung fünfundsiebzig Euro, telefonische Beratung je nach Gesprächsdauer ab fünfunddreißig Euro. Nun gut, Frau Moller musste schließlich von etwas leben. *Ich* hatte allerdings nicht vor, zu ihrem Unterhalt beizutragen. Ihre sensationelle Beobachtungs- und Schlussfolgerungsgabe mochte sie an anderen beweisen.

Viel interessanter – auch weil kostenfrei – erschien mir da die »Klopfanleitung«. Durch Klopfen verschiedener Körperpunkte bei gleichzeitigem Murmeln mantraartiger Beschwörungssätze könne ich Blockaden in meinem Energiefluss lösen und diesen Energiefluss wieder zum Fließen bringen.

Jetzt war mir sofort einiges klar. Bei der ohnehin schon sehr beschränkten Energiemenge, die durch meine Meridiane plätscherte, waren Blockaden natürlich tödlich. Kein Wunder, dass ich zuweilen keine Energie mehr zur Verfügung hatte! Die Blockaden mussten weggeklopft werden, keine Frage! Ich begann sofort voll motiviert mit ein paar Basisübungen, nicht ohne einige unterstützende Schlückchen des edlen Rotweins. Vielleicht konnte er ja ungehindert an meinen Blockaden vorbei.

Ich studierte zunächst meine Klopfpunkte und klopfte an Hand, Stirn, Gesicht, Hals und Achsel herum. Beinahe hätte ich dabei mein Glas umgestoßen. Ich musste besser achtgeben, sonst würde ich Flüsse aktivieren, die ich nicht im Sinne hatte. Frau Moller hatte verdammt recht gehabt, unterwegs mit Smartphone und Hund hätte ich meine Energien gewiss völlig fehlgeleitet.

Nachdem ich mich genug beklopft fühlte, wagte ich mich an die Sprüche. Die vorgeschlagenen passten schon hervorragend zu meiner Grundstimmung und den dazugehörigen Hemmnissen in meiner Psyche (oder wo immer sich diese Blockaden auch befinden mochten …).

Der »Lehrer« in »Als der Lehrer mich vor der ganzen Klasse blamierte« ließ sich spielend durch »Hermann« ersetzen, und »Meine Mutter hat mich ständig kritisiert« konnte ich gar eins zu eins übernehmen. Zugegeben, ich wunderte mich, woher Frau Moller meine Mutter kannte, aber für die Basisübung war das wohl nicht von Belang.

Ich beklopfte meine Außenhand.

»Auch wenn Hermann mich vor den versammelten Diplomaten blamiert hat, liebe und akzeptiere ich mich so, wie ich bin.« Dreimal aufgesagt und dann fest durchgeatmet.

»Obwohl meine Mutter ständig an mir rumgemeckert hat, liebe und akzeptiere ich mich und bin gut genug so, wie ich bin.« Ebenfalls dreimal und wieder fest durchgeatmet. Dann ein tiefer Schluck aus dem Rotweinglas. Zugegeben, das war nicht Teil des Basisprogramms, ich fand aber, dass es meine Heilung wunderbar unterstützte. Ich konnte förmlich spüren, wie in meinem Körper die Energieflüsse in Bewegung gerieten.

Nächster Punkt.

»Auch wenn ich nicht anfange und es nicht schaffe, dieses Projekt fertigzustellen, liebe und akzeptiere ich mich so, wie ich bin.«

Okay, hier musste ich schon deutlich länger überlegen, was dieser Satz bedeutete und wie ich ihn exakt auf mich zuschneiden konnte. Ich entschied mich für: »Auch wenn ich es zurzeit nicht schaffe, Hermann loszuwerden, liebe und akzeptiere ich mich so, wie ich bin.«

»Klingt doch gut!«, sagte ich und prostete mir aufmunternd zu.

»Das ich finde auch!«, sagte Tereza und stellte ihre Tasche neben mir ab.

Ich fuhr herum. »Könnten Sie bitte das nächste Mal anklopfen?« Ich war es langsam leid, ständig von jemandem belauscht zu werden, wenn ich meine geheimsten Gedanken von mir gab. Erst von Alma im Kaffeehaus neulich, dann von Frau Moller am Klosett und jetzt auch noch von Tereza!

»Entschuldigung«, sagte Tereza, »ich nicht gewusst, dass Sie schon hier sind.«

Sie log natürlich, mein Mazda stand ja vor der Tür. »Aber Sie brauchen sich nicht Sorge machen, dass ich Herrn Hermann erzähle, was Sie haben gesagt«, meinte sie lächelnd. Diesmal log sie bestimmt nicht.

»Schon gut«, murmelte ich. »Wollen Sie einen Schluck mit mir trinken?«

Tereza wirkte sehr erfreut; da ich aber praktisch schon die

ganze Flasche getrunken hatte, schickte ich sie noch einmal in den Keller.

»Sie wissen schon, Frau Helene, dass dies ist eine verbotene Wein?«

»Natürlich«, antwortete ich. »Da können wir sicher sein, dass er hervorragend schmeckt, nicht wahr?«

Tereza öffnete die Flasche mit sichtlichem Genuss. Ob es auf die Vorfreude auf den edlen Tropfen oder auf die Rachegelüste gegen Hermann zurückzuführen war, ist schwer zu sagen, wahrscheinlich beides. Es war mir egal, ich freute mich einfach über die verschwörerische Fraueneinigkeit.

»Auf die Frauensolidarität!«, prostete ich Tereza zu.

»Auf Entsorgung von Männer!«, antwortete sie.

Ich lachte bitter. »Wenn das nur so einfach wäre. Sie wissen ja, dieser verdammte Knebelvertrag!«

Tereza sah mich eindringlich an. »Manchmal genügt auch Geduld und fester Glaube, dass man will ihn loswerden.«

»Sie glauben, ich gehe in die Kirche, zünde ein paar Kerzen an und bete zum lieben Gott: ›Bitte hol meinen gottverdammten Ehegemahl zu Dir!‹?«

»Warum nicht?« Tereza lachte. »Ich würde probieren die Mutter Gottes. Sie war schließlich Frau und versteht uns besser.« Dann wurde sie wieder etwas ernster. »Bei meine erste Mann ich habe auch sehr gewünscht, dass er endlich ins Gras beißt, und wirklich – plötzlich er hat Unfall und erledigt!« Sie nahm einen tiefen Schluck aus ihrem Glas und stieß einen wohligen Seufzer aus.

»Sie sind Witwe?«, fragte ich erstaunt. Ich bekam ein schlechtes Gewissen. Tereza war meine Haushälterin, ich schätzte sie, mochte sie, aber ich hatte sie nie als Privatmenschen gesehen. Ja, dass sie Wurzeln in Spanien und Tschechien besaß und ein paar Jahre in Deutschland gelebt hatte, das wusste ich. Ich war neugierig gewesen wegen ihrer Fremdsprachenkenntnisse, die für eine Putzfrau ja nicht alltäglich waren, aber ihr Privatleben hatte mich nie interessiert.

»Bin ich zweimal Witwe«, sagte sie nicht ohne Stolz.

»Oh mein Gott! Sie Arme!«, entfuhr es mir.

»Nicht Arme! Glückliche«, entgegnete mir Tereza. »Meine erste Mann, Rudolf, war schön. Ich war so verliebt. Wir haben kennengelernt in Deutschland. Meine Mutter ist mit uns nach Deutschland, als meine Vater starb, ich war sechzehn, Rudolf war zwanzig. Ich wollte gerade Lehre beginnen in Restaurant, da ich war schon schwanger.«

»Sie haben ein Kind?«

Terezas Augen trübten sich. »Ist nichts geworden«, seufzte sie, »aber haben wir heiraten müssen. Meine Mutter war sehr katholische Frau. Rudolf war Atheist, aber er heiratet mich trotzdem, und ich muss mit ihm gehen nach Tschechoslowakei auf Bauernhof von seine Eltern.« Tereza nahm einen weiteren Schluck, bevor sie mit ihrer Erzählung fortfuhr. »Ich muss sofort arbeiten wie wild. Ist mir normalerweise auch egal, arbeiten meine ich, aber hab ich Probleme gehabt mit Schwangerschaft, und dann ich hab es verloren. Sie mir nicht haben geholfen. Ich glaub, sie wollten das Kind nicht. Nachher war aus mit Liebe. Dafür Hiebe.« Tereza zeigte bedeutungsschwanger auf ihre Narbe unter dem Auge.

»Oh mein Gott!«, wiederholte ich mich und füllte erneut ihr Glas.

»Ich nur wollte weg, aber hab gehabt nicht genug Geld. Nicht einmal genug, dass zurückzugehen zu meine Mutter. Also ich bete jede Nacht zur heilige Maria Mutter Gottes, dass Rudolf fährt zur Hölle.«

»Und dann hatte er wirklich einen Unfall?«

»Er war leidenschaftliche Motorradfahrer, hat seine Maschinen mehr geliebt als Frau. Und ich nicht einmal durfte angreifen seine Heiligtum. Frauen nix verstehen von Mechanik! Pah! Keine Ahnung er hat gehabt von Frauen, was wir wollen und können.« Tereza hatte sich richtig erhitzt bei ihrer Erzählung, und sie musste zwischendurch kräftig löschen.

»Er ist auch gefahren richtige Rennen. Dann einmal in Brünn, in Kurve, ist plötzlich Bremse nicht mehr gegangen – und bums! Hat sich doch nicht so gut ausgekannt. Hätte er müssen noch einmal alles kontrollieren vor Rennen. So er hat gemacht Salto bei hundertachtzig Sachen direkt in die Hölle.«

Tereza blickte mich triumphierend an. »Gebete erhört!«

»Pech, dass Hermann nicht Motorrad fährt!«, scherzte ich.

»Aber schnelles Auto. Macht doch auch zweihundert Sachen, oder?«, sagte Tereza. Ich lachte zwar, war mir aber nicht sicher, ob sie das nicht doch ernst meinte. Irgendwie sah sie mich so eigenartig an.

Ich versuchte mir vorzustellen, wie Hermann mit zweihundert Stundenkilometern in den Tod raste, wie sein Auto eine Böschung hinunterrollte und in Flammen aufging. Und ich musste dann seine verkohlte Leiche identifizieren.

»Nein!«, rief ich entsetzt. »Er fährt nicht schnell«, fügte ich leise hinzu, »und vor allem keine Rennen. Darauf kann ich nicht warten!«

»Könnte man ja nachhelfen, aber bitte.« Tereza zwinkerte mir verschwörerisch zu und hielt mir ihr leeres Glas hin. Ihre Zunge wurde langsam schwer, als sie auf meinen Wunsch hin weitererzählte.

»Wie dann ist gekommen Nachricht von seine Tod, ich hab in der Nacht meine Sachen gepackt und noch alles Geld mitgenommen, was ich hab irgendwo gefunden. Damit ich bin gestiegen in nächste Zug. Der ist gefahren bis Hevlín, Ort an österreichische Grenze. Dort ich hab gearbeitet als Kellnerin. Sind immer gekommen viele Österreicher essen, weil so billig für Österreicher nach Grenzöffnung. Einer ist dann gekommen nicht nur wegen billig Essen, sondern auch wegen mir. Er war komplett anders als Rudolf. Nicht schön, nicht jung, aber er hat gehabt Geld und großes Bauernhof in Österreich. Zumindest er hat gesagt! Da bin ich also mitgegangen mit ihm.«

»Tereza! Ihr Leben hört sich an wie ein Film!«, rief ich. Wie langweilig war doch mein eigenes Leben bisher gewesen. Und ich beschwerte mich, weil Hermann ab und zu fremdging?

»Ach was. Schlechtes Film!«, sagte Tereza. »Bauernhof war groß, ja, aber halb verfallen, Geld war nur in Tschechien viel wert, weil so billig nach Grenzöffnung, und auf Hof waren zwei Schwestern von Ignaz – das war Name von meine zweite Mann. Die waren so eifersüchtig und böse. Ich war ja auch noch nicht so alt wie sie. ›Böhmische Schlampe‹ sie haben gesagt zu mir. Aber gegessen sie haben brav, was Schlampe hat gekocht. Ich brauch noch einen Schluck!« Tereza leerte ihr Glas in einem Zug. Ich legte meine Hand auf ihre Schulter. »Und was ist aus den dreien geworden? Wie ist Ignaz zu Tode gekommen?«

Tereza hatte sich etwas beruhigt. »Zuerst er hat gehabt Schlaganfall, aber ich dumme Gans habe gerufen Rettung, und so ich hab ihn bald wieder gehabt zu Hause. Aber arbeiten hat er nimmer können. Ist immer gehockt in Stube bei Fernseher. Das macht dich ganz wahnsinnig, wenn Fernseher dauernd läuft. Barbara Karlich und ganze Palette. Neben normale Arbeit jetzt war auch noch Pflege. Manchmal er sich hat absichtlich in die Hose …«

Tereza brach ab. »Sie das nicht wollen hören, Frau Helene.«

»Doch, doch!« Ich wollte tatsächlich keine genaue Schilderung von Terezas Pflegeleistungen hören, dazu hatte ich eine zu bildliche Phantasie, aber wie es mit Ignaz zu Ende gegangen war, das wollte ich schon erfahren.

Tereza fasste sich kurz. »Herzversagen«, sagte sie schlicht. »Er nicht hat genommen regelmäßig seine Medikamente. Einmal zu wenig, einmal zu viel. Ich ihm habe immer hergerichtet in Schachtel, aber warum er verwechselt?« Tereza unterstrich ihre Frage mit einem leisen Lächeln und einem Schulterzucken. Dann erzählte sie nüchtern weiter: »Schwestern haben gesagt, ich war schuld an seine Tod – wegen Sex! Ha! Er schon lang hat nix mehr hochgekriegt!« Ich sah Tereza streng an. Nur weil sie ein paar Schlückchen Wein getrunken hatte, musste sie jetzt nicht ihre gute Kinderstube vergessen.

»Entschuldigung die Worte«, sagte sie. Tereza konnte, wenn schon nicht meine Gedanken, dann doch auf jeden Fall meine Mimik lesen.

»Bauernhaus ich hab geerbt, die Schwestern konnten nix machen, sie haben ein paar Äcker bekommen. Ich hab verkauft das Haus, eh nicht viel bekommen dafür, und bin nach Wien. Und das war's. Tschechische Botschaft Putzfrau, jetzt Haushälterin in Villa!«, ergänzte sie stolz. Wir nahmen beide noch einen Schluck. Die Flasche war leer.

»Soll ich Flaschen wegräumen?«, bot Tereza an.

Ich verneinte. Erstens war ich mir nicht sicher, ob Tereza dazu noch in der Lage war, zweitens sollte Hermann ruhig sehen, dass ich auf seine Wünsche in Zukunft pfeifen würde! Erstaunt stellte ich fest, dass ich eine ganze Weile nicht an Hermann gedacht hatte. Terezas Schicksal hatte mich von meinen eigenen Sorgen abgelenkt. Doch jetzt waren sie mit einem Schlag zurück.

»Tereza«, rief ich ihr nach, »Sie wollten mir doch noch sagen, wer die Neue von meinem Mann ist.«

»Ah. Die von Telefon? Ich lieber nix sagen, Frau Helene, aber ich weiß Nummer!« Sie kritzelte eine Nummer auf ein Stück Papier und drückte mir den Zettel in die Hand. »Würde ich aber erst morgen anrufen«, sagte sie mit Blick auf die Uhr und wankte zur Treppe.

Ich bedankte mich und wünschte ihr eine gute Nacht. Der Tipp war okay, es war ein Uhr geworden, und um diese Zeit belästigt man schließlich nicht einmal mehr die Geliebte seines Gatten. Es sei denn – warum war Hermann eigentlich noch nicht zu Hause? Immerhin hatte er auch Draco dabei.

Ich warf einen Blick auf die Nummer. Sie kam mir irgendwie bekannt vor. Ich lief Tereza nach und sah sie scharf an. »Die Nummer kenn ich, Sie wissen, wer es ist!«

»Ja, Frau Helene.«

»Dann ersparen Sie mir bitte das Suchen. Irgendwo finde ich die Nummer auch so.«

»Warum nicht warten und morgen anrufen?«

»Weil ich verdammt von dieser Festnetznummer nicht anrufen kann. Die kennt sie doch!«

»Ah, das ist wahr.« Tereza sah mich grübelnd an. Sie wankte leicht, aber sie hielt sich tapfer am Stiegengeländer fest. »Es ist diese rothaarige Künstlerin, diese eingebildete«, sagte Tereza. Ihr Blick zeigte sowohl Verachtung als auch Mitleid. Ich wusste, wem welcher Blick galt.

»*Alma!* Sind Sie sicher, dass es Alma ist?« Ich musste mich auf der Treppe niederlassen.

»Ja. Ganz sicher. Es tut mir leid, Frau Helene.« Tereza setzte sich zu mir und legte ihren Arm um mich. »Sie ihn müssen loswerden, Frau Helene. Sonst er macht Sie kaputt.«

Ich spürte, dass sie recht hatte. In diesem Moment hasste ich sie beide. Wie konnte mir Alma das antun! Und in meiner Gegenwart von ihrem neuen Lover schwärmen!

»Das einzig Negative an ihm ist seine Frau«, hatte sie gesagt.

Wie in Trance wankte ich in mein Zimmer. An Schlafen war nicht zu denken. In meinem Kopf rasten Motorräder an die Wand, schlugen SLKs Purzelbäume, zerriss ein Hund sein Herrchen in der Luft, zerstieß eine mörderische Helene Herztabletten in einem Küchenmörser. Ich konnte in keiner Vorstellung Befriedigung finden, vielmehr jagten sie mir allesamt kalten Schauder durch den Körper. Ich war unfähig, so etwas zu tun. Und es war nicht das schlechte Gewissen, was mich daran hindern würde, sondern meine absolute Abscheu vor jeglicher Brutalität, ob mit oder ohne Blut. Selbst Hand anzulegen bei der Entsorgung meines Gatten war keine Alternative. Höchstens dieser Nusskuss. Eine saubere Lösung. Ein einziger Kuss. Aber auch diese Möglichkeit schien in weite Ferne gerückt. Selbst wenn ich es wollte, was ich bei Gott nicht tat, würde Hermann mich nicht küssen, solange Alma ein Thema war. Alma war als Konkurrenz ein anderes Kaliber als diese Sekretärinnen-Tussi. Sie bekam immer, was sie wollte. Und Hermann auch. Alma wollte Hermann, und Hermann wollte mich loswerden. Ich hatte keine Ahnung, wie ich dieses Problem lösen sollte, ich wusste bloß, dass die Klopftherapie keine Abhilfe schaffen würde. Meine Blockaden schrien nach einer militanteren Lösung.

***

Lieber Jeremiah,

ich bin gut angekommen und habe auch schon eine Frühstückspension gefunden, wo ich günstig wohnen kann. Es ist nicht weit bis zur U-Bahn, das ist praktisch.

Leider gibt es im Haus kein öffentliches Internet. Ich muss in ein nahe gelegenes Internetcafé ausweichen und werde dir deshalb in nächster Zeit nicht so oft schreiben können. Aber der Preis für das Zimmer ist gut, und ich kann es mir nicht leisten, wählerisch zu sein. Ich weiß ja nicht, wie

lange ich bleiben werde, und wie du weißt, sind meine Mittel beschränkt. Jeremiah, du hattest recht, Wien ist wirklich eine wunderschöne Stadt. Ich habe mir auch schon viele Sehenswürdigkeiten angesehen, Schönbrunn, Hofburg, Ringstraße – viele beeindruckende Gebäude, und alles ist so sauber hier! Nur teuer ist es, und die Leute sind manchmal etwas unfreundlich, besonders die Männer!
Stell dir vor, was mir gestern passiert ist. Ich saß gemütlich auf einer Parkbank und studierte meinen Reiseführer, da sprang mich plötzlich ein mächtiger Hund an. Ich hechtete zur Seite, und es gelang mir, dem Ungetüm auszuweichen. Als ich mich wieder umdrehte, da sah ich, dass er eine junge Frau verfolgte. Ich handelte schnell. Im Gebüsch fand ich einen abgebrochenen Ast, mit dem ich dem Hund gegenübertreten konnte. Die Frau begriff, dass ich ihr helfen wollte, und brachte sich hinter mir in Sicherheit. Der Hund fletschte die Zähne, aber ich hielt ihm den Ast entgegen, und so rannte er schließlich davon. Er fand auch schnell ein neues Opfer – eine Katze. Ihr konnte ich leider nicht helfen, denn durch den Lärm war auch ein Parkwächter herbeigeeilt. Er dachte, es wäre mein Hund, und er war sehr unfreundlich. Er schimpfte mich Ausländer! Aber die hübsche Frau bedankte sich bei mir, und ich sagte, dass das doch selbstverständlich war.
Die Frau hätte schwer verletzt werden können, wenn ich nicht eingeschritten wäre! Ich hoffe, man hat den Hundebesitzer gefunden und bestraft. Lieber Jeremiah, ich melde mich wieder, sobald ich etwas zu berichten habe.

José

PS: Mein Deutsch ist doch noch sehr gut, oder? Aber du weißt ja, ich hatte einen guten Lehrer! :)

Mordpläne

Der Morgen graute – und mir vor dem bevorstehenden Tag. Tereza war der einzige Lichtblick. Sie stellte mir wortlos ein Glas Alka-Seltzer hin. »Er ist schon weg«, informierte sie mich mit einem Blick auf Hermanns Platz. »Und mit Hund war ich auch schon draußen.«

»Danke, Tereza!« Ich war ehrlich erleichtert, mich weder mit Hermann noch mit Draco herumschlagen zu müssen.

»Wie geht es Ihrem Kopf?«, fragte ich.

»So lala«, sagte sie, »Kopf in Ordnung, Bauch bisschen *revuelto*!« Ihre Hände unterstützten ihre Aussage mit kreisenden Bewegungen. »Aber verbotene Wein gute Wein!«, lächelte sie.

Ich nickte matt. Die Reue ob des alkoholischen Überkonsums wog die Genugtuung, gegen Hermanns Willen verstoßen zu haben, leider auf.

Ich legte mich kraftlos vor den Fernseher und zappte mich durch die Serienwiederholungen. »Two and a Half Men«. Mir war schon einer genug! »How I Met Your Mother«. Wer interessiert sich schon dafür, wie die Eltern zusammenkamen? Ich weiß, wie sie auseinandergeraten sind! »Eine himmlische Familie«? Was muss ich hören? »Sohn (16) trinkt Alkohol!« »Schatz, lass uns darüber reden. Ich liebe dich!« Meine Güte! Ich schaltete entnervt den Fernseher aus, wie soll einem da das Kopfweh vergehen? Andererseits brauchte ich Ablenkung, ich wollte nicht über mein Leben nachdenken. Die an sich eher verkümmerte Vernunft-Helene in mir belästigte mich unentwegt mit guten Ratschlägen: *Du musst dir wirklich einen Job suchen! Lass dich scheiden, Helene!* So etwas musste doch effizient verdrängt werden.

Da läutete mein Handy – eine willkommene Ablenkung? Ich tastete vorsichtig danach. Nur nicht zu heftig bewegen, sagte mein Kopf. Vorsichtig riskierte ich einen Blick auf das Display. *Alma ruft an.* Oh mein Gott! Ich schnellte in die Höhe. Mein Kopf signalisierte grobes Missfallen.

Kraftlos sank ich ins Sofa zurück. »Hallo, Alma.«

»Hallo, Helene, Schatz.« Keine Frage nach meinem Befinden. Kein Wort des Bedauerns. Normalerweise hätte sie sofort bemerkt, dass mit mir etwas nicht stimmte. »Sag, hast du schon mit Hermann gesprochen wegen der Vernissage?«

Die Frau hatte vielleicht Nerven. Ich hatte bis jetzt kein Wort darüber an Hermann verloren, er wollte mit mir doch sowieso nirgends freiwillig hingehen. Ich schloss messerscharf – trotz meines angeschlagenen Denkvermögens –, dass das Pärchen gestern Nacht darüber geredet haben musste und dass Alma mich jetzt dezent auf mein Versäumnis aufmerksam machen wollte.

»Klar hab ich«, log ich. »Er kommt natürlich gerne mit.«

»Das ist super, es gibt da nämlich ein paar Bilder, die würden ihm sicher gut gefallen. Und dir natürlich auch. Ähm … Ich meine, er würde sie dir sicher kaufen, wenn sie ihm gefallen. Also, du könntest ihm sicher ein paar Bilder einreden … Schätzchen, ich muss auflegen, eine Kundschaft!«

Bevor sie sich noch weiter in ihren Lügenstrudel verhedderte, hatte sie das Gespräch bereits beendet.

Ich kochte vor Wut. Wie konnte sie mir das antun! Meine beste Freundin seit Kindheitstagen! Es war einfach so ein primitives Klischee, der eigene Mann mit der besten Freundin. Am liebsten hätte ich sie beide auf der Stelle umgebracht. Vorsichtig, um meinen Kopf nicht noch stärker zu erschüttern, rappelte ich mich hoch. Da traf mich die Erkenntnis wie ein Hammerschlag – nein, wie ein ganzes Hammerwerk: *Alma* musste Hermann diesen Kuss geben!

Das war die Lösung all meiner Probleme. Helene entfernt Hermanns Notfallpaket. Alma isst Nüsse. Hermann geht zu Alma. Alma küsst Hermann. Hermann geht ex. Alma ist verzweifelt, weil schuld am Tod des Geliebten. Helene ist Witwe mit Villa, Haushälterin und einer schönen Pension.

»Tereza«, rief ich aufgeregt, »ich fahr mal kurz in den Supermarkt, kann ich was mitbringen?« Ich hatte das dringende Verlangen, mein Schicksal endlich selbst in die Hand zu nehmen.

Tereza schaute mich erstaunt an, normalerweise macht natürlich sie den Einkauf. »Nix mehr Kater?«

»Besser«, sagte ich, was der Wahrheit entsprach. Meine Selbstheilungsreserven hatten durch die gute Aussicht einen deutlichen Schub erhalten.

»Sie haben mir heute Morgen Draco abgenommen, also nehm ich Ihnen den Einkauf ab, okay?«

Erfreut diktierte sie mir einige Sachen: »Eine rote Paprika, große, eine kleine Hühnchen, dann ein halbe Kilo Kaninchen. Wenn Sie nicht kriegen, dann nehmen Sie Lamm oder Schwein, okay?«

»Ja, gut, noch was?«

»Gemüse ich hab genug in Gefrierschrank. Aber ich brauch noch Safran und Schachtel Reis, Rundkorn. Das ist alles, passt.«

»Mmh«, sagte ich, »das klingt ja phantastisch!« Mir lief jetzt schon das Wasser im Mund zusammen. »Was wird denn das, wenn es fertig ist?«

»Paella. Nach alte Rezept von meine Großmutter!« Tereza schnalzte mit der Zunge. »Wird Ihnen schmecken, Frau Helene, beruhigt Nerven!«

»Ah, ich liebe Paella! Na, dann werd ich mal losgehen«, rief ich und holte den Einkaufskorb. »Ach, und noch was«, sagte ich ganz beiläufig, aber ich wagte es nicht, Tereza dabei in die Augen zu blicken. »Es muss doch irgendwo so eine Liste mit den Sachen geben, die Hermann nicht essen darf. Haben Sie die vielleicht irgendwo?«

Tereza kommentierte mein Anliegen nicht, und auch ihr Blick war völlig neutral, als sie mir den Zettel in die Hand drückte.

»Den Sie können behalten, Frau Helene, ich hab mehrere Kopien davon.«

Ich bedankte mich, schnappte den Korb, ignorierte Dracos Schwanzwedeln – er dachte wohl, er würde überallhin mitgenommen – und schwang mich in den Mazda. Heute wollte ich mich mit potenziellen Mordwerkzeugen beschäftigen.

Im Supermarkt studierte ich zunächst die Allergieliste.

Meiden Sie folgende Produkte bzw. seien Sie vorsichtig bei: Knabbermischungen, Riegeln aller Art, Müsli und Müslierzeugnissen, Schokolade.

Eindeutiger Vorteil dieser Produkte: langes Ablaufdatum.

Knabbermischungen waren unverfänglich und nicht nur zum Wein ein hervorragender Begleiter. Ich entschied mich für Studentenfutter und eine Dose Macadamia.

Schokolade! Schokolade würde sich hervorragend eignen. Klebt nach der Einnahme noch etwas an den Zähnen. Alma liebte Schokolade, leider hielt sie sich aus figürlichen Gründen beim Naschen sehr zurück. Ich legte ein paar Tafeln Noisette in den Einkaufswagen; wenn Alma sie nicht wollte, musste ich sie eben selbst essen.

Lebkuchen, Nussbrot, Kekse, Kuchen und Waffeln.

Für Lebkuchen war gerade keine Saison, Kekse aber ideal. Ich studierte mehrere Packungen im Keksregal. Unglaublich, wie viele verschiedene Sorten es gab. Wer konsumierte bloß all das Zeugs? Kein Wunder, dass wir eine Nation von Fettleibigen sind.

Kann Spuren von Nüssen enthalten!, stand beinahe auf jeder Packung. Ich hatte Mühe, mich zu entscheiden. Aber »kann« oder »Spuren« war mir eindeutig zu wenig, ich brauchte Gewissheit! »Milka XL Cookies Nuts«! Das war es, was ich suchte. Mmh! »Belvita Frühstückskekse mit Nüssen«. Lecker! »Crème Noisette Waffelgebäck mit Nuss-Nougat-Füllung«. Hermann, du weißt gar nicht, was dir entgeht! »Ölz Mini Bussi mit Haselnussfülle«, Miniatur-Nussstrudel in Häppchenform – wenn das kein gutes Omen ist! Ab in den Wagen!

Aufstriche. Nutella! Das Fundament aller ausladenden deutschen Popos! Ab in den Wagen!

Zu guter Letzt, Alkoholika zum Runterspülen: »Prinz Haselnusslikör« – eine echt österreichische Waffe für den Diplomaten! »Waldviertler Nuss-Schnaps« – vielleicht nicht so edel, dafür deftiger?

Ein Blick in meinen Einkaufswagen überzeugte mich, dass es genug war. Damit konnte man ja eine ganze Horde Allergiker killen. Ein Blick auf die Uhr verriet mir wiederum, dass ich bereits eine volle Stunde im Supermarkt verbracht hatte. Das schlechte Gewissen trieb mich zur Eile. Tereza würde schon ungeduldig auf die notwendigen Zutaten warten.

Es war für jemand Ungeübten wie mich kein Leichtes, all diese Spezialitäten im Wirrwarr der Gänge zu finden. Nach einer weiteren Viertelstunde war ich endlich mit dem Einkauf fertig und entsprechend erledigt.

An der Kassa bat ich die Kassiererin, mir zwei getrennte Rechnungen auszustellen. Für die Süßigkeiten brauchte ich ganze drei XL-Tüten!

»Schokoparty?«, fragte sie mich. »Da wär ich auch gerne eingeladen!«

»Ein andermal vielleicht«, versprach ich ihr, »die Sachen hier sind für eine Abschiedsparty!«

»Ah, zum Aufmuntern, damit nicht zu viele Tränen fließen? Das finde ich eine prima Idee!« Die Kassiererin lächelte.

Tja, ich war eben ein herzensguter, selbstloser Mensch!

Zu Hause schmuggelte ich erst die drei Tüten in mein Zimmer und versteckte sie in meinem Kleiderschrank. Dann brachte ich Tereza den Einkauf.

»Diese Künstlerin hat angerufen«, sagte Tereza mit finsterer Miene, »ob Sie morgen können in Kaffeehaus kommen.«

»Okay«, sagte ich, »dann werde ich sie zurückrufen.«

»Wollen Sie denn hingehen?« Tereza sah mich erstaunt an.

»Warum nicht? Mal sehen, was sie mir zu sagen hat!«

»Werden Sie ihr Torte in Gesicht schmeißen?«

Ich überlegte. »In Gedanken, ja. In echt weiß ich noch nicht so recht«, erwiderte ich. So schlecht fand ich die Idee nicht, mich mit ihr zu treffen. Dabei könnte ich sie unauffällig ausspionieren. Wenn Alma wirklich diesen Kuss geben sollte – allein der Gedanke belebte mich enorm –, dann musste ich schließlich so einiges auskundschaften. Ich musste zum Beispiel wissen, wann und wo sie sich mit Hermann traf, damit ich sie vorher mit Nüssen füttern konnte.

»Ich muss sehen, wie sich die Sache entwickelt«, sagte ich. »Vielleicht geht Hermann am Ende doch freiwillig zu ihr? Dann hab ich auch, was ich will. Ich werde erst mal abwarten.«

»Sie müssen ja wissen, was Sie tun, Frau Helene.« Tereza schüttelte den Kopf.

»Ach, kommen Sie, Tereza. Es wird mir sogar Spaß machen, so zu tun, als ob ich nichts wüsste. Vielleicht kann ich sie auch provozieren.«

»Vielleicht Sie sich aber jedes Mal ärgern, wenn Sie sehen die beide zusammen?«

»Vielleicht«, gab ich zu, »aber dann kann ich ihnen immer noch reinen Wein einschenken.«

Tereza ließ es dabei bewenden, sie verschwand mit dem Einkauf in die Küche. Also ging ich auf mein Zimmer, um weiter an meinen Mordplänen zu basteln. Ich öffnete den Schrank und betrachtete meinen Nussschatz. Die Munition war nun im Hause, jetzt musste ich nur noch die Waffe zur richtigen Zeit laden.

Der Gong schleuderte mich in mein Leben zurück. Die Grübelei, wann und wo ich Alma Nüsse verabreichen konnte, sodass sie das Gift anschließend auch bestimmt an Hermann weitergab, hatte mich meiner letzten Energie beraubt. Ich war eingenickt. Rasch zog ich mich um. Köstliche Duftwolken zogen aus der Küche nach oben, sodass mein Magen zu knurren begann. Doch als ich Hermanns Stimme hörte, war es mit dem Appetit beinahe vorbei. Ich war noch nicht bereit, ihm gegenüberzutreten! Ich musste doch erst mein Pokerface aufsetzen, damit ich ihm so gelassen wie möglich ins Antlitz blicken konnte.

Schnell klopfte ich mir auf die Stirn: »Obwohl mich das Arschloch von einem Gatten betrügt, liebe und akzeptiere ich mich, wie ich bin.« Dreimal, dann tief durchgeatmet.

Was soll ich sagen, es half. Ich konnte zumindest nach unten gehen und meinen Platz am Tisch einnehmen, ohne über Hermann herzufallen und ihm das Gesicht zu zerkratzen. Zum Beispiel mit der Gabel! Aber ich hatte sie und mich fest im Griff.

So saßen wir uns eine Zeit lang schweigend gegenüber. Ich wunderte mich, dass Hermann nicht gleich über mich herzog wegen der Spanferkelsache. Hatte ich mich doch verraten und er vor meiner Gabel Angst? Aber dann fiel mir ein, dass ich ihn ja zu Alma einladen sollte. Er *durfte* also keinen Streit mit mir vom Zaun brechen. Ha! Er musste gute Miene zum bösen Spiel machen!

Ich ließ ihn zappeln. Schließlich räusperte er sich und sagte, ohne den Blick von seiner Paella zu heben: »Die Wirtstochter hat Draco aus dem Auto gelassen, weil er ihr leidgetan hat. Du bist also rehabilitiert!«

Jetzt musste ich mich wirklich sehr beherrschen, dass die Gabel nicht in seinem Gesicht landete. Und das sollte eine Entschuldigung sein?

»Schon gut«, murmelte ich. Es fiel mir schwer. Eine längere Schweigephase folgte. Erst nach der Hauptspeise kam ich auf Almas Vernissage zu sprechen. Ich konnte sehen, wie erleichtert Hermann war, als ich ihn endlich fragte. »Alma hat vorgeschlagen, dass du mit zur Vernissage kommst. Sie hat ein paar interessante Bilder, sagt sie.«

»Ach, wann ist denn diese Vernissage?« Dieser Satz war aus dem Skript.

»Kommenden Samstag. Du hast doch noch nichts Besseres vor? Wenn ja, such ich mir halt allein ein schönes Bild aus«, schlug ich vor.

»Nein, nein. Diesen Samstag hab ich zufällig frei. Also, wenn nichts dazwischenkommt, natürlich.«

Zufällig, na klar! Ich hatte allmählich genug von der Vorstellung. Hermann war ein miserabler Schauspieler.

Ich wollte mich gerade mit einer Kopfwehausrede zurückziehen, als Hermann vorgab, noch arbeiten zu müssen. Umso besser, dachte ich, so hatte ich wenigstens den Fernseher für mich. Ich entschied mich für einen »Tatort«, irgendwie war mir nach Mord.

Meine Mordgelüste waren auch noch nicht verflogen, als ich den Bräunerhof betrat.

Alma war ausnahmsweise pünktlich und saß schon bei ihrem kleinen Schwarzen. Sie sah eigenartig aus. Ihr schönes rotes Haar hatte sie in zwei kindische Zöpfe geflochten, von ihren freien Ohren hingen zwei riesige Kreolen. Ich hätte sie beinahe nicht erkannt.

»Wie siehst du denn aus?« Ich setzte mich staunend ihr gegenüber, mein Blick blieb wie magnetisiert an ihrer neuen »Frisur« hängen.

»Wieso, was ist denn?«

»Na, deine Dinger da.« Ich deutete auf ihre Zöpfe. »Willst du auf einen Kindermaskenball?«

»Ach so, die meinst du. Gefallen sie dir nicht?«

»Na ja, ich hätte gesagt, aus dem Pippi-Langstrumpf-Alter bist du eigentlich schon raus, oder willst du auf die Alm? Alma auf der Alm?«

»Sehr witzig.«

Madame war also nicht zum Scherzen aufgelegt.

»Komm her«, sagte sie und deutete auf den Platz neben sich. Ich setzte mich also neben sie, neugierig, was sie mir denn so Geheimnisvolles zu sagen hatte, dass es nicht – wie sonst üblich – das ganze Kaffeehaus wissen durfte.

»*Er* will es so«, raunte sie mir zu, dabei klimperte sie mit diesen riesigen Ohrgehängen. Ah, die zugehörigen Versace-Gehänge!

»Was! Her … Herr Ehebrecher will dich bezopft?« Ich konnte nicht glauben, dass Hermann diese kindische Frisur tatsächlich mochte.

»Hör mal«, sagte ich, »dein Geliebter ist doch nicht etwa pädophil?«

Alma lachte schallend, jetzt hatte sie es doch geschafft, die Aufmerksamkeit des Kaffeehauspublikums auf uns zu ziehen.

Sie sah mich bedeutungsschwanger an. »Ganz im Gegenteil«, flüsterte sie, »er fesselt mich!«

»Wie? Mit den Zöpfen?« Hermann als pädophiler Sadomaso-Liebhaber? Jetzt musste *ich* lachen.

»Natürlich nicht!« Almas Humor war verflogen. »Mit seiner Krawatte, wenn du es genau wissen willst.« Beleidigt zeigte sie mir kleine Striemen an ihren Handgelenken, die offensichtlich von der Krawatte herrührten. Sie war also direkt aus Hermanns strenger Kammer zu mir ins Kaffeehaus geeilt! Ich schluckte. »Und wozu dann die Zöpfe?«

»An den Zöpfen zieht er meinen Kopf zurück.« Sie lächelte triumphierend, und dabei zog sie demonstrativ ihren Kopf nach hinten.

Der Herr Ober war unauffällig an unseren Tisch getreten. Falls er sich wunderte, gelang es ihm hervorragend, dies zu verbergen. Ein echter Profi eben. Ich war ihm auf jeden Fall extrem dankbar für sein Erscheinen, meine Phantasie wollte gerade wieder mit mir durchgehen, und das wäre für meine Fassung nicht gut ausgegangen.

»Das Übliche? Melange und Apfel?«, fragte er.

»Melange ja«, erwiderte ich, »aber haben Sie vielleicht wieder diesen sagenhaft guten Nussstrudel von Ihrer Großmutter?«

»Selbstverständlich, gnädige Frau.« Er war sichtlich erfreut über das Lob – oder er erhoffte sich erneut ein großzügiges Trinkgeld.

»Alma, du musst *un-be-dingt* auch diesen köstlichen Strudel probieren«, sagte ich, und ohne ihre Antwort abzuwarten, bestellte ich zwei Stück.

Der Ober lenkte seine Schritte gemächlich zur Kuchentheke, während ich versuchte, meine Aufregung zu verbergen. Der Nussstrudel! Das Schicksal hatte es mir schon neulich angedeutet, es musste der Nussstrudel sein!

Und, was soll ich sagen, Alma war tatsächlich sehr angetan von dem Backwerk.

»Hast du eigentlich schon ein Catering für deine Vernissage bestellt?«, fragte ich.

»Hab ich nicht, nein. Ich wollte beim Trześniewski ein paar Brötchen bestellen. Wieso?«

»Was hältst du davon, wenn ich dir ein paar dieser herrlichen Nussstrudel spendiere?« Mein Puls ging in die Höhe wie eine Rakete. Ich war der Lösung meiner Probleme denkbar nahe.

»Warum nicht. Die ewigen Schnittchen sind eh langweilig. Danke, Schätzchen.« Nun war Alma wieder die Alte. »Ich stell einfach ein paar Knabbereien auf und deine Strudel, dazu natürlich Sekt und Kaffee, je nach Bedarf. Voilà!«

»Aber keine Chips oder so etwas, Alma. Studentenfutter, das harmoniert hervorragend mit den Nüssen und den Rosinen im Strudel!«

»Wie du meinst. Geht klar.«

Ich war aufgeregt wie bei meiner Mathematik-Matura nach drei Beispielen, als ich mir plötzlich sicher war, dass ich es schaffen würde. Zum Glück hatte Alma offensichtlich keine Ahnung von Hermanns Allergie. Ich konnte mich auch nicht erinnern, dass das jemals ein Thema gewesen war zwischen uns beiden. Ich hatte mich natürlich bei ihr ausgeweint wegen der Botschaftergattin, aber die Allergie hatte ich nicht mit ihr diskutiert. War mir damals ja auch egal gewesen.

Ich hatte also nicht nur das »Wann« und »Wo«, sondern auch das »Womit« mit einem Schlag gelöst. Ich war stolz auf mich.

»Und sonst alles im Griff mit der Vernissage?«

»Hm.«

Gedankenverloren rührten wir beide in unseren Kaffeetassen. Das Objekt unserer Phantasien war wohl dasselbe, nicht aber die Bilder, die wir heraufbeschworen.

Ich versuchte mir Hermann vorzustellen, wie er Alma an den Zöpfen zog, aber die Situation erschien mir wesentlich grotesker als meine Lieblingsvision von ihm: röchelnd am Boden liegend, in seinem Blick die Erkenntnis, dass sein letztes Stündchen geschlagen hatte.

Alma hingegen lächelte verklärt, während sie ihre Handgelenke massierte.

»Tut das eigentlich weh?«, fragte ich mit Blick auf ihre Hände.

»Nee, nicht wirklich. Aber, es ist – einfach abgefahren. Du bist gefangen, kannst dich nicht frei bewegen!«

»Was, während er dich …? Du kannst dich nicht selbst befreien?« Meine Aufregung wuchs erneut. Alma dachte wohl, die Vorstellung, beim Sex angebunden zu sein, mache mich so nervös. Sie grinste eingebildet. Dabei war es die Tatsache, dass Alma sich nicht befreien könnte, wenn Hermann seinen Anfall bekam, die mich so antörnte. Das war ja nachgerade perfekt! Hermann fesselt Alma ans Bett, sie küsst ihn, er kriegt seinen Schock, sucht nach seiner Spritze, während Alma verblüfft zusieht. Sie müsste zusehen, wie er verreckt!

»Wieso nehmt ihr denn eine Krawatte? Da gibt es doch so geile Handschellen dafür.« Abgefahren! Da beriet ich doch die Geliebte meines Mannes, wie sie ihn besser anmachen konnte.

»Gute Idee. Ich werd ihn demnächst damit überraschen.« Dieses Biest! Sie konnte mir dabei ins Gesicht schauen, ohne auch nur einen Anflug von Reue zu zeigen. Und ich hatte gedacht, sie wäre meine Freundin!

»Und Hermann kommt sicher?«

Ich schaute sie verwirrt an. Fragte sie mich jetzt ernsthaft, ob Hermann einen Orgasmus kriegen konnte? Nein, sie wusste ja gar nicht, dass ich sie durchschaut hatte.

»Hallo, Schätzchen, ob dein Mann mitkommt zur Vernissage, wollte ich wissen!«

Ach so, klar. Ich war so mit meinen Phantasien beschäftigt gewesen, dass ich ihre Frage gleich weiter interpretiert hatte. Diesmal konnte Alma mir nicht in die Augen schauen, sie wühlte umständlich in ihrer Tasche, aus der sie nach einer Weile ihre angeberische E-Zigarette zutage förderte.

»Ja, es bleibt dabei, er hat zufällig frei und interessiert sich für deine Bilder. Zufrieden?«, antwortete ich, ziemlich sauer.

»Helene, er wird dich … er wird dich schon wieder küssen.« Alma sah mich mitleidig an.

Ja, wenn *du* ihn wieder fallen lässt. Darauf kann ich verzichten! Mein Hass auf die beiden ließ die böse Helene in mir zur Höchstform auflaufen.

»Stell dir vor … also damals, als er mich noch küsste«, stotterte ich, »da durfte ich ihn immer erst küssen, kurz bevor er kam. Komisch, was manche Männer mögen, nicht wahr.« Natürlich lief ich rot an wie ein ertappter Teenager, ich hätte es nicht besser planen können.

»Das ist ja interessant«, sagte Alma, und ich konnte zufrieden feststellen, dass sie sich eine geistige Notiz machte. Es würde wunderbar klappen, ich wusste es! Erst wenn er sie mit den supergeilen neuen Lederhandschellen ans Bett gefesselt hatte, erst wenn er stöhnend auf ihr lag, würde sie ihn heftig küssen. Dann wäre sein Schicksal besiegelt. Ja, so musste es einfach funktionieren.

»So, ich muss jetzt, wir sehen uns am Samstag!«, unterbrach Alma meine freudvollen Phantasien.

»Klar. Ich freu mich schon!«, rief ich ihr nach, und das war kein bisschen gelogen.

Helene, sagte ich zu mir, ich liebe und akzeptiere dich so, wie du jetzt bist!

Auch der Herr Ober liebte mich. Ich bestellte eine Unmenge an Nusstrudeln und belohnte ihn wieder reichlich mit Trinkgeld.

***

Mein lieber José,

wie freut es mich, dass dir meine Heimatstadt gut gefällt. Ich wünschte, ich könnte bei dir sein!
Dein Deutsch ist nach wie vor sehr gut, danke für das Kompliment. Es freut mich immer, wenn meine Schüler Erfolg haben, besonders wenn sie mir so am Herzen liegen wie du!
Über dein heldenhaftes Benehmen im Park habe ich mit Sorge und Bewunderung gelesen. Gott wird es dir danken, denn jede gute Tat, die du einem Gotteskind angedeihen lässt, wird dir am Jüngsten Tag vergolten werden.
Trotzdem, als dein Freund bitte ich dich, Vorsicht walten zu lassen in der Fremde. Vergiss nicht: andere Länder, andere Sitten.
Doch nun zu deiner Mission. Hast du ihn schon gefunden? Ich bitte dich, sei fair und verständnisvoll ihm gegenüber, hör dir zuerst seine Beweggründe an, bevor du zu streng urteilst. Und vergiss nicht, wenn Jesus den Menschen verzeihen konnte, dann kannst du es auch.

Ich wünsche dir viel Erfolg für deine Suche!
Denk auch manchmal an deinen dich liebenden Freund
Jeremiah

Die Kunst der Täuschung

Ich sollte nicht so viel Kaffee trinken! Erstens macht er mich nervös, und zweitens kann ich nicht schlafen – und dann geht mir zu viel im Kopf herum, so wie diese Nacht. Und was mir dabei so einfiel, wollte ich mir auf gar keinen Fall wieder in Erinnerung rufen.

»Frau Helene! Was ist los heute mit Ihnen?« Tereza schüttelte tadelnd den Kopf, weil ich außer meinem Kaffee beinahe das gesamte Frühstück unangetastet stehen ließ.

»Magenverstimmung«, log ich. Ich hatte ein schlechtes Gewissen. Tereza hatte sich solche Mühe gegeben. Auf der Terrasse gedeckt, ein Luxus, den ich besonders liebe.

Hermann fixierte mich skeptisch. Ich hatte zwar des Öfteren Kopfschmerzen, aber an Verdauungsproblemen litt ich praktisch nie.

»Du wirst doch nicht ausgerechnet heute krank werden, wenn deine Freundin ihren großen Tag hat!« Er legte die Morgenzeitung zur Seite und ging hinüber zur Anrichte, um sich sein samstägliches Brioche-Kipferl zu holen.

»Dann ich mache Ihnen Kamillentee. Oder warme Milch mit Honig? Kaffee nicht gut!«, sagte Tereza bestimmt.

»Es geht schon, Tereza, machen Sie sich keine Mühe«, beruhigte ich sie. Wenn ich jetzt Kamillentee trank, würde ich wirklich krank werden, und bei warmer Milch hebt es mir sowieso den Magen aus, auch wenn ich nicht nervös bin. Doch ich *war* nervös. Und wie! Dieser Tag würde als Tag der Befreiung in meine Biografie eingehen! Wenn alles klappte, war ich in vierundzwanzig Stunden bereits Witwe.

Als Hermann sein Frühstück beendet hatte, schnupfte er sich eine riesige Prise Tabak in die Nase, wobei natürlich eine gehörige Portion an seinem Schnauzer hängen blieb.

»Kannst du dir denn dieses garstige Hobby nicht abgewöhnen«, fragte ich angewidert, »zumindest beim Frühstück?« In diesem Moment hätte es mich ehrlich interessiert, ob er auch bei Alma schnupfte oder ob er dort E-Zigarren rauchen musste.

»Warum sollte ich das?« Typisch Hermann! Als ob er nicht wüsste, wie sehr mir vor diesem Zeug grauste.

»Weil ich es nicht mag, zum Beispiel?«

Er lachte. »Ja, ja, das ist natürlich ein Grund.«

Aus meiner imaginären Magenverstimmung wurde zusehends eine echte. Aber ich wollte mich zusammennehmen. Helene, sagte ich mir, mach jetzt bloß keinen Fehler. Gelassenheit ist angesagt. Ich verordnete mir in Gedanken noch ein paar Klopfsitzungen für den Nachmittag. Aber Hermann ließ meine Nerven nicht zur Ruhe kommen.

»Ich werde gleich nach dem Mittagessen nach Wien fahren«, verkündete er.

Nein! Das durfte er nicht! Meine Schweißdrüsen begannen zu arbeiten wie bei einem Galeerensträfling. Wenn er Alma schon vor der Vernissage vögelt, dann ist der ganze Plan im Eimer!

»Was willst du denn schon so zeitig in Wien?«

Kein Wunder, dass man blass wird, wenn man in Panik gerät, nach der Schweißattacke verzog sich mein Blut bis in die hintersten Winkel meiner Kapillaren.

»Arbeiten, was sonst!« Hermann sah mich nicht an.

»Ich fahre mit!«, beschloss ich. »Dann kann ich Alma noch beim Herrichten helfen!«

Jetzt rang Hermann um Fassung. »Du hast doch Kopfweh!«

»Magenverstimmung«, verbesserte ich ihn, »aber es geht mir schon besser. Was ziehst du eigentlich an?« Ich musste ihn dringend ablenken.

»Mein neues Sakko. Wieso fragst du?«

»Ach, nur so.«

»Ich ruf kurz im Büro an«, sagte Hermann und ging ins Wohnzimmer. Er vergaß auch nicht, die Terrassentür hinter sich zuzuziehen.

Das neue Sakko? Ich wusste von keinem neuen Sakko. Wenn ich schon in wenigen Stunden mit Hermann nach Wien fahren sollte, dann musste ich mich darum kümmern, dass er sein Notfallpaket auf keinen Fall in diesem Sakko hatte.

Nun bekam ich auch noch Kopfweh. Und Tereza wollte mir keinen Kaffee geben, verdammt!

»Ja, ist in Ordnung. Dann machen wir das eben am Montag. Ein schönes Wochenende!«, rief Hermann verdächtig laut ins Telefon, als er die Tür wieder aufschob. Er warf das Handy auf die Anrichte und schnupfte sich erneut einen Fleck in sein Gesicht. Ha! Vielleicht ist es dein letzter, Hermann Winter, dachte ich mir, und schon ertrug ich ihn viel besser.

»Es wird jetzt doch nichts mit dem Arbeiten. Herr Leutgeb muss seine Mutter betreuen.«

»Tja, da kann man nichts machen! Dann fahren wir eben um sechs, wie geplant!« Ich lächelte erleichtert. Das gab mir Zeit, mich um das neue Sakko zu kümmern.

***

Lieber Jeremiah,

ich liebe die Wiener Kaffeehäuser. Diese herrlichen Mehlspeisen. Sachertorte, Kardinalschnitte, Gugelhupf – von denen hast auch du uns immer vorgeschwärmt. Und dann die verführerischen Strudel mit ihren unterschiedlichen Füllungen – Apfel, Mohn, Nuss –, einfach phantastisch. Jeremiah, ich fürchte, ich werde mit ein paar Fettröllchen mehr nach Hause kommen, aber ich kann einfach nicht widerstehen!
Mit meiner Aufgabe bin ich noch nicht sehr weit gekommen. Ich habe das Wiener Telefonbuch durchgecheckt, konnte aber keinen einzigen Hermann Winter finden. Bist du sicher, dass er in Wien wohnt? Hoffentlich hast du dich nicht geirrt, und er ist in der Zwischenzeit woandershin versetzt worden. Das wäre katastrophal!
Ich werde mir noch ein Stück Topfenstrudel bestellen, den habe ich noch nicht probiert, und dann im Internet weiter nach Hermann Winter suchen. Drücke mir die Daumen!
Ich wünschte auch, du könntest hier bei mir sein! Wie viel einfacher wäre alles für mich!

Dein José

***

Die Mittagsrunde mit Draco hatte zwar meine Kopfschmerzen weggeblasen, mich aber auch derart ermüdet, dass ich danach ein kleines Nickerchen brauchte. Als ich wieder aufwachte, war es bereits fünf Uhr.

Panisch lief ich nach unten. Hermann saß schon fix und fertig angezogen im Wohnzimmer an der Bar und trank Kaffee. Sein neues Sakko hatte er neben sich gelegt. Ich wusste, sein Notfallpaket war bereits in der Brusttasche. Aber wie kam ich da jetzt ran?

»Wo bleibst du denn!«, schalt er mich. »Wir wollten uns doch noch ein paar Bilder ansehen, bevor die Gäste kommen.«

»Wollten wir das? Davon weiß ich nichts«, sagte ich. »Hat Alma das gesagt?«

Hermann war leicht nervös geworden. Er musste scharf nachdenken, um keinen Fehler zu machen.

»Ich hab überhaupt nie mit deiner Alma gesprochen. Ich dachte, *du* wolltest ein Bild kaufen.«

Ha! *Meine* Alma!

»Ja, schon, aber es war nie die Rede von *vor* der Vernissage«, erwiderte ich.

Hermann war ungehalten. »Ist doch egal, ob vorher oder nachher. Du solltest dich langsam fertig machen.«

»Ich geh ja schon. Kümmere *du* dich einstweilen um Draco, ja?«

Ich rannte blitzschnell ins Badezimmer, duschte in Rekordzeit und zog mein kleines Schwarzes über. Die Spaghettiträger ließen meine bereits leicht gebräunten Arme gut zur Geltung kommen. Dazu würde ich einen Tüllschal in Altrosa tragen, passend zu meinen neuen Stilettos. Mein Haar steckte ich locker zu einem Knoten zusammen.

»Gut sehen Sie aus, Frau Helene«, lobte Tereza mein Erscheinungsbild.

Hermann dagegen nahm mich nicht einmal wahr. Er telefonierte wieder einmal, Draco lag gemütlich neben dem Barhocker. Wenigstens er sprang auf, um mich zu begrüßen. Auch Hermann erhob sich, aber nicht um mir seine Aufmerksamkeit zu schenken. Er trat auf die Terrasse hinaus und schloss die Tür hinter sich. Normalerweise wäre ich in Anbetracht seines rüpelhaften Benehmens so was von beleidigt gewesen, jetzt war es mir allerdings nur recht, dass er mich ignorierte. Das war meine Chance! Außerdem hatte seine Ignoranz die böse Helene wieder aus der Versenkung geholt.

»Ist *sie* am Apparat?«, fragte ich Tereza.

Sie nickte. Hoffentlich euer letztes Telefongespräch, dachte ich schadenfreudig.

»Ach, Tereza«, sagte ich, »ich hab mein Handy oben vergessen, würden Sie so nett sein …?«

»Natürlich, Frau Helene.«

Kaum war Tereza bei der Tür hinaus, eilte ich in die Küche und holte einen Kauknochen, der laut Etikett meinem Hund Energie und Lebensfreude geben würde – als ob er davon noch eine Extraportion bräuchte! Draco schoss die Lebensfreude schon ein, bevor er noch seine Zähne in den Knochen graben konnte. Vielleicht wunderte er sich auch, dass ich das lecker riechende Ding ausgerechnet auf Hermanns neuem Sakko platziert hatte, oder er interpretierte es als neues Spiel. Wie auch immer, Draco und mein Plan funktionierten blendend. Der Hund warf sich voller Eifer auf das Sakko und knabberte mit solcher Inbrunst an seinem Leckerli, dass das Sakko binnen Kürze vollgesabbert und verknittert war.

Ich schlich mich sicherheitshalber aus dem Zimmer. Tereza kam mir gerade entgegen.

»Ich nicht kann finden Ihr Handy, tut mir leid!«, sagte sie.

»Ach ja, das wollte ich Ihnen gerade sagen. Ich hab es nur verlegt.«

Da hörten wir auch schon Hermanns Schrei. »Draco! Mein neues Sakko!«

Tereza und ich eilten natürlich sofort zu Hilfe, aber es war zu spät.

Hermann schäumte vor Wut. »Kannst du nicht *ein Mal* auf diesen Hund aufpassen!« Klar, dass *ich* wieder schuld daran war. In diesem Fall nahm ich die Kritik ausnahmsweise gelassen hin.

»Was lässt du dein neues Sakko auch so herumliegen?«, sagte ich und erntete dabei einen anerkennenden Blick von Tereza. »Anziehen kannst du das Stück jetzt aber nicht.«

Es gelang mir nur schwer, meine Schadenfreude zu verbergen, deshalb sagte ich schnell. »Gib her!« Ich drückte es Tereza in die Hand. »Tereza bringt es morgen zur Reinigung. Ich hol dir ein anderes.«

»Warte!«, rief Hermann und nahm Tereza das Sakko wieder ab, dabei griff er in die Brusttasche.

Scheiße, war alles, was mir dazu einfiel. Jetzt holt er sein Notfallpaket heraus.

Doch Hermann zog lediglich ein rotes Halstuch aus seinem Sakko, dann gab er Tereza das Kleidungsstück zurück.

»Was ist das denn?«, fragte ich verwundert.

»Ein Halstuch. Das siehst du doch.«

»Bist du erkältet?«

»So etwas trägt man auf einer Vernissage, falls du das nicht weißt«, erklärte mir Hermann, wobei ich mir einbildete, dass er dabei rot wurde.

Es war mir egal. Ich wusste nur, dass ich jetzt rasch handeln musste. Schnell lief ich in sein Zimmer und suchte ein ähnliches Sakko aus dem Schrank. Eines, zu dem auch das rote Tuch passte. Man will sich ja schließlich nicht mit dem Gatten blamieren.

Er war mir der Wahl einverstanden.

»Jetzt aber schnell«, trieb ich Hermann zur Eile. »Wir wollen Alma doch nicht warten lassen!«

Es klappte. Vor lauter Eile bemerkte er nicht, dass die Innentaschen des Ersatzsakkos leer waren.

***

Lieber José,

ich denke so oft an dich. Lass dir unbedingt die Wiener Mehlspeisen schmecken, sie sind wahrlich eine Sünde wert! Außerdem – Gott möge mir verzeihen –, ein paar rundliche Stellen an dir zum Anfassen würden mir nicht missfallen, im Gegenteil!

Aber nun zu deiner Mission: Ich habe, gleich nachdem ich dein E-Mail gelesen hatte, an der Botschaft angerufen, und man hat mir versichert, dass Dr. jur. Hermann Winter derzeit in Wien beschäftigt ist, und zwar

im Außenamt. Er muss es sein! Möglich, dass er etwas außerhalb von Wien wohnhaft ist und deshalb nicht im Telefonbuch steht; vielleicht hat er auch eine Geheimnummer.
Am besten gehst du zum Außenamt und lässt dir einen Termin bei ihm geben. Wenn du sagst, du kommst aus Guatemala und bringst Grüße von der österreichischen Schule, wird man dich sicherlich vorlassen.

Toi, toi, toi!
In Liebe, Jeremiah

***

Alma begrüßte uns an der Tür. Sie sah phantastisch aus. Die albernen Zöpfe hatte sie aufgeflochten und ihr üppiges rotes Haar stattdessen mit einer Perlenkette lose zusammengebunden. Natürlich hatte sie das gesamte Versace-Geschmeide umgehängt. Es musste Hermann ein Vermögen gekostet haben! Der Schmuck mit seinem edel mäandrierenden Muster hob sich perfekt von dem weißen Herrenhemd ab, das Alma zu einer extravaganten Marlene-Hose trug. Als Stiltüpfelchen hing ihr eine silbergraue Krawatte leger um den Kragen. Die Hose hatte statt des üblichen Reißverschlusses einen kurzen Latz, der von zwei Reihen schwarzer Knöpfe zusammengehalten wurde. Gehalten wurde diese auffallende Hose von einem Paar Luxushosenträgern aus schwarzem Leder. Almas Haar und der knallrote Lippenstift setzten einen grellen Farbakzent gegen das dominierende Grau.

Gekonnt klatschte sie uns Farbpartikel des Lippenstiftes auf die Wangen, ich hatte Mühe, sie unauffällig wieder abzuwischen. Hermann ließ sie einfach kleben, wie zwei Stempel markierten sie sein Gesicht.

Diese Lippen werden dir noch zum Verhängnis werden, Hermann Winter! Ich konnte es kaum erwarten.

Freundschaftlich hakte ich mich bei Alma ein und zog sie in die Galerie. »Ist *er* auch da?«, fragte ich scheinheilig.

»Wer?«

»Na, dein Krawattenfessler!«

»Ach so. Nein. Das heißt, ja.«

»Na, was jetzt?«

»Hör mal, seine Frau ist auch dabei. Ich kann jetzt nicht …«

Ich nahm mir ein Glas Sekt und ein großes Stück Nussstrudel vom Büfett und hielt Alma auch eines hin.

»Ach ja, gib her«, sagte sie, »und ein Glas Sekt dazu.«

»Schade! Kannst du nicht wenigstens eine Andeutung machen? Oder lass mich raten. Die zwei da drüben sind's, stimmt's?«

»Ach bitte, lass mich jetzt in Ruhe damit, ich bin ohnehin schon ein wenig nervös wegen meiner Rede.«

»Okay, okay«, beruhigte ich sie. »Aber … wieso musst du denn reden, ich denke, du stellst aus?«

»Ja, ich auch, aber der Hauptteil der Ausstellung ist von Pierre.«

»Wer ist denn Pierre? Sollte ich den kennen?«

»Er ist Professor an der Akademie der bildenden Künste in Basel«, klärte Alma mich auf. »Das ist er, da drüben.«

Sie deutete auf einen schlecht aussehenden Mittvierziger mit breitem Mittelscheitel und ungepflegten langen Haaren, der seinen Bierbauch in viel zu enge, grün karierte Bermudashorts gezwängt hatte. Da konnte ein riesiges Hawaiihemd in Gelb-Orange-Tönen auch nichts mehr kaschieren. Seine Füße steckten in gelben Clogs. Der Typ sah aus, als ob er geradewegs vom Ballermann käme, aber sicher nicht von einer Kunsthochschule.

»Der da? Ist das eine Verkleidung?«

Alma lachte. »Das Gleiche habe ich mir auch gedacht, als ich ihn das erste Mal getroffen habe; aber seine Bilder sind sensationell, du wirst sehen.«

»Und wer hält deine Laudatio?«

»Ach, das macht der Sekretär vom Kulturstadtrat, der da drüben.«

Ich sah mir den Typen genauer an und war enttäuscht, dass er kein Halstuch trug. Bloß einen Rollkragenpulli mit grünem Sakko darüber. Keine Krawatte, kein Tuch.

Ich brachte Alma noch ein Glas Sekt zur Beruhigung und nahm ein Schälchen Studentenfutter mit. In Windeseile hatten wir die Nussmischung verputzt. Mindestens tausend Kalorien, dachte ich, aber hoffentlich gut investierte!

Ein Streichertrio spielte ein dissonantes zeitgenössisches Stück, dann schritt Alma majestätisch zum Mikrofon und fing mit ihrer Rede an.

»Kunst ist Kommunikation«, begann Alma. »Einen wunderschönen guten Abend Ihnen, liebe Vernissage-Gäste. Ich freue mich, dass Sie meiner Einladung gefolgt sind, und ich möchte mich ganz besonders beim Ensemble Concordia für die wunderschöne musikalische Untermalung bedanken.« Verhaltener Applaus.

»Kunst ist nicht nur Kommunikation. Kunst ist auch Körper.«

»Aha!«, sagte ich zu Hermann. »Und Körper ist Kunst, wetten!«

»Und Körper ist Kunst«, sagte Alma.

Aus reiner Gewohnheit blickte ich triumphierend in Richtung Hermann. Früher hätte er mir für diese Meisterleistung an Vorhersage wenigstens einen anerkennenden Blick geschenkt. Heute überhörte er meine Bemerkung, als wäre ich Luft. Stattdessen hing er an Almas Lippen wie ein Affe in der Bananenstaude.

Ich stieß ihn dezent an. »Lass uns lieber in Ruhe durch die Ausstellung gehen«, schlug ich vor, »bevor wir von den Kunstkörpern niedergerannt werden.« Ich hasste diese haarsträubenden Interpretationen, von wegen »elegischer Pinselstrich, kühne Schwünge, wuchtige Imagination« und was es sonst noch so gibt. Noch schlimmer waren nur noch die Epochivisten, die sofort in jedem Künstler Reinkarnationen verstorbener oder Konglomerate existierender Künstler sahen.

Hermann ließ sich nur widerwillig durch die Ausstellung schleifen. Aber die Exponate waren beeindruckend, sowohl Almas Körperwelten als auch die eigenartigen Bilder dieses Pierre – er nannte sie »Phantasmen«.

Alma hatte eine Serie von Ölgemälden ausgestellt, die allesamt in verschiedenen Grauschattierungen gehalten waren, die von explodierenden Rottönen zerschnitten wurden.

Mit ihrer extravaganten Kleidung hatte sie sich offensichtlich an ihr künstlerisches Konzept gehalten, sich quasi selbst inszeniert. Stil hatte sie, das musste man ihr lassen – zumindest in der Kunst!

Man konnte durchaus auch Körperteile in ihren Kompositionen identifizieren, teils realistisch bis ins Detail, teils grotesk verzerrt. Faszinierend waren die Gemälde auch durch ihre riesige

Dimensionierung. So ein Bild maß drei bis vier Meter im Quadrat.

Pierres Phantasmen muteten da schon eher nüchtern an. Als Kontrast zu Almas weichen Körperformen stachen skurrile geometrische Formen ins Auge, als Ganzes lebten seine Gemälde von wilden Farbkombinationen, die zusätzlich mit einer merkwürdigen Unschärfe akzentuiert waren. Zwar waren seine Bilder mit achtzig bis hundertzwanzig Zentimetern Breite wesentlich kleiner, wirkten aber durch die wilde Farbgebung um nichts weniger fulminant. Auch er hatte sich eigentlich passend zu seinen Bildern gekleidet, stellte ich amüsiert fest, zumindest was die Farbwahl seiner Hose betraf. Allerdings stand ihm das nicht annähernd so gut wie Alma.

Vom Foyer her tönte Applaus, Alma hatte ihre Rede zu Ende gebracht. Hermann zog es nun magisch in ihre Richtung, da musste ich wohl mit. Ein weiteres grässliches Musikstück folgte, dann matter Applaus, und der Sekretär erklomm das Rednerpult. Er lobte die Initiative der Künstlerin und hob die großzügige finanzielle Unterstützung durch seinen Vorgesetzten hervor. Spätestens jetzt wurde klar, dass im kommenden Herbst eine Wahl bevorstand.

Schließlich war Ballermann-Pierre an der Reihe.

Ich war gespannt, was ein Universitätsprofessor zu Almas Werk sagen würde, aber ich konnte ihm beim besten Willen nicht folgen, aber nicht weil er ähnlich intellektuellen oder politischen Schwachsinn verzapfte wie Alma oder der namenlose Sekretär vor ihm, sondern weil sein Schwyzerdütsch für Ostösterreicher einfach nicht zu verstehen war. Er bekam trotzdem den meisten Applaus, vielleicht wollte das Publikum auch verhindern, dass das Streicher-Ensemble wieder zuschlug. Vergeblich. Unser aller Ohren wurden erneut zehn Minuten lang gefoltert, aber dann war die Ausstellung für eröffnet erklärt.

Man reichte erneut Sekt und Nussstrudel. Hermann nahm sich ein Glas und ließ mich stehen. Er eilte auf Alma zu, die gerade inmitten einer Runde interessiert nickender, schwarz gekleideter Herrschaften auf eines ihrer Bilder zeigte. Aber Alma war Hermanns Nähe anscheinend zu heiß, denn sie steuerte direkt auf mich zu. Hermann blieb enttäuscht bei der Kunstkritikergruppe stehen und nickte anerkennend mit.

»Wie war ich?«, fragte sie, indem sie sich ein paar Schweißtröpfchen über ihrer roten Oberlippe wegtupfte.

»Souverän!«, sagte ich.

»Hast du schon eine Brille?«

Ich hatte keine Ahnung, was die Frage sollte.

»Ich bin doch erst fünfunddreißig. Was fragst du?«

»Nein, nicht *die*, eine 3-D-Brille natürlich.«

»Ach so, na klar.« Ich hatte immer noch keine Ahnung, aber sie hatte wohl so etwas in ihrer Rede erwähnt. Unauffällig drehte ich mich um. Einige Gäste hatten tatsächlich diese schwarzen Dinger auf, mit denen derzeit die Kinobesucher belästigt werden.

»Hast du noch welche?«

»Komm mit, da drüben. Ich zeig dir, wie's geht.«

Die phantastischen Bilder des Pierre wurden durch die 3-D-Brille magisch verzerrt. Jetzt verstand ich, warum die Bilder brillenlos so seltsam unscharf wirkten.

Ich setzte mir also so ein Unding auf und erschrak, wie mir urplötzlich Türme und Quader entgegenwuchsen. Der Effekt erinnerte mich stark an diese magischen Augen von Tom Baccei, die wir als Kinder stundenlang angestarrt hatten, bis sie endlich plastisch geworden waren. Der Effekt war zwar faszinierend, aber so ein Bild mochte ich mir eigentlich nicht zu Hause aufhängen. Man konnte sich doch nicht beim Vorbeigehen jedes Mal so eine Brille aufsetzen, und ohne 3-D-Effekt zog es einen zwar förmlich ins Bild hinein, aber die Unschärfe trieb einem bei längerem Hinsehen die Tränen in die Augen. Man riskierte bei zu langem Hingucken vermutlich, dass einem schlecht wurde.

Schon jetzt konnte ich Terezas Worte hören: »Da fall ich die Stiegen hinunter bei Putzen.«

»Was für Bilder wolltest du mir eigentlich zeigen?«, fragte ich Alma, denn dass ich weder ihre Riesengemälde aufhängen konnte noch diese Phantasmen, das musste sie doch wissen.

»Später«, sagte sie, »wenn die anderen weg sind. Das beste hab ich für euch aufgehoben!«

Ich hatte mich einstweilen über ein Schälchen Nüsse hergemacht und animierte Alma, zuzugreifen.

»Mit Knabbereien darf ich gar nicht anfangen«, lehnte sie ab, »da kann ich einfach nicht mehr aufhören.«

»Umami«, sagte ich.

»Was?« Alma sah mich unverständlich an.

»Das ist Umami, die fünfte Geschmacksdimension.«

»Hört sich toll an«, meinte Alma. »Und was genau ist das?«

»Keine Ahnung. Aber es schmeckt phantastisch!«

»Na, dann rück die Schüssel schon rüber!«

Ich reichte sie ihr gerne. »Ist ja nur heute, ausnahmsweise«, tröstete ich sie. Ich war mir sicher, sie würde für den Rest des Lebens keine Nuss mehr anrühren. Passivallergie quasi.

Hermann hatte sich in der Zwischenzeit einer Gruppe von schwarz gekleideten Frauen angeschlossen. »Er jagt auch wirklich jedem Rock hinterher«, sagte ich, als ich Almas skeptischen Blick auffing. Das war natürlich Blödsinn. Erstens hatten die Damen alle Hosen an, und zweitens war er einfach sauer, weil Alma sich nicht um ihn kümmerte. Ich kannte ihn eben doch besser als sie.

»Ach was«, sagte sie, »das bildest du dir doch nur ein. Aber wir können ja hinübergehen, wenn es dich beruhigt.«

Ich wusste genau, zu wessen Beruhigung dies dienen sollte. »Ich hole mir lieber einen Kaffee«, sagte ich, denn ich hatte keine Lust, eine von Hermann ignorierte Henne in seinem Korb zu spielen.

Das Strudel-Büfett wurde langsam leer, und so leerte sich auch die Ausstellung. Alma musste eine Menge Leute küssen, Pierre wollte keiner küssen, aber man schüttelte ihm höflich die Hand, und er ließ verlässlich sein »Uf Wiederluage« verlauten. Die Zeit war gekommen, das Feld zu räumen. Ich hatte mein Möglichstes getan, nun musste mir das Schicksal helfen.

Prompt ließ ich meine Schultern hängen und schritt mit kläglicher Miene zu Hermann. Es tue mir leid, aber die Magenverstimmung sei zurückgekehrt, wahrscheinlich der Sekt, und eine Migräne kündige sich auch an …

»Ich möchte aber noch nicht nach Hause. Alma wollte uns ja auch noch diese Bilder zeigen.«

Ich verbiss mir jeden Sarkasmus, er war nicht mehr angebracht. »Ach, das kannst du sicher auch ohne mich. Ich vertraue auf deinen Geschmack«, sagte ich. »Ich nehm mir ein Taxi, du kannst das Auto haben.«

»Dann werde ich aber in der Kanzlei schlafen«, sagte Hermann, »ich hab schon zu viel getrunken.« Er warf Alma einen vielsagenden Blick zu.

»Kein Problem«, sagte ich. Ich war ja heute so was von tolerant!

Als Alma mir zum Abschied den obligaten Kuss aufdrückte, konnte ich nicht anders. »Und? Ist *er* noch da?«

»Natürlich«, sagte Alma. »Seine Alte hat er heimgeschickt, die Handschellen warten schon!« Sie lächelte triumphierend, ich lächelte zufrieden.

»Das ist ja prima«, sagte ich. »Du musst mir dann alles ganz genau erzählen.« Ich drückte ihr ebenso einen Schmatz auf die Wange und winkte mir ein Taxi heran. Heimlich notierte ich die Nummer des Fahrzeugs, schließlich würde ich vielleicht ein Alibi brauchen.

Bei einer Kirche bat ich den Fahrer, kurz zu halten, ich müsse noch eine Kerze anzünden für einen guten Bekannten, der in Lebensgefahr schwebt, sagte ich.

Ich zündete gleich fünf Kerzen an und betete ein »Gegrüßet seist du, Maria« beziehungsweise was mir davon noch im Gedächtnis geblieben war. Ich nahm mir auch vor, zu googeln, was »gebenedeit« eigentlich bedeutet. Es hört sich auf jeden Fall sehr hübsch an. Ich wäre auch gerne gebenedeit, dachte ich. Wenn es Maria geholfen hat, warum nicht auch mir?

In Baden angekommen, schloss ich leise die Tür auf. Tereza war schon zu Bett gegangen. Obwohl ich das letzte Mal ihre Gesellschaft sehr genossen hatte, war ich jetzt froh, mit meinen Gedanken allein sein zu dürfen. Ein Alibi hatte ich ja schon. Draco schnarchte in seinem Körbchen, ich schlich leise an ihm vorbei, um mich im Keller erneut an Hermanns Weinregal zu vergehen. Diesmal entschied ich mich für einen Spätburgunder. Genau genommen waren es ja bald meine Weine und daher nicht mehr »verboten«. Eigentlich schade.

Ich nahm die Flasche mit ins Schlafzimmer, wo ich meinen

letzten Abend als gehörnte Gattin gebührend feiern wollte. Dazu zog ich meinen Flanellpyjama mit Schmetterlingsmuster über – einen absoluten Liebestöter –, zündete mir ein paar Räucherstäbchen an und schob mir die »Mamma Mia!«-CD in meinen Player. Den Wein trank ich aus meinem Zahnputzbecher – laut Hermann ein absoluter Fauxpas!

»Auf dich, Hermann Winter. Möge deine ehebrecherische Domina dich schnurstracks in die Hölle küssen!« ABBA sangen »The Winner Takes It All«.

Sakrileg hin oder her, der Wein schmeckte auch aus dem Zahnputzbecher hervorragend. Zur Feier des Tages öffnete ich eine meiner zahlreichen Pralinenschachteln, sie hatten ja jetzt als Munition ausgedient und konnten dem genussvollen Verzehr zugeführt werden.

Dennoch – sosehr ich mich auch bemühte –, es wollte sich keine Feierstimmung bei mir einstellen. Ich stoppte ABBA, zu sentimental. Drückte die Räucherstäbchen aus, zu intensiv. Womöglich bekam ich wirklich eine Migräne. Die Pralinenschachtel warf ich achtlos unter mein Bett, vom Knabbern hatte ich fürs Erste genug.

Meine anfängliche Euphorie wich langsam einer großen Unruhe, die in mir nicht nur schöne Aussichten, sondern auch unhübsche Szenarien heraufbeschwor. Je mehr Wein ich konsumierte, desto düsterer wurden die Bilder.

Hatte ich zuvor noch eine schluchzende Alma vor Augen gehabt, blass, mit verwischtem Lippenstift über Hermanns Leiche gebeugt, eine Handschelle vom Armgelenk baumelnd, so sah ich jetzt Hermann mit 3-D-Brille, wie er Alma heimlich an sich reißt und ihr noch in der Galerie einen Zungenkuss abringt. Wie er keuchend zu Boden geht und Alma kreischend ruft: »Ist ein Arzt anwesend?« Natürlich ist ein Arzt anwesend, ein Arzt ist immer anwesend. Er gibt Hermann eine Spritze. Alma ruft: »Dieses Miststück hat mich absichtlich mit Nussstrudel gefüttert!« Mir wurde es heiß in meinem Pyjama.

Mach dich nicht verrückt, versuchte ich mich zu beruhigen. Ich schenkte mir noch einen Becher voll.

Es war kurz nach Mitternacht. Das Läuten des Festnetztelefons ließ mich wie vom Blitz getroffen in die Höhe fahren. Die Polizei! Das Krankenhaus! Wer sonst würde um diese Stunde am Festnetz anrufen?

Hastig lief ich nach unten und riss den Hörer an mein Ohr.

»Winter!«

»Kind, dass ich dich endlich erreiche!«

»Mutter! Was willst du denn mitten in der Nacht?«

»Was gehst du denn auch nicht an dein Handy? Seit Stunden versuche ich schon, dich zu erreichen. Ich könnte hier mutterseelenallein sterben, und keiner merkt es.«

Mutters Stimme klang zwar ungehalten, aber nicht gerade todgeweiht.

»Tut mir leid, ich war bei einer Vernissage, da hatte ich es abgedreht«, versuchte ich mich zu rechtfertigen.

Sie unterbrach mich unwirsch: »*Das* weiß ich auch schon. Ich hab Hermann angerufen, *der* hat sofort abgehoben. Und er hat mir gesagt, dass du nach Hause gefahren bist.«

Er lebte also noch, und er war anscheinend noch in der Galerie.

»Er wäre natürlich sofort vorbeigekommen. Aber ich hab selbstverständlich gesagt, dass das nicht notwendig ist, schließlich bist *du* ja auch noch da.«

Na wunderbar. Ich hatte Magenbeschwerden und Migräne und war außerdem in Baden. Hermann wäre mit dem Taxi in zwanzig Minuten bei Mutter gewesen.

»Er hat dir doch sicherlich auch gesagt, dass ich Migräne habe.«

»Kind, was bist du naiv. Ein Mann sagt seiner Schwiegermutter doch nicht, dass seine Frau Migräne hat!«

»Was ist denn überhaupt passiert?«, fragte ich. Langsam machte ich mir wirklich Sorgen. Wenn Hermann sein Schäferstündchen gecancelt hätte, um Mutter zu Hilfe zu eilen, dann musste wirklich etwas Schreckliches passiert sein.

»Mein Fernseher ist kaputt.«

»Und deswegen rufst du jetzt noch an?« Ich hätte sie erwürgen können.

»Du hast ganz recht, *jetzt* ist es zu spät. Ich habe Florian Silbereisen bereits versäumt.«

Ich war zerknirscht, am Boden zerstört.

»Und Carmen Nebel«, setzte sie noch eins drauf.

»Das tut mir jetzt aber wirklich leid, Mutter, aber bis Montag wirst du dich schon noch gedulden müssen. Wenn du möchtest, geh ich mit dir einen neuen Fernseher kaufen.«

»Typisch. Du denkst überhaupt nicht daran, dass man Sachen auch reparieren könnte. Aber, Helene, ich hab eben nicht so viel Geld wie du, wie du vielleicht weißt. Dein Vater …«

»Ja, ja!«, unterbrach ich sie schnell. Die alte Leier mit Vater und wie rücksichtlos er sie in Armut zurückgelassen hatte, wollte ich jetzt wirklich nicht hören. Abgesehen davon wusste ich ja von Vater selbst, dass er ihr das Haus überlassen hatte, bis dato ihre Betriebskosten übernahm und dazu noch jeden Monat einen hübschen Teil seines Gehalts überwies. Aber Mutter war überzeugt, dass sie weit unter der Armutsgrenze lebte.

»Meinetwegen«, warf ich schnell ein, »wir können das Gerät auch zum Elektriker bringen, und du nimmst dir ein Leihgerät. Aber auch das geht erst am Montag – und jetzt würde ich wirklich gerne schlafen, bitte schön.«

»Na gut, wenn es dir egal ist, dass ich morgen keinen Fernseher hab.«

»Ja, Mutter, es ist mir egal«, sagte ich und legte entnervt auf. Ich blieb noch eine Zeit lang neben dem Telefon stehen. Eigentlich hatte ich erwartet, dass sie gleich wieder anrufen würde, um sich über mich zu beschweren, wie undankbar ich doch sei und so fort, aber das Telefon blieb still. Ich zog sicherheitshalber den Stecker, holte mir eine Schlaftablette aus dem Arzneischrank und ging endgültig zu Bett.

Etwa um sechs Uhr wachte ich auf. Die Vögel vor meinem Fenster machten ein Höllenspektakel. »Haltet doch die Klappe!«, rief ich und knallte das Fenster zu.

Aua! Mein Kopf brummte schrecklich. Der Wein konnte es nicht gewesen sein, ein Blick auf die Flasche zeigte mir, dass ich nicht einmal die Hälfte geleert hatte. Außerdem war auch noch der Becher halb voll.

Dann erinnerte ich mich an den Sekt davor. Den Nussstrudel. Mein Herz begann, heftiger zu pochen. Was war letzte Nacht passiert? Ich hatte das Handy nicht wieder eingeschaltet und erinnerte mich, dass ich das Festnetz gestern auch noch gekappt hatte. Man konnte mich also nicht erreichen, wenn man mir eine traurige Mitteilung machen wollte.

Ich schleppte mich nach unten und steckte zunächst das Telefon wieder an. Der Anrufbeantworter war leer. Das Handy wollte ich mir später vornehmen. Der Gedanke an einen starken Kaffee trieb mich in die Küche. Er würde mich sicher wieder auf die Beine bringen. Ich schob die Küchentür auf und PENG! So musste sich ein Herzinfarkt anfühlen. Ich stieß einen saftlosen Schrei aus. Erbärmlich!

Hermann saß am Küchentisch und las die Morgenzeitung, er drehte sich erstaunt um. »Was glotzt du so? Ich bin kein Geist!«

Er wusste alles!

»Ich … Du hast mich erschreckt. Ich konnte nicht schlafen …«

Ich ließ mich kraftlos auf einen Stuhl fallen.

»Du siehst ja wieder super sexy aus«, bemerkte Hermann mit Blick auf meinen Pyjama.

»Mir war eben gestern nach Pyjama. Ich hatte Migräne. Du erinnerst dich vielleicht? Danke der Nachfrage.«

»Kein Wunder, du hast auch gesoffen wie eine Große!« Hermann sah mich verächtlich an. So viel zum ehelichen Mitleid. Alma hatte mindestens genauso viele Gläser gekippt wie ich, das wurde sicherlich nicht bemängelt. Ich war aber zu schlapp, um mich jetzt mit Hermann herumzustreiten.

»Deine Mutter hat mich gestern angerufen. Ihr Fernseher streikt«, sagte er mit bekannt ironischem Ton.

Ich erinnerte mich an unser Gespräch. »Ich weiß, sie hat mich noch aufgeweckt gestern«, log ich. »Du wärst angeblich noch zu ihr hingefahren gestern Nacht?«

»Quatsch. Behauptet sie das?« Hermann lachte höhnisch. »So blöd bist ja nicht einmal du!«

»Danke. Es ist schön, zu wissen, dass du mich nicht für alles für zu blöd hältst.« Ich stand auf und machte mir einen Espresso. Warum warf ich Hermann nicht einfach die Kaffeemaschine an den Kopf? Eigentlich sollte er schon längst tot sein, stattdessen trieb er mich weiter in den Wahnsinn.

»Ich hab mir gestern noch ein schönes Bild ausgesucht.« Wie

so oft ignorierte Hermann meine Gefühle, in dem Fall meinen Wutausbruch. Natürlich war ich trotzdem neugierig auf das Bild. »Ist es von Alma?«

»Nein. Von diesem Pierre.«

»Oh nein, nicht so ein 3-D-Bild!«, rief ich aus.

»Für wie dumm hältst du mich! Natürlich nicht! Die sind doch nur für die breite Masse und völlig überbezahlt. Das wird jetzt der Hype für die nächsten paar Jahre, und wenn dann alle so einen 3-D-Scheiß an der Wand haben, dann will es keiner mehr. Es ist ein Ölgemälde. Er hat es extra für Alma gemalt.«

»Und das gibt sie dir?«

»Uns!«, verbesserte mich Hermann. »Es steht draußen im Flur.«

Das Bild lehnte verkehrt herum an der Kommode. Hermann hob es hoch und hielt es gegen die Wand. Es zeigte einen Akt. Sie lag auf einer bezaubernden grünlich grauen Jugendstil-Chaiselongue mit einem Muster aus zarten Blüten in Altrosa. Eine Hand hielt sie über dem Kopf. Ihr üppiges rotes Haar fiel in Strähnen über ihren Busen, ohne ihn zu bedecken. Sie trug Hermanns Schmuckensemble. Das Bild war wunderschön. Es zeigte Alma wahrlich von ihrer schönsten Seite. Ich hasste es vom ersten Moment an.

»Wir sollen uns Alma hier aufhängen?« Ich konnte es einfach nicht glauben. Wusste er, dass ich es wusste, und wollte mich absichtlich quälen?

»Was dagegen?« Hermann schien beleidigt. »Sie ist doch deine beste Freundin, oder? Oben, in der Galerie neben meinem Schlafzimmer, würde es sich hübsch machen, meinst du nicht?«

Er holte sich diese Geliebte auch noch ins Haus, würde sie jede Nacht vor dem Schlafengehen bewundern können. Mir wurde es heiß und kalt zugleich.

»Natürlich«, stotterte ich, »ich meine nur, es wundert mich, dass Alma dieses wunderschöne Gemälde nicht selbst behält.«

»Sie wird wohl das Geld brauchen«, brummte Hermann. Wieder so eine Instant-Antwort. Mit dem Zorn kamen auch meine Energien langsam zurück. Ich musste wissen, was gestern schiefgelaufen war.

»Wird schon so sein«, murmelte ich daher zustimmend. »Hab ich gestern noch etwas versäumt?«

»Es hat noch ziemlich lang gedauert. Zum Schluss sind wir dann noch ins ›Bermudadreieck‹.«

»Wer ist ›wir‹?«, fragte ich scharf.

»Na, Alma, der Maler und Britta – das war seine anhänglichste Verehrerin – und ich. Dieser Pierre war sternhagelvoll, ich glaube nicht, dass Britta noch was von ihm hatte«, lachte Hermann.

Und Alma hatte was von dir? Ich war so sauer. Wenn sie mich schon mit ihm betrog, warum hielt sie sich dann nicht an die Abmachung, ihn erst zu küssen, wenn er stöhnte?

»Ich geh wieder ins Bett«, sagte ich – und blieb den ganzen Sonntag dort. Auch am nächsten Tag konnte ich mich nicht aufraffen, weiter als bis zur Toilette zu Fuß zu gehen. Tereza wollte schon den Doktor holen, aber ich konnte sie überzeugen, dass es nur ein Schwächeanfall war. Zu Mittag meldete sich meine Mutter.

»Du brauchst nicht mehr zu kommen!«, sagte sie schnippisch, ohne sich mit irgendwelchen einleitenden Floskeln aufzuhalten – wie zum Beispiel einer Frage nach meinem Befinden. Der Fernseher! Den hatte ich komplett vergessen!

»Es tut mir leid«, sagte ich. »Mir geht es zurzeit nicht sehr gut!«

»Du solltest mehr an die frische Luft. Wieso gehst du nicht öfter Gassi mit eurem Hund?«

Sie fand es nicht einmal der Mühe wert, nach meinen Krankheitssymptomen zu fragen. Wie früher, als sie mir immer ein Glas Wasser einredete, Allheilmittel gegen Durchfall und Verstopfung, Mumps, Masern und Zahnweh.

»Weil es mir nicht gut geht«, antwortete ich trotzig.

»Na, siehst du, ein Teufelskreis. Hör auf deine Mutter!«

Ich wechselte das Thema, ich war es leid, mich entschuldigen zu müssen, wenn es mir nicht gut ging.

»Und wie hast du das Fernseherproblem gelöst?«

Nicht dass es mich wirklich interessiert hätte, aber etwas musste ich ja fragen, sonst würde ich mir noch eine ganze Reihe mütterlicher Ratschläge anhören müssen.

»Ich muss am Samstag beim Staubsaugen den Stecker unabsichtlich herausgezogen haben. Ich hab ihn wieder eingesteckt, und jetzt geht er wieder. Man muss sich eben zu helfen wissen«, sagte sie stolz.

»Toll, Mutter!«, sagte ich. »Ich bin ja so stolz auf dich!«

»Machst du dich über mich lustig?« Ich hörte die Unsicherheit in ihrer Stimme.

»Aber nein. Ruf mich gerne an, wenn du wieder einmal wo den Stecker gezogen hast, ja. Aber wenn es geht, nicht um Mitternacht.«

»Ich hab schon verstanden!« Jetzt war Mutter endgültig sauer. »Manchmal frage ich mich wirklich, wozu ich eine Tochter hab«, sagte sie und legte auf.

Mit einem Seufzer stieg ich nun doch aus dem Bett. Es würde mir wohl nichts anderes übrig bleiben, als persönlich nach ihr zu sehen. Ich schnappte mir Draco – eine Geste, dass ich die mütterlichen Ratschläge befolgte – und fuhr zu ihr. Brachte ihr Pralinen mit. Machte geduldig mit ihr den wöchentlichen Großeinkauf. Ging mit ihr und Draco Gassi. Checkte noch einmal alle AV-Geräte durch. Ich war eben doch eine gute Tochter.

Ich war fix und fertig, als ich wieder zu Hause ankam. Tereza hatte mir Hühnersuppe gekocht. »Ist Bestes gegen Erkältung, Erschöpfung, Enttäuschung, was Sie wollen«, sagte sie. Wieder ein Allheilmittel, aber was für ein Unterschied! Mit jedem Löffel wurde mir ein wenig wärmer ums Herz. Es gab ja doch gute Menschen, Menschen, denen es *nicht* egal war, ob es mir nicht gut ging. »Danke, Tereza«, sagte ich. Sie sah mich verständnisvoll an.

***

Lieber Jeremiah,

ich habe mir zwei Tage ohne Kuchen verordnet. Es genügt, wenn einer von uns beiden üppige Weichteile zum Anfassen hat! (Ich werde an die süßen Dinge in Wien denken, wenn ich deine sanften Rundungen massiere …)

Danke für deinen Tipp mit dem Außenamt. Ich hatte natürlich auch

schon daran gedacht, aber vergessen, in welchem Ministerium ich nachfragen sollte.
Ach, Jeremiah! Jetzt, wo ich so nah dran bin, verlässt mich ein wenig der Mut. Wie soll ich ihm gegenübertreten?
Soll ich mich sofort zu erkennen geben? Weiß er denn, dass es mich gibt?
Oder soll ich ihm meinen Zorn sofort ins Gesicht schmettern?
Nein, ich werde ihn mir zuerst ansehen. Ich muss zuerst herausfinden, was für ein Mensch er ist. Dann werde ich wissen, was ich tun muss.
Ich melde mich wieder, wenn ich ihn gesehen habe!

Wünsch mir viel Glück!
Dein dich liebender José

Überraschungen

So saß ich denn, wieder einmal, im Café Bräunerhof und wartete, wieder einmal, auf Alma. Draco benahm sich brav, offensichtlich hatte er sich schon ein wenig an das Kaffeehaus gewöhnt. Ich hatte uns auch am Hundeabrichtplatz angemeldet, bald würde er mir aufs Wort gehorchen – so versprach es zumindest die Trainerin.

»Apfel oder Nuss?«, fragte der Ober.

Ich verweigerte jeglichen Strudel. Der Ober wirkte gekränkt. Selbst »Die Krone« hielt heute keine Patentlösung für mich bereit, wie ich unauffällig meinen Gatten entsorgen könnte. Natürlich gab es genug Artikel, die Tötungsoptionen beschrieben, die waren aber für mich nicht geeignet – zu blutig, zu brutal, zu groß die Gefahr, dabei entdeckt zu werden.

Alma rauschte herein wie die Dramaqueen persönlich. Man sah ihr von Weitem an, dass für sie derzeit alles wie am Schnürchen lief. Sie war attraktiv, erfolgreich, begehrenswert. Dagegen sah ich vermutlich wie die reinste graue Maus aus.

Aus purer Gewohnheit hielt ich die Fassade aufrecht. Ich wusste, es würde mir auch nichts nützen, wenn ich jetzt einen Skandal heraufbeschwor. Dann stünde ich auf einen Schlag völlig allein da.

»Die Ausstellung ist ein voller Erfolg, stimmt's?« Ich hätte nicht fragen müssen.

»Sensationell, einfach sensationell. Pierre kommt gar nicht nach mit Bestellungen, und ich hab schon drei meiner riesigen Bilder verkauft.« Alma zog genüsslich an ihrer E-Zigarette. »Apropos Bild. Wie gefällt es dir denn?«

»Es ist wunderschön«, sagte ich wahrheitsgemäß, »aber es wundert mich, dass du dich davon trennen konntest.«

Alma lächelte. »Ja, es ist mir nicht leichtgefallen. Aber bei euch weiß ich, dass es geschätzt wird. Und ich konnte ja nicht damit rechnen, dass ich wirklich drei von diesen großen Bildern verkaufen würde.« Sie sah mich stolz an.

»Ehrlich gesagt hab ich ziemliches Glück gehabt. Mein Konto war total leergefegt, absolut null Reserve. Du verstehst: die Ausstellung und auch das Material für die Bilder. War eine knappe Sache. Aber jetzt läuft's wie geschmiert.«

»Na, da bin ich aber froh.« Ich fand, dass ich eine meisterhafte Schauspielerin war. Alma nahm mir die Anteilnahme problemlos ab. Vielleicht kriegte sie deshalb ein schlechtes Gewissen, denn plötzlich entsann sie sich, dass es bei mir gerade nicht so toll lief.

»Und du? Alles in Ordnung mit der Migräne und so?«

»Ist, glaub ich, psychisch bedingt«, sagte ich, um die Rudimente von schlechtem Gewissen, die vielleicht in ihr schlummerten, zu aktivieren. »Du weißt schon, Hermanns Geliebte. Ich bin mir jetzt ganz sicher.«

»Eine Ahnung, wer sie ist?«

»Nein, diesmal ist er vorsichtiger. Er bringt sie nicht mit nach Hause. Immerhin!«

»Ich wünschte, du würdest auch jemand kennenlernen!«, sagte Alma. Das nahm ich ihr sofort ab, wo ich doch wusste, dass sie das nicht aus purer Selbstlosigkeit hoffte.

»Und mit deinem strengen Meister? Alles okay?«

Alma seufzte. »Wo der seine Phantasie herhat, ehrlich, ein Wahnsinn!« Auch ich hatte keine Ahnung, bis jetzt hatte ich Hermann als extrem nüchternen Menschen erlebt – in jeder Hinsicht.

»Habt ihr es auch nach der Vernissage …?« Ich musste wissen, was ich übersehen, warum es nicht geklappt hatte.

»Und wie!« Täuschte ich mich, oder wurde Alma rot?

»Aber du tust doch nichts, was du nicht wirklich willst, oder?« Ich sah sie scharf an. War Hermann unter die Perversen gegangen? Das hätte selbst Alma nicht verdient.

»Aber nein, wo denkst du hin! Aber er tut Sachen! Mensch, das hätte ich ihm nicht zugetraut. Solche Sachen macht man halt nicht mit seiner Ehefrau.«

»Was, zum Beispiel?« Und ich hatte mir noch eine Minute zuvor Sorgen um sie gemacht!

»Ach, Schätzchen. Das willst du nicht wissen.«

»Dann würd ich nicht fragen!«

»Sei doch nicht gleich so eingeschnappt! Es gibt einfach Sachen, über die spricht man nicht einmal mit seiner besten Freundin. Sorry!«

Ich kochte vor Wut. Was bildete sich diese Schlampe eigentlich ein, wer sie war? Und warum sollte sie was Besseres oder Verruchteres sein als ich? Nur, weil Hermann sie ans Bett fesselte, bevor er sie vögelte? Vielleicht hatte er doch bloß Angst, dass sie ihm sonst davonlaufen könnte?

Ich werde es dir zeigen, Alma-»Schätzchen«, schwor ich mir. Was du kannst, kann ich schon lang. Ich schnapp ihn dir wieder weg. Und sei's für einen Kuss!

»Schon gut«, lenkte ich ein. »Sag mal, das Zeug, das du da verwendest. Die Handschellen und so. Ist so was teuer?«

»Das kommt natürlich wie bei allen anderen Sachen darauf an, wie hoch deine Ansprüche sind. Wenn dir was von der Stange genügt, ist es durchaus erschwinglich.«

»Und du? Du bestellst dir das? Beate Uhse oder so, wegen der Diskretion?«

Alma lachte. »Sicher nicht. Gerade wenn du so was bestellst, weiß es der Briefträger oder die Nachbarin, wer immer dein Paket entgegennimmt, sofort. In diesen dezenten Paketen, wo null Werbung drauf ist, ist Porno drin.«

»Echt?« Man lernt nie aus. »Und wo kaufst du das dann ein?«

»In einem Sexshop, Schätzchen. Wo sonst? Zum Beispiel Mariahilfer Straße, gleich beim Generali-Center. Interesse?« Alma sah mich mitleidig an.

»Was sollte ich denn mit so einem Zeug anfangen? Ich frag nur so, aus Neugier«, sagte ich.

»Und ich muss jetzt in die Galerie. Die Kundschaft ruft!« Alma drückte dem Ober fünf Euro in die Hand und zog ab, wie sie erschienen war, alle Augen auf sich ziehend. Ich bezahlte auch. Der Ober war beleidigt, weil das Trinkgeld diesmal nicht so hoch ausfiel. Soll er doch beleidigt sein! Ihr werdet mich alle noch kennenlernen!

Draco spürte meine miese Laune und benahm sich deshalb vorbildlich. Er beeilte sich im Park mit seinen Geschäften, sodass ich nicht wieder in Bedrängnis geriet. Dann marschierten wir zusammen flotten Schrittes über den Heldenplatz direkt auf die Mariahilfer Straße. Ich musste etwas Dampf ablassen, und ihm würde es auch nicht schaden, dann benahm er sich zu Hause ruhiger.

Schließlich stand ich vor dem Sexshop, den Alma mir beschrieben hatte. »Seven Sins«, wie originell! Etwas unsicher nahm ich das Schaufenster der »Sieben Sünden« ins Visier.

Die Exponate waren wirklich erschwinglich. Wenn schon sündhaft, dann wenigstens nicht teuer. Na ja, oberflächlich gesehen sah das Ganze eher aus wie ein Drogeriemarkt als ein Sündenpfuhl. Bunte Fläschchen und Schächtelchen und Poster mit spärlich bekleideten, lächelnden Frauengestalten. Dort musst du rein, dort wirst du glücklich sein!

Aus der Nähe betrachtet verlor sich die Ähnlichkeit zu einem Drogeriemarkt natürlich merklich. Bei den spärlich Bekleideten handelte es sich nicht ausschließlich um Damen. Sie lächelten zwar befriedigt, allerdings nicht so, wie man sich eine glückliche Hausfrau nach erfolgreichem Entfernen eines problematischen Flecks vorstellt – oder wie sich die Werbung so jemanden denkt. Das Glück der Domina war in anderen Feuchtgebieten zu Hause.

Draco durfte natürlich nicht mit hinein. Er war aber vom Fußmarsch so ermattet, dass er sich vor dem Geschäft widerstandslos anbinden ließ.

Ich atmete tief durch und öffnete die Tür. Bravo, Helene, der erste Schritt ist getan!

Jetzt, wo ich all meinen Mut zusammengenommen und die Schwelle zur Sünde, was sag ich, die Schwelle zu den *sieben* Sünden überschritten hatte, überkam mich ein Gefühl der Enttäuschung, weil ich mich nicht in einer schmuddeligen Bumse wiederfand, sondern, wie erwähnt, in einem geradezu sterilen, drogerieähnlichen Verkaufsshop. Dafür wagte ich mich ungehemmt näher an die Regale heran. Dildos in allen Farben und Größen lachten auf mich herab. Ich hatte den Eindruck, sie nickten mir aufmunternd zu. Ein besonders prachtvolles Stück in naturnahen Pinktönen mit einer unbeschreiblichen Länge von fünfzig Zentimetern (die arme Frau!) erregte zumindest meine Aufmerksamkeit, wenn auch nicht meinen Sexualtrieb. Dieser war im Laufe der letzten Monate auf quantenphysikalische Teilchengröße geschrumpft und zog sich nun, angesichts der Ungeheuerlichkeiten, die sich ihm hier boten, komplett in eine Parallelwelt zurück.

Ich stellte ein ekeliges Plastikding verschämt wieder an seinen Platz zurück, nachdem es sich als Plastikvagina geoutet hatte, im Set mit Gleitcreme wahlweise mit Kirsch-, Erdbeer- oder Piña-colada-Geschmack. Das war nun wirklich nichts für mich. Obst mag ich sowieso nicht besonders, und von Piña colada ist mir auch schon einmal schlecht geworden.

Je weiter ich mich in dem Laden nach hinten wagte, desto finsterer und verruchter wurde er dann doch noch. In der DVD-Abteilung fuhr ich meine Scheuklappen aus, um weder die bemäntelten Herren anzustarren noch die Filmcover, die sie so aufmerksam studierten. Ich vermute mal, es war ihnen nicht an den Namen der Schauspieler gelegen. Ab und zu verschwand auch einer durch eine Tapetentür, auf der »Kino« stand. Heraus kam interessanterweise keiner.

Ich änderte die Richtung, hier hatte ich nichts zu suchen. Hermann sollte *mich* ansehen und nicht ein Busenwunder mit aufgeblasener Vagina!

Gemächlich schlenderte ich in Richtung Bekleidungsabteilung – oder was ich für eine solche hielt. Hier wurde ich sofort fündig. Viel Loch, viel Schwarz, viel Schnur, wahlweise in Latex, Spandex oder Polyester. Ich jubelte über ein Modell mit Namen »Merry Widow«. Fröhliche Witwe – wenn das kein gutes Omen war! Für neunundsechzig Euro geradezu ein Schnäppchen. Und alles waschbar. Außerdem warnten die Erzeuger der »Fröhlichen Witwe«, nur Gleitmittel auf Wasserbasis zu verwenden, weil andernfalls die Witwe bald nimmermehr Schwarz tragen würde.

So gewarnt lief ich zum Hygieneregal zurück. Ich hatte ganz übersehen, dass ich ja gerüstet sein musste, wenn Hermann mich begatten wollte. Er sollte diesen, meinen, letzten Opferakt schließlich als von mir herbeigesehnt erleben. So konnte der Ehegemahl beim Geschlechtsverkehr mit der eigenen Angetrauten betrogen werden. Schöner Gedanke!

Die Geschmacksvarianten ließ ich allerdings links liegen und entschied mich für etwas Neutrales, dafür war das Fläschchen in hübschem Grün gehalten.

»Funktioniert hervorragend«, sagte eine unauffällig gekleidete Mittfünfzigerin neben mir, »und Sie riechen dann auch nicht stundenlang nach Melone.«

»Ah, vielen Dank«, erwiderte ich und nickte ihr zu, »ich brauche sowieso etwas auf Wasserbasis, wegen der Farbe, wissen Sie!« Erklärend deutete ich auf das nuttige Spandex-Outfit in meiner linken Hand. Die Dame war offensichtlich beeindruckt, ich war riesig stolz auf mich.

Das gab mir genug Motivation, um mich als Nächstes dem SM-Regal zu widmen. Hier stapelten sich Handschellen in verschiedensten Materialien, von Pelzchen bis Schwermetall, alles da. Pelzchen war viel zu sanft – natürlich – und Metall vielleicht doch etwas zu streng? Ich wollte ja auch nicht Hermanns schönes Jugendstilbett beschädigen, schließlich würde ich ihn ja beerben. Ich entschied mich für die hübsche Ledervariante mit Nieten, auch weil sie so gut zu den Handschuhen und Stiefeln passten, die ich als Nächstes auswählte. Noch eine Peitsche, medium-size mit Silberbeschlag – man gönnt sich ja sonst nichts –, und ab an die Kassa.

»Sie haben sehr gut gewählt, gnädige Frau!«, sagte die Dame dort mit etwas rauchiger Stimme, während sie Schächtelchen für Schächtelchen über den Scanner zog. »Brauchen Sie vielleicht noch einen anregenden Film dazu oder ein Hörbuch?«

»Ach«, stotterte ich, »ich gehöre mehr zur Bücherfraktion«, und das war nun nicht einmal geflunkert.

»Haben Sie schon den neuesten Band von ›Shades of Grey‹?« Die Verkäuferin blickte mich fragend an. »Oder darf's doch vielleicht etwas Härteres sein?«

»›Shades of …‹?«

»Ich bitte Sie, Sie werden doch ›Shades‹ kennen!« Die Verkäuferin hatte jetzt einen tadelnden Blick aufgesetzt. Natürlich hatte ich von »Shades« gehört, ich hatte nur das Englisch der Kassendomina nicht gleich verstanden, traute mich aber nicht, ihr zu widersprechen. Ich wunderte mich, wie eine wasserstoffblonde Person in Leggings und Leopardenlook solche Minderwertigkeitsgefühle in mir auslösen konnte. Sie griff hinter sich und legte mir noch ein dickes Taschenbuch in die Tüte, natürlich nicht, ohne es zuvor sorgsam über den Scanner zu ziehen.

»Sie werden es nicht aus der Hand legen können!«, verriet sie mir, und die Kassa klingelte.

»Das macht dann dreihundertachtundsiebzig Euro und fünfzig Cent.«

»Mit der Karte bitte«, hüstelte ich und hoffte, dass niemand jemals meinen Kontoauszug zu Gesicht bekommen würde. Die Kassenleopardin steckte mir noch ein Päckchen mit Minzbonbons zu. »Für besonders gute Kunden«, ergänzte sie mit einem Augenzwinkern.

»Sehr herzlichen Dank.« Ich schnappte meinen diskretneutralen Devotionaliensack und ging erleichtert auf die Straße zurück. Ich werde dir zeigen, was eine Domina ist, Hermann Winter! Dagegen wird dir Alma vorkommen wie ein Schoßhündchen!

***

Lieber José,

bleib geduldig. Es ist vielleicht wirklich das Beste, wenn du auch ihm ein wenig Zeit gibst, dich kennenzulernen. Erzähl ihm von der Schule, er wird sich an manches erinnern. Bring die Sprache vorsichtig auf deine Mutter, dann wirst du ja sehen, wie er reagiert. In jedem Fall: Bleib geduldig!

Ich muss gestehen, ein wenig ist mir bange bei dem Gedanken, er könnte deinen Vorstellungen nicht entsprechen. Ich weiß, dass du sehr aufbrausend sein kannst. Darum bitte ich dich noch einmal, Verständnis und Verzeihung walten zu lassen. Du musst natürlich auch darauf gefasst sein, dass er nichts von dir wissen will. Dann nimm es demütig hin. Die Prüfungen des Herrn sind nicht immer leicht zu durchschauen, aber alles wird seine Richtigkeit haben.

Behüte dich Gott!
Jeremiah

***

Tereza hatte den diensträglichen Großputz bereits abgeschlossen, als wir zu Hause eintrudelten. Draco lief schnurstracks in sein Körbchen. Er war völlig geschafft.

»Ich hab Ihnen was Kaltes in den Kühlschrank gestellt!«, rief Tereza mir aus der Küche zu. »Der Herr hat angerufen, dass es wird wieder spät heute.«

Alma hatte Hermann fest im Griff, das musste man ihr lassen.

»Danke!«, rief ich zurück, »Sie können gerne schon gehen.« Tereza hatte Ausgang, und ich würde es mir gemütlich machen, meine neuen Errungenschaften anprobieren und dieses angeblich so phänomenale Buch lesen. Dabei konnte ich ohnehin kein Publikum brauchen.

Es war dann gar nicht so einfach, sich in dieses Gummizeugs zu zwängen. Es zwickte und zwackte ganz ungemein. Und erst die Stiefel! Ich betrachtete mich im Spiegel. Das Kostüm allein machte aus mir noch lange keine Nutte. Haltung und Blick waren völlig unpassend, ich sah aus wie ein Kind in Mamas Schuhen. Mir war klar, dass ich noch fest an mir arbeiten musste, wenn ich Hermann überzeugen wollte. Vielleicht würde mir ja dieses Buch Aufschluss geben.

Nachdem ich mich aus der »Fröhlichen Witwe« geschält hatte, schmeichelte mir der Pyjama angenehm auf der Haut. Ich kuschelte mich erleichtert ins Bett und begann vorsichtig, »Shades of Grey« zu lesen. Immerhin war ich allein zu Hause, und wenn es mir zu heftig werden sollte, ja, was würde ich dann tun? Zur Beruhigung steckte ich mir ein Lutschbonbon der freundlichen Leopardenlady aus dem Sexladen in den Mund. Es lutschte sich eigentümlich, irgendwie anders als nimm2. Ich warf einen genaueren Blick auf das Säckchen und brach in schallendes Gelächter aus. Ich hatte soeben ein Bonbon in Busenform gelutscht. Ich Idiotin, das hätte mir auch gleich auffallen können. »Nipplemints«, stand groß und deutlich auf der Verpackung. Na, das war dann doch eher was für den Herrn. Ich wollte mir gar nicht vorstellen, was die wagemutige Dame so aus dem Säckchen lutschte. In Pfefferminze oder Zitrone? Igitt!

Okay, weit war ich noch nicht gekommen mit »Shades«. Ich

verstaute meine »Nipplemints« wieder in der Tüte mit den verruchten Sachen und machte mich endgültig auf die Reise ins Sadomaso-Reich.

Was soll ich sagen, ich war eingenickt, noch bevor irgendjemand die Hüllen fallen gelassen, geschweige denn Kunststoff übergezogen hatte.

Ich erwachte, weil mir der Magen knurrte, außer einem »Nipplemint« hatte ich ja nichts gegessen. Ich schnappte mir das Buch und lief nach unten, wo ich mich gierig über Terezas leckere Häppchen hermachte. Tomatenbrot mit Olivenöl. Datteln im Speckmantel! Mmh! Nachos mit Sauerrahmsoße. Ich musste unbedingt demnächst nach Spanien reisen!

Satt und zufrieden ließ ich mich aufs Sofa plumpsen und versuchte mich erneut im Studium der Sexualliteratur. Die Verkäuferin konnte sich doch wohl nicht getäuscht und mir einen herkömmlichen Mädchenroman angedreht haben? Blödsinn!, schalt ich mich, so was führen die sicher nicht in den »Sieben Sünden«, du musst Geduld haben, Helene. Wie in einer ungeliebten Schullektüre blätterte ich einmal gut hundert Seiten weiter, um zu sehen, ob sich hier schon neue Welten für mich auftaten. Mr. Grey und Wie-hieß-sie-nun-gleich schrieben einander mir unverständliche E-Mails. Keine Spur von verrucht.

Weitere hundert Seiten später fuhr ich wie elektrisiert hoch. Christian zog sie an den Zöpfen nach hinten! Ich las noch ein paar Seiten. Er band sie mit seiner Krawatte ans Bett! Es war eindeutig. Hermann hatte »Shades« gelesen! Seine von Alma so hochgepriesene Phantasie entsprang einer Hausfrauenlektüre! Ha! Ich hatte doch gut investiert. Keine Ahnung, wie weit Hermann mit Alma schon war. Ich würde ihnen voraus sein. Und wenn ich sämtliche Bände von dem Zeug lesen musste, ich würde etwas finden, wovon Hermann träumte. Ich werde ihm diesen Traum erfüllen, aber er wird davon nie wieder aufwachen! Ich begann das Buch noch einmal von vorne. Ich würde jedes Wort davon lesen!

***

Lieber Jeremiah,

ich werde ihn heute noch sehen!
Ich kann dir kaum beschreiben, wie es in mir aussieht.
Ich bin deinem Rat gefolgt und zum Außenamt gefahren. Dort habe ich um einen Termin gebeten. Eine ganze Woche musste ich warten! Du weißt, dass ich kein besonders geduldiger Mensch bin.
Ich war sehr nervös, als ich heute Morgen endlich an seine Bürotür klopfte. Ein schrecklich hässlicher Mann öffnete mir, ich konnte ihm gar nicht ins Gesicht sehen, er hatte so viele Pusteln! Ich war jedenfalls maßlos enttäuscht. Ich konnte nicht glauben, dass das mein Vater sein sollte. Der Mann, wegen dem meine Mutter sich ins Unglück gestürzt hatte, ein hässlicher Pickelmensch? Es stellte sich dann heraus, dass es sein Sekretär war – ich war direkt erleichtert!
Mein Vater war trotz des Termins nicht in seinem Büro. Das machte mich sehr wütend. Der Sekretär versuchte, mich zu beruhigen. Er versicherte mir, dass sein Chef einen sehr wichtigen Termin wahrnehmen musste, der sich ganz kurzfristig ergeben hatte. Das kommt in einem Ministerium eben vor, sagte er. Aber weil ich ihm klarmachte, dass ich eine Woche gewartet hatte und dass ich auch nicht ewig in Wien sein würde, gab er mir die Privatadresse meines Vaters. Mein Charme hat ihn offensichtlich überzeugt, denn als ich erkannte, wie peinlich es ihm war, dass sein Chef mich versetzt hatte, verflog mein Zorn, und ich packte alle meine Trümpfe aus.
Nun halte ich seine Adresse in Händen. Er wohnt etwas außerhalb von Wien, wie du vermutet hast, aber es gibt eine gute Zugverbindung dorthin, und ich werde ihn am Abend überraschen.
Ich fiebere dem Moment entgegen!

Halt mir die Daumen, dass alles klappt!
José

Träume

Es fällt mir nicht leicht, es zuzugeben, aber in einigen Dingen hatte meine Mutter doch recht. Einer ihrer Leitgedanken, den sie mir ständig suggerierte, war, man müsse in jeder Lebenslage gepflegt auftreten und dürfe seine Wohnung niemals unordentlich hinterlassen.

»Kind«, sagte sie, »zeige dich nie ungeschminkt und halte deine Wohnung stets tipptopp in Ordnung. Man kann ja nie wissen.«

»Was kann man nie wissen?«, hatte ich naiv gefragt.

»Ob jemand kommt, mein Gott. Sei doch nicht so schwer von Begriff!«

Sie selbst war in dieser Hinsicht vorbildlich. Auch zu Hause trat sie uns nie ungeschminkt unter die Augen. Niemals verließ sie die Wohnung, bevor nicht alle optischen Hinweise, dass sie bewohnt war, restlos beseitigt worden waren. Wir lebten wie Familie Lutz in einem gepflegten Möbelhaus, das jederzeit mit einem Kundenansturm rechnen musste.

Das ging sogar so weit, dass wir nicht einmal in den eigenen vier Wänden zu salopp unterwegs sein durften. Mutter zuckte zusammen, wenn ich mich erdreistete, am Sonntag im Bademantel zum Frühstück zu erscheinen. »Bist du verrückt! Wenn dich jemand sieht.«

»Mama, es ist ja niemand hier!«

»Erstens bin ich nicht ›niemand‹, und zweitens könnte ja jemand kommen!«

Ich hatte geglaubt, dieses kindliche Trauma schon lange verdrängt zu haben. Untertags, wenn Postboten und Co. klingelten, war Tereza dafür zuständig, die Tür zu öffnen und gegebenenfalls auch zu schließen, und spätabends kam niemand. Punkt. Bis zu jenem Abend.

Es war genau eine Woche nach meinem Besuch im Sexshop.

Es war kurz vor zehn, ich hatte gerade Band drei von »Shades« in Arbeit, und meine Augenlider wurden schon etwas schwer. Wieder einmal hatte ich umsonst auf Hermann gewartet. Champagner, Gleitcreme und »Merry Widow« würden auch heute nicht zum Einsatz kommen. Das Kopfzerbrechen, ob ich in der Lage wäre, die sexbesessene Domina zu geben, wich langsam der Sorge, ob ich überhaupt jemals die Chance bekommen würde, den Kuss aller Küsse zu verabreichen. Was nützte mir das sündteure Negligé, wenn Hermann es nie zu Gesicht bekam? Wofür hatte ich die geile Peitsche angeschafft, wenn ich ihm damit nicht den Hintern versohlen durfte?

Zugegeben, ein Teil von mir war ja insgeheim froh, einfach in Ruhe vor dem Fernseher liegen zu können, anstatt sich mit einem Schnupftabaksüchtigen im Bett zu wälzen und seine Zunge zwischen die nussigen Zähne zu klemmen. Der Weg war in meinem Fall ganz sicher nicht das Ziel. Aber mit jedem Tag, an dem Hermann mich erneut nicht zur Kenntnis nahm, schwand mein Selbstvertrauen, dass ich es schaffen würde, ihn in die tödliche Falle zu locken. Und mein Ehrgeiz, die Sache überhaupt in Angriff zu nehmen, schmolz mit jeder Stunde, die er mir seine Anwesenheit ersparte. Ich schlug das Buch zu und räkelte mich noch einmal gemütlich auf dem Sofa. Eigentlich war ich nur zu bequem, um aufzustehen und nach oben zu gehen, als dieses Gebimmel einsetzte. Draco schlug sofort an. Es dauerte eine ganze Weile, bis ich registrierte, dass mich sowohl das Läuten als auch Dracos lästiges Gebell etwas angingen. Ich war ja allein im Haus! Tereza hatte Ausgang, und Hermann war offiziell in seinem Büro.

Etwas ungehalten erhob ich mich aus meiner Ruheposition, verfrachtete erst Draco ins Wohnzimmer und schlurfte dann in Pantoffeln zur Tür. Vorsichtig öffnete ich sie einen Spalt und – verlor mich in einem Paar tiefblauer Augen. *Shades of Blue*, war mein erster Gedanke. Mein Herz hörte auf zu schlagen, um Momente später in einem Höllentempo die verlorenen Schläge wieder aufzuholen.

Erst als ich bemerkte, dass diese auffälligen Augen einem nicht minder schönen jungen Mann gehörten, durchfuhr mich die Erkenntnis, dass ich einem Fremden, einem *Jemand* gegenüberstand, und zwar im Negligé, nur spärlich verhüllt von einem Hauch von Morgenmäntelchen.

Helene, rief meine Mutter in mir, wenn dich jemand sieht! Als ob sie wüsste, dass dieser junge Mann mit seinen Blicken lustvoll, Zentimeter für Zentimeter, meinen Körper abtastete.

Ich versuchte, den Ruf zu ignorieren, während mein Blick sich nur zögerlich aus den Tiefen der bergseeblauen Augen heben ließ. *Jemands* Blick hingegen war in der Zwischenzeit ungeniert an meinem Dekolleté hängen geblieben. Ich zog mein Mäntelchen fester zu und sagte betont lässig: »Bitte?«

Sein unverschämtes Lächeln löste einen nie erlebten Hitzewirbel in mir aus. Während es an meinen nackten Beinen bereits ziemlich kalt wurde, schien mein Kopf die Fiebergrenze weit überschritten zu haben.

Der junge Mann kam mir irgendwie bekannt vor. Ein Filmstar? Er sah auf jeden Fall so aus. Schwarze Locken, ein angedeuteter Seitenscheitel, ein Ohr frei, das andere vom Lockengewirr verdeckt. Ein Dreitagebärtchen umrahmte ein Paar vollendeter Lippen.

»Derr Hund?«, fragte Adonis mit einem Blick in den Flur.

»Keine Sorge, der ist gut verwahrt. Wie kann ich helfen?«, fragte ich zurück.

»Zu Errman Winterrr?«, sagte er, dabei rrrrollte er das R wie Buzz Lightyear im Spanischmodus.

»Mein Mann ist leider nicht zu Hause«, hauchte ich, und das »leider« kam mir nur schwer über die Lippen.

»Ich darrf warrten?«

Beinahe hätte mich dieses Lächeln überzeugt, ihm den Sesam zu öffnen, aber die von meiner innerlichen Mutter geleitete Stimme sagte fest: »Es tut mir leid, aber ich weiß nicht, wann er heimkommen wird. Kann ich etwas ausrichten?«

»Ich komme wieder morrrgen!«, sagte er schlicht, drehte sich um und ließ mich in meinem Negligé erkalten.

Wie in Trance schloss ich die Tür, machte das Licht aus, schleppte mich nach oben und ließ mir ein Bad ein. Ich starrte lange an die Decke. Oh mein Gott, Helene, sagte ich mir, hier liegst du nun, fünfunddreißig Jahre, kinderlos, unbefriedigt, vom Gatten betrogen, und lässt diesen Halbgott durch deine Finger schlüpfen! In diesem Moment hasste ich meine Mutter für ihre Grundsätze.

Doch dann fiel mir ein, dass Adonis ja morrrgen wiederkommen würde. Ich entspannte mich, meine Hand wanderte nach unten in lange vernachlässigte Gebiete. Ich reaktivierte die Frau in mir und tat etwas, was ich schon lange nicht mehr getan hatte. Und dabei dachte ich weder an Hermann noch an meine Mutter!

***

Lieber José,

wie war es? Du hast deinen Vater in der Zwischenzeit sicherlich schon getroffen, oder? Ich habe dafür gebetet, dass er dich in sein Herz schließen möge. Die Bande des Blutes sind stark. Sag mir, sind meine Gebete erhört worden?

Ich vermisse dich sehr!
Dein Jeremiah

***

Oh Jeremiah,

es ist alles ganz anders gelaufen, als ich mir das vorgestellt hatte.
Ja, ich bin am selben Abend noch nach Baden gefahren. So heißt der Ort, in dem er seine Villa hat. Ich hatte auch alles, was ich für mein Vorhaben brauchen würde, in meinen Rucksack gepackt, denn ich wollte es so schnell wie möglich hinter mich bringen. Alles war so gut durchdacht gewesen. Die Überraschung sollte ein wahrer Knalleffekt werden … Und dann – aus der Traum!
Du kannst dir gar nicht vorstellen, wie enttäuscht ich war, als mir anstelle meines Vaters eine junge Frau öffnete. Am liebsten hätte ich ihr die Tür ins Gesicht geschlagen. Zugegeben, die Señorita war einigermaßen hübsch, und ich hatte mich auch schnell wieder im Griff. Sie bemerkte meinen Ärger wahrscheinlich gar nicht. Ein Lächeln von mir genügte, und sie schmolz dahin wie Butter in der Sonne. Unbefriedigte Gans, dachte ich mir, da fiel mir ein, dass sie ja eventuell meine Schwester sein könnte. Aber sie ist seine Frau.

»Mein Mann ist nicht zu Hause«, sagte sie.
Trotzdem bin ich ziemlich sauer, dass ich meine Pläne wieder ändern muss. Mit ein bisschen Glück wäre alles erledigt gewesen, und ich wäre schon auf der Heimreise!
Vielleicht solltest du etwas intensiver für mich beten, Jeremiah!

José

***

Ich erwachte entspannt und ausgeruht wie schon lange nicht mehr. Adonis würrrde wiederrrkommen!!! RRRR!

Tereza durfte mir Eier braten, ich trank zwei Tassen Kaffee, dann wollte ich beim Friseur einen Termin einschieben lassen.

»Frau Helene!«, wandte Tereza ein. »Haben Sie vergessen, dass heute ist Ihr erster Termin bei Hundeabrichtplatz?«

Du meine Güte, das war mir wirklich komplett entfallen.

»Ach, Tereza, können *Sie* nicht?«

»Nein, Frau, kann ich nicht. Sie wissen genau, muss Frauchen selbst sein. Der Hund soll folgen Ihnen, nicht mir!«

Sie hatte natürlich recht, das war ja der Sinn der Sache. Seufzend ergab ich mich in mein Schicksal. Inbrünstig hoffte ich, dass Adonis erst später auftauchen würde, aber Hermann kam ohnehin nicht vor fünf nach Hause – wenn er nicht noch vorher Alma an ihren Zöpfen ziehen musste. Bis dahin würde ich längst wieder zurück sein.

Ich zog meine ältesten Jeans und ein weites Sweatshirt an, schnappte mir Draco und verfrachtete ihn ins Auto. Er sah mich erwartungsvoll an.

»Auch du wirst noch nach meiner Pfeife tanzen!«, erklärte ich ihm. Ich hatte ja keine Ahnung, wie anstrengend der Weg dorthin noch sein würde!

Die Trainerin sah nicht nur Draco, sondern auch mich schief an, als er sich von mir losriss, bellend über den ganzen Platz schoss und schließlich über einen kleinen Labrador herfiel. Mehrmals musste sie mir zeigen, wie ich ihn richtig an der Leine führen sollte. Ich war anscheinend auch die Einzige, die so überhaupt keine Ahnung von Hunden hatte, eine dicke Dame mit einem Schäferhundwelpen adoptierte uns quasi, damit die Trainerin auch für die anderen Paare Zeit hatte. Mit ihrer Hilfe schaffte ich es immerhin, dass Draco verstand, was »Platz« bedeutete – auch wenn er meinen Befehl in den meisten Fällen ignorierte. Als ich ihn einmal anscheinend zu wenig belohnte, sprang Draco an mir hoch, bis wir schließlich beide im Dreck landeten.

»Das wird schon noch!«, tröstete mich Frau Körner, die schon drei Welpen großgezogen hatte. Ich war mir da nicht so sicher, und ich hasste Hermann immer mehr dafür, dass er mich mit diesem Tier so verhöhnte. Ein Kind konnte nicht anstrengender sein als dieses Hunde-Ungetüm!

Völlig gerädert verfrachtete ich ihn in meinen Mazda. Natürlich hatte mir keiner gesagt, dass der Hund nach dem Training verdreckt sein würde wie eine Biosau. Es würde mir nichts anderes übrig bleiben, als nach meiner eigenen Säuberung auch das Innenleben des Mazdas wieder salonfähig zu machen. Hoffentlich hatte Tereza gerade nicht zu viel zu tun!

***

Mein lieber José,

es tut mir leid, dass du deinen Vater nicht angetroffen hast, aber ich verstehe deine maßlose Enttäuschung nicht. Du hast nun so lange auf diesen Augenblick gewartet, da kommt es doch auf den einen oder anderen Tag nicht an.
Ich verstehe auch nicht, was für Pläne du ändern musst. Wenn seine Frau sagt, er ist nicht zu Hause, dann heißt das ja nicht, dass er nicht mehr dort wohnt, oder?
Schlimmstenfalls musst du dich eben noch einmal beim Außenamt erkundigen, ich bin sicher, der Sekretär wird dir gerne ein zweites Mal weiterhelfen.
Lieber José. Du führst doch nichts Böses im Schilde? Ich kenne dich jetzt schon sehr lange, und der Ton deiner letzten Nachricht hat mich ein wenig beunruhigt.

Ich hoffe, ich irre mich und es war wirklich nur die momentane Enttäuschung, die dir die Laune verdorben hat.
Natürlich bete ich nach wie vor für dich!

In Liebe, Jeremiah

***

Hermanns Mercedes stand schon in der Einfahrt. Ungewöhnlich früh. Aber was soll's, Hermann war mir im Moment ziemlich egal.

»Ich bin's, Tereza!«, rief ich und warf dabei meinen Schlüssel auf die Kommode im Vorhaus. Draco musste versorgt werden, und ich brauchte dringend ein Bad. Tereza rührte sich nicht.

»Tereza!«, rief ich noch einmal. »Ich bin zurück!«

Keine Reaktion. Dafür stieg mir eine mir unbekannte Geruchsmischung in die Nase. Hermann war anscheinend nicht allein.

Er hat doch nicht Alma mitgebracht?, durchfuhr es mich. Sie würden sich nicht unterstehen … oder trieben sie es gerade auf meinem Sofa? Meine Nebennieren produzierten Adrenalin für eine ganze Heereskompanie. Ich wollte schon die Wohnzimmertür aufreißen und eine hollywoodreife Szene hinlegen, da hörte ich eine männliche Stimme, die sicherlich weder Hermann noch irgendeiner Geliebten gehörte, »Chin-chin, Errmano!« sagen. Mein Herz hüpfte, das Adrenalin sauste weiter durch meine Adern, aber die Mordgelüste verpufften augenblicklich. Ich öffnete vorsichtig die Tür. »Hermann?«, fragte ich verwundert. »Du bist schon zurück?«

»Ah, Helene! Endlich. Wo treibst du dich denn herum den ganzen Tag? Einmal braucht man dich, dann bist du nicht da!«

Wie könnte ein liebender Gatte seine treue Gefährtin werbewirksamer vorstellen? Mein aufkeimender Zorn verflog aber im Nu, als ich ins Wohnzimmer trat und mich erneut in diesen verdammt, verdammt himmlischen Augen verfing. Adonis saß relaxed in Hermanns heiligem Lehnsessel und schwenkte ein Whiskyglas in seiner Hand. Er lächelte.

»Das ist Armando Barrientes. Der Sohn von sehr guten Bekannten aus Guatemala.« Hermann räusperte sich. Hatte ich meine Augen zu lange auf dem Gast ruhen lassen? Ich riss meinen Blick los und sah ihn fragend an.

»Du weißt schon, wo ich meine erste Diplomatenstelle hatte«, sagte er ungeduldig. Hermanns erste Diplomatenstelle war mir herzlich egal, ich sagte zerstreut: »Ja, ja, natürlich«, und blieb dämlich mitten im Raum stehen. Ich muss einen herrlichen Anblick abgegeben haben, so verdreckt und erschöpft, wie ich aussah!

Helene! Wenn dich jemand sieht! Meine Mutter hatte es immer gewusst!

»Wirr hatten schon kurrz das Verrgnügen!« Armando Barrientes erhob sich und kam auf mich zu, dabei grinste er unverschämt. »Nennen Sie mich bitte Arrmando«, sagte er und streckte mir seine Hand entgegen.

Ich drückte sie zaghaft. »Helene, sehr angenehm!«, stammelte ich und blickte mich hilfesuchend um. Ich weiß nicht, welche Art von Hilfe und von wem ich sie erwartet hatte. Außer mir und diesem Adonis – Armando – war ja nur Hermann im Raum, und was sollte ich von ihm wohl für Hilfe erwarten?

Da brauste Draco zur Tür herein, ich konnte gerade noch verhindern, dass er unseren Gast umwarf. Augenblicklich erkannten wir beide – oder alle drei, Armando, Draco und ich –, wo wir einander schon einmal begegnet waren: im Volksgarten!

»Sitz, Draco!«, rief ich, so wie ich es geübt hatte, und Draco setzte sich tatsächlich mitten im Raum nieder. Mein erster kleiner Erfolg.

Hermann machte ihn natürlich sofort zunichte.

»Helene!«, rief er vorwurfsvoll. »Schaff uns um Gottes willen dieses ungezogene Tier vom Hals!« Er wandte sich mit einer entschuldigenden Miene an seinen Gast. »Verzeih bitte, Armando, der Hund ist erst seit Kurzem bei uns. Meine Frau wollte ihn als Kind-Ersatz – aber sie hat ihn einfach nicht im Griff.«

Ich lief puterrot an. »Ich war eben mit ihm in der Hundeschule«, fuhr ich Hermann an. Die Bemerkung über den Kind-Ersatz ließ ich lieber unkommentiert, dieses Thema wollte ich unter Garantie nicht in Anwesenheit Armandos diskutieren.

»Ich muss den Hund noch baden und füttern«, erklärte ich, indem ich Draco beim Halsband packte.

»Du könntest selbst wohl auch ein wenig Körperpflege vertragen«, meinte Hermann mit einem abschätzigen Blick auf meine schmutzigen Jeans.

»Wir hatten einen kleinen Unfall«, zischte ich zurück. »Auf so einem Abrichtplatz geht es halt nicht zu wie in einem Büro!« Ich bugsierte Draco aus der Tür, nicht ohne Armando noch ein Lächeln zu schenken. Er lächelte zurück! Meine Knie wurden weich wie Pizza aus der Mikrowelle.

Ich beeilte mich, uns beide salonreif zu kriegen.

Als ich wieder zu den Herren im Wohnzimmer stieß, war Hermann gerade dabei, seinem Gast ein weiteres Glas aus einer seltsamen bauchigen Flasche nachzuschenken.

»Du kannst dich glücklich schätzen, Errmano, dass du so eine junge hübsche Frrau hast«, sagte Armando mit Blick auf mein leicht geöffnetes Blüschen. Unter dem Ausschnitt tobten die Herzschläge wie unkontrollierte Lottokugeln. Ich sah mich schon Marathon laufen, um meinen Adrenalinüberschuss wieder abbauen zu können.

»Krieg ich auch ein Glas Whisky, Hermann?«, fragte ich. Angeblich kann auch Alkohol Stress abbauen.

»Das ist Mezcal, Helene, kein Whisky.« Hermann schüttelte bedauernd den Kopf. »Der schmeckt dir sicher nicht!«

»Woher willst du das wissen?«, brauste ich auf. Ich hasse es, bevormundet zu werden. Schon meine Mutter war darin eine Meisterin gewesen, aber Hermanns herablassende Art, sein zwanghafter Drang, mich vor anderen zu blamieren, trieb mich zur Weißglut.

»Mezcal ist ein wunderrbares Getränk, Elene«, sagte Armando, »es wirrkt – wie sagt man – gut fürrr Liebe!« Er lächelte mir aufmunternd zu.

»Aphrodisierend«, sagte ich.

»Wie bitte?« Armando sah mich belustigt an.

»Das Wort. Gut für Liebe«, stammelte ich. Gott, war ich peinlich!

»Bitte, Helene, wenn du unbedingt meinst«, sagte Hermann.

Er hob seine linke Augenbraue, um sein Missfallen zu unterstreichen. »Aber sag nachher ja nicht, ich hätte dich nicht gewarnt.«

Er nahm ein weiteres Whiskyglas zur Hand und goss das angeblich so göttliche Getränk hinein, dabei erhaschte ich einen genaueren Blick auf die bauchige Flasche. Ich wurde blass, denn in dieser Flasche schwamm ein garstiges, regenwurmähnliches Ding.

»Was ist das?«

Hermann, der meinem Blick gefolgt war, lachte hämisch. »Jetzt ist es zu spät, meine Liebe. Wenn du etwas gebildeter wärst, hättest du gewusst, dass in jeder Flasche Mezcal ein Wurm schwimmt. Aber vielleicht hast du ja Glück, und er bleibt zurück in der Flasche.« Dabei hielt er die Flasche absichtlich so lange geneigt, bis der Wurm tatsächlich in mein Glas plumpste.

»Es ist kein Wurrm«, wandte Armando ein, »wenn du errlaubst, dass ich korrigiere, Errmano. Es handelt sich um eine Rrraupe. Und …« – Armando schenkte mir ein preisverdächtiges Charmelächeln – »… wer die Rrraupe schluckt, hat grrroßes Glück. Sie dürfen sich etwas wünschen, Elene!« Wie schade, dass mein Name kein R enthielt!

Ich schnappte das Glas – es war mitsamt Wurmraupe ziemlich voll –, Augen zu und ex. Was ich mir wünschen sollte, brauchte ich keine Sekunde zu überlegen. Als ich die Augen wieder öffnete, hielt Armando mir eine Zitrone hin. »Hineinbeißen!«, sagte er.

Ich biss also herzhaft in das saure Ding. Die Zitronensäure tat ihre Wirkung, meine Haut zog sich zusammen, dass Nicole Kidman ihre Freude daran gehabt hätte. Mit Falten hab ich bis dato ja gottlob noch keine Probleme, aber das Zitronensäurelifting half mir auch prächtig dabei, meinen ursprünglichen Brechreiz zu überwinden. Ich war stolz auf mich. Ganz besonders, als Armando sagte: »Deine Frrau ist nicht nur schön, sonderrn auch sehrr tapferr, Errmano. Auf deine Frrau!«

Er erhob sein Glas, und so blieb Hermann nichts anderes übrig, als auf seine Frau zu trinken. Das gefiel mir so gut, dass ich übermütig wurde und noch ein Glas verlangte. Wurm war jetzt ja keiner mehr zu befürchten.

Auch das zweite Glas leerte ich ex, der Zitronenbiss kam anschließend schon ganz professionell von selbst.

»Puh, ich brauch jetzt was zum Knabbern«, keuchte ich. Umständlich kramte ich in meiner Tasche nach dem Päckchen Studentenfutter, das ich seit einer Weile immer bei mir trug, Reservemunition für alle Fälle.

»Bitte, Armando!« Ich hielt ihm lächelnd das Tütchen hin.

»Ah! Keine Nüsse, fürrchte ich!«, rief Armando. »Ich bin ein wenig allerrgisch gegen so was!«

»Das ist ja …« Ich konnte erst gar nichts sagen, so verblüfft war ich.

»Das ist ja komisch«, sagte ich schließlich, »Hermann ist nämlich auch gegen Nüsse allergisch. Und gegen eine ganze Menge anderer Sachen!« Eigentlich wollte ich das Nussallergiethema nicht ausbreiten.

»Genau«, pflichtete mir Hermann bei, »gegen alles Mögliche, mitunter auch gegen die Gattin, haha!«

Er konnte einem auch wirklich die beste Stimmung vermiesen.

»Ah, Errrmano, mit Allergien darrf man nicht spaßen«, tadelte Armando. Mit ernstem Gesichtsausdruck betonte er: »Manche können sogarr tödlich sein!«

Ich biss mir auf die Zunge, um mich nicht zu verplappern.

Hermann kostete Armandos Bemerkung bloß einen sarkastischen Lacher. »Tereza ist es gewohnt, nussfrei zu kochen, keine Angst, Armando«, sagte er. »Ich hab doch erwähnt, Helene, dass Armando einige Zeit bei uns wohnen bleibt?«

»Hast du nicht«, sagte ich vorwurfsvoll und errötete dabei.

»Wenn es Umstände macht …«, sagte Armando.

»Natürlich nicht!«, rief ich, sicherlich viel zu aufgeregt. »Sie sind selbstverständlich herzlich willkommen!«

Hermann verdrehte die Augen. »Weiber«, sagte er. »Helene, da Tereza noch nicht vom Einkaufen zurück ist, würdest du bitte unserem Gast sein Zimmer zeigen, damit er sich frisch machen kann?«, fügte er arrogant hinzu. »Wir sehen uns dann beim Abendessen!«

In meinem Kopf drehte es sich, nicht nur wegen des Mezcals. Armando unter meinem Dach – und das vielleicht einige Wochen lang? Wir würden den ganzen Tag allein sein, bis Hermann aus der Arbeit – oder von Alma – kam. Hatte mir Alma nicht selbst empfohlen, mir einen Liebhaber zuzulegen? Klar hatte sie damals ganz andere Hintergedanken gehabt, aber jetzt, im Licht der jüngsten Ereignisse, fand ich die Idee ganz hervorragend. Eigenartig, wie egal mir das Verhältnis Alma – Hermann plötzlich war. Meine Nussvorräte hatten ein hohes Ablaufdatum, sie konnten warten. Hermann durfte noch eine Weile am Leben bleiben, bis – ja, bis? Das war eine gute Frage, die ich mir beizeiten stellen würde. Die Prioritäten hatten sich soeben verschoben. Schnell wies ich Armando sein Zimmer zu, dann wollte ich mich um mein Aussehen kümmern. Armando sollte mich in meinem Hause nie wieder ungeschminkt antreffen!

***

Oh Jeremiah,

du hast richtig vermutet, ich habe dir nicht die volle Wahrheit gesagt, aber wenn du meine »Beichte« liest, wirst du verstehen, warum ich so enttäuscht bin – und warum ich dir meine wirklichen Pläne verschweigen musste.
Ich bin zwar nach Wien gefahren, um meinen Vater zu finden, aber nicht, um mich mit ihm zu versöhnen. Nein! Ich bin gekommen, um ihn zu töten!
Ja, ich sehe, wie du die Hände ringst, ich höre dich rufen: »José, das ist eine Todsünde!«
Sei versichert, ich bin mir darüber im Klaren. Aber du weißt, was dieser Mensch meiner Mutter angetan hat. Du weißt, wie sie zugrunde gegangen ist, und ich weiß, dass er daran die Schuld trägt. Darum muss ich es einfach tun!
Vergiss einmal deine Vorbehalte, auch du hast schon am eigenen Leibe erfahren, dass nicht alles eine Sünde sein kann, was deine Kirche als solche bezeichnet. So wie du ein Recht darauf hast, zu lieben, wen und wie du willst, so habe ich das Recht, meine Mutter zu rächen. Das musst du akzeptieren. Schließlich fließt auch indianisches Blut in mir, und dieses Blut befiehlt mir, Rache zu nehmen.

Versuch erst gar nicht, mich von meinem Vorhaben abzubringen. Es wird dir nicht gelingen!

José

***

Die Enttäuschung folgte am nächsten Morgen. Hermann wunderte sich, dass ich zum Frühstück erschien, ich hatte mir natürlich eine Ausrede erdacht. Ich wolle mit Draco trainieren gehen, erklärte ich. Der wahre Grund meiner Bettflucht erschien ein paar Minuten später. Er sah auch etwas zerknittert zum Anbeißen aus.

»Es tut mir leid, dass ich sehr wenig Zeit für dich haben werde, Armando«, entschuldigte sich Hermann. »Also, in Wien herumführen kann ich dich leider nicht.«

»Das macht nichts«, erwiderte Armando. »Ich werrde auch viel unterrwegs sein, ich möchte ein paar Kurrse belegen am Lateinamerika-Institut. Kannst du mich nach Wien mitnehmen?«

»Selbstverständlich!«, sagte Hermann. Ich bekam erst gar keine Chance, mich als Chauffeurin anzubieten. Meine Phantasien, was ich wohl mit Armando den ganzen Tag tun würde, platzten wie Seifenblasen.

»Wir könnten das aber am Wochenende wiedergutmachen, Hermann, was meinst du?«

Hermann sah mich geradezu wohlwollend an. »Natürlich, Helene. Ein Ausflug vielleicht?«

»Ach, wir könnten doch einfach wieder einmal grillen. Der Wetterbericht klingt vielversprechend.«

»Grrrillen? Ist Barbecue, oderrr?« Armando blickte mich fragend an. Ich ließ mir Zeit, bis ich nickte.

»Dann liebe ich grrrillen!« Armando lachte freudig. Seine Zähne leuchteten, und mir wurde jetzt schon heiß, noch bevor ein Stück Grrrillkohle in Sicht war. Ich war entzückt.

»Wie wär's, wenn du deine Freundin Alma dazu einlädst? Dann wären wir zu viert.« Mein Entzücken ließ augenblicklich nach.

»Klingt nett«, sagte ich knapp und versuchte, dabei möglichst neutral dreinzuschauen. »Ich werde sie fragen. Soviel ich weiß, hat sie einen neuen Freund. Soll sie den auch mitbringen?«

Hermann hüstelte verlegen. »Na ja, warum nicht. Ruf sie einfach an.«

Ich ärgerte mich schrecklich über Hermanns Vorschlag. Lädt ganz unverblümt seine Geliebte ein! Gleichzeitig wusste ich, dass ich dadurch vielleicht mehr Zeit für Armando haben würde.

»Ich bin sehr gute Barbecue-Chef!«, sagte dieser, wobei er seine Zähne blitzen ließ. »Ich werrde dir helfen, Errmano.«

Meine Laune hob sich wieder etwas. Wunderbar, dachte ich, jetzt muss Hermann gar an die Grillzange. Wie wird Alma auf den Anblick Hermanns mit Schürze reagieren? Bis jetzt hatte sie sich über grillwütige Männer immer lustig gemacht, für sie stellten sie den Inbegriff des kleinkarierten Bürgertums dar, das sie so verachtete.

Ich versprach, mit Tereza den Einkauf zu besprechen. Sie sollte alles vorbereiten, den Rest würden die beiden Herren dann übernehmen.

***

Mein Gott, José, ich hatte ja keine Ahnung, was du vorhast!
Was hab ich nur getan! Du wirst dich ins Unglück stürzen, und ich habe dir dabei auch noch geholfen! Bete und löse dich von der Rache! Der Herr versucht dich, lass Satan nicht an dich heran!
Ich schließe dich in alle meine Gebete ein und bitte Gott um Vergebung. Er möge mich für meine Sünden bestrafen, aber dich wieder auf den rechten Weg bringen. Ich nehme alle Schuld auf mich, wenn er dich nur wieder zur Vernunft bringt!
Bete, José, bete!

Jeremiah

Eifersucht

Auch Tereza war begeistert. »Endlich Sie essen wieder in wunderschöne Garten, ich werde zaubern absolute Augenschmaus und Sachen perfekt für Kugelgriller. Kommt noch jemand, Leute von Botschaft oder so?«

»Hermann will, dass ich Alma einlade«, sagte ich so beiläufig wie möglich. Tereza sandte mir einen Blick, der mich zu einer bedauernswerten Vollidiotin degradierte, sah aber von einem Kommentar ab. »Also für vier«, sagte sie knapp und stürzte sich sofort in ihre Kochbücher. Wenn sie etwas extra für Alma zubereitet, dann ist es sicherlich vergiftet, dachte ich mir. Ein verlockender Gedanke. Gift gilt ja angeblich als die Waffe der Frauen, weil es eine saubere Sache ist. Ich war über mich ernsthaft verwundert, wie zweck- und mordgerichtet meine Gedanken momentan waren. Dabei hatte ich noch nicht einmal *einen* Mord erfolgreich über die Bühne gebracht.

Nachdem ich meine Rachepläne nunmehr auf die lange Bank geschoben hatte, wollte ich meine Gedanken zumindest zwischenzeitlich in positivere Gefilde lenken. So verbrachte ich die nächsten Tage damit, neue Sitzkissen für die Gartenstühle sowie Tischdekorationen und Lampions zu besorgen, mit denen ich den Grillplatz dekorieren wollte.

»Wo sind denn unsere Stoffservietten?«, nervte ich Tereza. Für solche Kinkerlitzchen hatte sie kein Verständnis. Stattdessen knallte sie mir eine Bananenschachtel mit Papierservietten in den unterschiedlichsten Farben, Mustern und Anlassdekors vor die Füße.

»Wofür Sie brauchen Stoff«, sagte sie, »wenn tausend andere da. Und – wozu Sie machen so viel Arbeit und geben aus so viel Geld für Männer? Die wollen ihr Fleisch und basta.«

»Aber mich bringt es in gute Stimmung«, erwiderte ich trotzig.

»Stimmung für wen?« Tereza sah mich von der Seite an. »Seien Sie vorsichtig mit junge Herr.«

»Tereza!«, schalt ich sie. Ich vergrub meinen Kopf tief in die

Serviettenschachtel. »Armando ist doch viel zu jung für mich.« Ich glaubte keine Sekunde daran, und Tereza klang auch nicht überzeugt.

»Alter ist egal«, sagte sie, »aber ich kenne Männer aus Lateinamerika.«

»Ach was, Tereza. Das ist doch nur ein Klischee. Es sind doch nicht alle so.«

»Die schönen schon, Frau Helene.«

»Und wenn schon. Ein kleiner Flirt wird mir guttun«, sagte ich patzig. »Armando wird in ein paar Wochen wieder weg sein, was soll schon groß passieren?«

Ich beugte mich abermals tief in die Serviettenschachtel. Meine Phantasie lief zur Höchstform auf. Warum sollte es eigentlich bei einem »kleinen Flirt« bleiben? Hermann hatte es doch nicht anders gewollt. Ich war ihm lästig, nicht mehr attraktiv genug. Warum nicht mit einem feurigen jugendlichen Liebhaber durchbrennen? Es gab so viele Möglichkeiten, und alle erschienen mir erstrebenswerter als die momentane Zwangsjackensituation.

Tereza enthielt sich eines weiteren Ratschlags, aber irgendwie sah sie mich seltsam an.

Na ja, vielleicht hatte sie wirklich schlechte Erfahrungen gemacht, nicht nur mit ihren Angetrauten. Wie auch immer, ich würde auf jeden Fall mit Armando flirten, schon allein um Hermann zu ärgern und Alma zu beweisen, dass sie nicht die einzige attraktive Frau auf Gottes Erdboden war.

Ich beklopfte dreimal meine Stirn. »Obwohl meine Freundin meint, sie sei was Besseres, liebe und akzeptiere ich mich so, wie ich bin.« Dreimal gesagt und schon erledigt. Ich fühlte mich wie eine Prinzessin. Überlegte sogar, Frau Moller ein nettes E-Mail zu schreiben, obwohl – vielleicht würde sie es mir verrechnen? Dann lieber nicht. Würde ich mich eben über Äther bei meiner Psychoenergetikerin bedanken, das müsste doch auch funktionieren bei einer solch astralen Person.

***

Lieber Jeremiah,

gleich vorweg: Ich habe es noch nicht getan, ich bin sogar froh darüber, dass es beim ersten Mal nicht geklappt hat, denn durch Zufall haben sich ganz neue Möglichkeiten aufgetan. Lass mich dir genauer erzählen.
Ich folgte deinem Rat und fuhr wieder ins Ministerium. Diesmal hatte ich Glück, und der Sekretär mit der schrecklichen Akne meldete mich bei seinem Chef an.
Es war ein eigenartiges Gefühl, meinem Vater gegenüberzustehen, aber er war erstaunlich freundlich zu mir, und so konnte ich meinen Hass gut verdrängen.
Als ich ihm erzählte, dass ich der Sohn der Barrientes sei, freute er sich ehrlich, etwas über meine »Eltern« zu erfahren. Gut, dass ich zu Hause so ordentlich recherchiert hatte, mit welchen Leuten er damals Umgang pflegte. Danke nochmals für deine Hilfe an dieser Stelle, Jeremiah, auch wenn du jetzt wahrscheinlich wünschst, du hättest es nicht getan. Aber genau dieses Wissen kommt mir jetzt sehr zugute.
Stell dir vor, er bot mir an, bei ihm in Baden zu Gast zu sein, solange ich wollte! Etwas Besseres hätte mir gar nicht passieren können! So sitze ich nun in seinem Gästezimmer, schreibe dir von seinem Laptop und brauche nur noch auf eine passende Gelegenheit zu warten!
Oh Jeremiah, ich hoffe, dass es vielleicht schon kommendes Wochenende so weit ist. Helene – das ist meine »Stiefmutter« – will nämlich ein Barbecue organisieren, da könnte sich eventuell die Gelegenheit ergeben, ihn unauffällig zu beseitigen. Ein kleiner Unfall in der Dunkelheit, mit der Grillkohle, einem gut gewetzten Messer, einer Wäscheleine – irgendetwas wird sich schon bieten. Die beiden Eheleute sind so mit sich selbst beschäftigt, da wird keiner etwas bemerken.
Einzig diese Haushälterin und der blöde Hund könnten ein Problem sein. Stell dir vor, es ist derselbe Pitbull wie neulich im Volksgarten – und Helene ist die Blondine, die ihren Hund nicht im Griff hatte. Jetzt, wo ich sie ein wenig kenne, wundert mich das nicht, ihr fehlt ja auch sonst komplett der Plan. Mein Vater hat sie sicher nur genommen, weil sie hübsch und pflegeleicht ist. Dabei hätte er jemanden wie meine Mutter haben können!
Jeremiah!
Was ich dir heute geschrieben habe, muss natürlich unser Beichtgeheimnis bleiben. Ich vertraue dir, vergiss das nicht!

Du wirst von mir hören, sobald sich etwas Neues ergeben hat, das verspreche ich dir. Bis dahin bete meinetwegen für mich, aber versuche nicht, mich umzustimmen!

José

***

Der Garten sah zauberhaft aus. Alma würde zwar sicher bemängeln, dass man auf sämtlichen Dekostücken deutlich »IKEA« lesen konnte, aber ich fand die Sachen hübsch. Gestreifte Sitzpolster, eine dazu passende fröhliche Tischdecke mit großen Blüten. Sogar Besteck und Geschirr hatte ich in den dazu passenden Farben gekauft. Große Fackeln und eine Lampionkette, die ich vom Nuss- zum Kirschbaum gespannt hatte, rundeten das ganze Ensemble ab. Ich war mindestens so fröhlich gestimmt wie meine Dekoration.

Hermann machte sich etwas unbeholfen am Kugelgrill zu schaffen. Irgendwo musste er wohl eine Anleitung studiert und auswendig gelernt haben, wie man die Kohle am besten zum Glühen bringt, er wirkte sehr konzentriert.

Als Armando frisch geduscht und rasiert in den Garten stolzierte und Hermann beim Werken zusah, hielt ich ihm eine bunte Schürze hin.

»Na, was ist mit dem großen Grillmeister?« Ich musste mich zusammennehmen, dass ich nicht »grrrroßer Grrrrillmeister« sagte.

Armando blinzelte mir fröhlich zu. »Ich grreife ein, wenn das Fleisch kommt, das ist mein Rrevier! Aber haben Sie vielleicht etwas zu trrinken für mich?«

Natürlich hatte ich. Ich mixte uns beiden einen »Sex on the Beach« und stellte – als ältere Gastgeberin – fest, dass wir natürlich auch per Du sein sollten. Armandos Grinsen verriet, dass er absolut nichts dagegen hatte.

»Auf dich, meine schöne Landlady«, sagte er.

»Helene«, stotterte ich dämlich.

»Ich weiß«, lächelte Armando und küsste mich sanft auf den

Mund. Der »Sex on the Beach« war im Nu weg. Meine Wangen glühten nicht nur vom Alkohol.

Aus den Augenwinkeln konnte ich erkennen, dass Hermann sich ärgerte, sein Gesicht war nicht nur wegen der Hitze ganz rot. Ich vergönnte ihm seinen Zorn zutiefst.

Enter Alma.

Wie immer legte sie einen gekonnten Auftritt voller Überraschungen hin. Sie trat im kurzen Sommerdirndl zwischen zwei Buchsbäumen ins Rampenlicht, ihre knalligen Zöpfe leuchteten im beginnenden Abendrot. An ihrem linken Arm baumelte ein großer Weidenkorb. »Schätzchen!«, rief sie und hinterließ den obligaten Lippenabdruck auf meiner Wange. »Du hast ja alles soooo geschmackvoll arrangiert!« Sie stellte den Korb ins Gras und entnahm ihm eine Flasche Champagner und einen Gugelhupf.

»Ah, Rotkäppchen macht auf nobel!«, bemerkte ich spitz. Alma lachte. »Hol lieber ein paar Champagnergläser und stell mich endlich deinem Gast vor!«

»Armando. Alma.« Das genügte. Die beiden musterten einander wohlgefällig. Hermann räusperte sich und hantierte so betont temperament- und geräuschvoll mit dem Schürhaken, dass die glühende Kohle Funken sprühte.

»Hermann! Seit wann gibst du den Grillmeister?«, rief Alma überrascht. »Du hast ja gar nichts zu trinken. Bier aus der Flasche vielleicht?«

Ich amüsierte mich köstlich.

»Du kannst mir gerne auch ein Glas Champagner einschenken«, brummte er. »Er wird ja wohl gekühlt sein!«

Natürlich hatte Alma den Champagner vorgekühlt, und so verbrüderten sich auch sie und Armando mit feuchtfröhlichen Champagnerküssen. Ob es Hermann wohl aufgefallen war, dass Armando mich schon zuvor geküsst hatte? Mir war es deutlich in Erinnerung, und ich war sehr glücklich darüber. Die Sache lief wahrlich vielversprechend an.

Schließlich war die Glut grillbereit, und Tereza konnte ihre Köstlichkeiten auffahren.

Ein ganzes Hühnchen, aufgepfropft auf ein irdenes phallusartiges Gebilde. Es sah ehrlich gesagt ziemlich eklig aus. Vergewaltigtes totes Huhn.

»Mexikanisches Grillhuhn für Gast!«, sagte sie stolz und platzierte es auf dem Grill. Armando schenkte ihr ein strahlendes Lächeln, aber an Tereza prallte es ab wie ein Blindgänger. Auf einem anderen, wesentlich unspektakuläreren Tablett hatte sie eine Reihe Fleischstücke liegen, die mit verschiedensten Kräutern gewürzt waren. »Von Mangalitzaschwein, ganz bio und bekömmlich!«, erläuterte sie. Schon besser, dachte ich, aber das Wasser lief mir erst so richtig bei der Präsentation der Beilagen und Salate im Mund zusammen.

Rosmarinkartoffeln, gefüllte Tomaten, marinierte Zucchinistreifen in Olivenöl, Guacamole, Auberginenpaste und jede Menge Blattsalat. Tereza nahm strahlend unsere Komplimente entgegen.

Auch Armando machte sich jetzt am Grill zu schaffen. Im Gegensatz zu Hermann gelang es ihm aber prächtig, keinerlei Spuren von Anstrengung oder gar Schweiß zu zeigen. Er wirkte immer noch wie frisch aus dem Katalog.

»Der Typ sieht ja phantastisch aus, Helene! Weiß Hermann denn, was er sich da ins Haus geholt hat?«

»Wie meinst du das?« Almas Begeisterung für Armando machte mich langsam etwas nervös.

»Na, der ist doch der Prototyp des Latin Lovers, wie für dich geschaffen. Und sag ja nicht, er gefällt dir nicht, dafür bist du eine zu schlechte Schauspielerin.«

Alma hatte zwar keine Ahnung von meinen schauspielerischen Fähigkeiten, schließlich war sie selbst schon Opfer meiner exzellenten Täuschungen geworden, aber in diesem Fall hatte sie wahrscheinlich recht. Als ich nichts darauf zu erwidern wusste, sagte sie: »Und wenn *du* ihn nicht willst, dann nehm *ich* ihn eben!«

Ich muss sie völlig fassungslos angesehen haben, sie lachte. »War nur ein Scherz. Schon vergessen, dass ich vergeben bin?« Zum Beweis schüttelte sie ihre Zöpfe und Ohrringe. Vor einer Woche noch hätte mich diese Geste auf die Palme gebracht, jetzt war es die arrogante Ansicht, sie könnte mir jeden Typ ausspannen, bevor ich ihn an der Angel hatte, was mich in Rage versetzte.

Ich werde es dir zeigen, »Schätzchen«, schwor ich mir. Heimlich klopfte ich an mein inneres Handgelenk und redete mir ein, wie attraktiv ich war. So ganz wollte es mir nicht gelingen, aber ich war entschlossen, nichts mehr dem Zufall zu überlassen.

Die beiden Grillmeister ernteten großes Lob, wobei die eigentliche Arbeit ja von Tereza und dem Kugelgrill getan worden war. Aber das ist schließlich auch der Grund, warum sich die Männer das Grillgeschäft nicht nehmen lassen. Frau tut Arbeit im Hintergrund, Mann erntet Lob und Anerkennung. Was soll's, von meiner Seite ist dagegen auch absolut nichts einzuwenden. Welche Frau will sich schon verschwitzt und angeräuchert zu Tisch setzen? So konnte ich mich getrost wie zufällig einige Male über Armando beugen, um beispielsweise die Avocadosoße zu ergattern oder das Brotkörbchen, ohne befürchten zu müssen, dass ich nach Schweiß riechen könnte. Im Gegenteil! Armando wich mir mitnichten aus. Seine Nase und sein Blick fanden an meinen Seitenteilen ebenso Gefallen wie an Vorder- und Hinterfront, wo er einige Male absichtlich mit seinen Händen verweilte, wenn er seinerseits die Ketchup- oder Weinflasche erreichen wollte. Seine Berührungen waren in jedem Falle deutlich prickelnder als Almas Champagner zuvor!

Natürlich war es mir nicht entgangen, dass auch Hermann und Alma unter dem Tisch ungeniert ihre Beine aneinanderrieben, aber das ignorierte ich gekonnt.

Als es Nacht geworden war, wir alle Almas Gugelhupf gebührend gelobt und dem Alkohol in bereits erheblichem Maße zugesprochen hatten, kam Alma mit diesem grotesken Vorschlag.

»Es ist noch so schön warm heute, und Helene hat für romantische Beleuchtung gesorgt. Warum gehen wir denn nicht schwimmen? Der Pool sieht doch ganz bezaubernd aus bei dieser Festbeleuchtung.«

Ich hatte überhaupt keine Lust, schwimmen zu gehen. Erstens war ich zu faul, mich umziehen zu gehen. Zweitens würde mein langes Haar nass werden, da sah ich immer so zerrupft aus. Drittens konnte ich mit meinen A/B-Körbchen nicht mit Almas üppigen Zeta-Jones-Formen mithalten.

»Was für eine phantastische Idee!«, rief Hermann. Ihm merkte man von uns allen am deutlichsten an, dass er nicht mehr nüchtern war.

Ich wusste nicht recht, wie ich mich herausreden sollte, und blickte hilfesuchend zu Armando. Auch dessen Blick verriet keine Begeisterung, was mir sehr gefiel.

»Ach«, sagte er, »so warrrm finde ich es eigentlich nicht. Wenn Elene mirr Gesellschaft leistet, bleib ich lieberr hier!«

Mein Puls legte einen Zahn zu. Hermann konnte Alma an ihren Zöpfen durch den ganzen Pool ziehen, wenn er mochte, Hauptsache, ich bekam die Gelegenheit, mich ungestört um Armando zu kümmern – und hoffentlich auch umgekehrt.

»Schätzchen! Kann ich mir von dir ein Handtuch borgen?«, flötete Alma.

»Ja klar, im Badezimmer, du weißt, in dem weißen Schrank. Brauchst du auch einen Bikini?«

Die Frage war überflüssig. Alma brauchte keinen Bikini. Ich hoffte, dass Hermann wenigstens eine Badehose anziehen würde – in seinem eigenen Interesse! Nach ein paar Minuten kam Alma – in mein teuerstes Badetuch gewickelt – wieder zurück. Armando lächelte – eindeutig zweideutig.

Hermann wartete schon fröstelnd in seiner karierten Badehose auf Rotkäppchen. Er beobachtete genauso skeptisch wie ich, wie Armando Alma das Badetuch – ganz gentlemanlike – abnahm und sie alsdann vor aller Augen elegant und splitterfasernackt ins Becken glitt.

Plötzlich nahm ich eine Bewegung hinter mir wahr, und ehe auch nur jemand »Sitz« rufen konnte, hatte Draco sich schon auf Armando gestürzt und ihn samt meinem Badetuch ins Becken befördert.

Draco bellte, als hätte er einen Einbrecher gestellt, aber er wedelte begeistert mit dem Schwanz. Auffordernd blickte er mich an. Dachte er etwa, er würde eine Belohnung kriegen? So wie am Abrichtplatz?

Alma begann, affektiert zu lachen. Sie hat es nicht gerne, wenn man ihr die Show stiehlt. Hermann lachte gezwungenermaßen mit, aber ich konnte ihm ansehen, wie ärgerlich er die Situation fand. Endlich hätte er eine Weile halbwegs ungestört und unbeobachtet ein paar Zärtlichkeiten – oder auch Grobheiten – mit seiner Geliebten austauschen können, und jetzt war er bestenfalls Statist in einer Slapstickkomödie mit einem Hund als Publikumsmagneten. Auch Tereza war herbeigeeilt, durch Dracos Gebell alarmiert. »Jemand hat Tür offen stehen lassen!«, schalt sie mit strafendem Blick auf die nackte Alma, die nicht einmal mit einer roten Wimper zuckte.

Hermann öffnete seinen Mund, und noch bevor etwas herauskam, wusste ich, dass natürlich *ich* an allem schuld sein würde. »Helene!«, fing er an, aber er konnte nicht weitersprechen, da er von Armando einen kräftigen Kinnhaken verpasst bekam. Ich war gerührt. Mein Held schlug sich für mich, Hermann durfte mich nicht beleidigen!

Aber bei genauerem Hinsehen dämmerte mir langsam die Wahrheit. Ich sah fragend zu Tereza hinüber und erkannte, dass sie dieselben Schlüsse zog. Bloß Hermann und Alma waren so sehr mit sich und ihren eigenen Angelegenheiten beschäftigt, dass sie nicht bemerkten, dass Armando nicht schwimmen konnte und deshalb so wild herumruderte.

Alma, die Armandos Schläge also missinterpretierte, schlug sich indessen auf Hermanns Seite und stupste Armando von hinten an. Der wirbelte herum und bekam einen Zopf zu fassen. Alma schrie, Armando wollte etwas sagen, bekam aber natürlich Wasser in die Kehle und geriet völlig in Panik. Dabei drückte er Alma unter sich und versuchte, sich auf ihr aufzurichten. Nun hatte Alma ein Problem.

Die Einzige, die cool blieb, war Tereza. Sie schnappte sich den Kescher und briet Armando damit kräftig eins über den hübschen Schädel. Jetzt tauchte er zwar vollends unter, ließ aber wenigstens Alma los.

»Hat sie nicht verdient eigentlich«, meinte sie leise zu mir, »aber wir können junge Herr nicht lassen ersaufen, oder?« Sie schlüpfte aus ihren Halbschuhen, ich aus meinen Stilettos, sie ließ ihre Hose fallen, ich mein Kleidchen. So standen wir vielleicht eine Sekunde lang und lächelten einander zu. Ich bewunderte ihren riesigen BH und den Megaslip, sie die zarten Bändchen, die das wenige von mir zusammenhielten. Dann sprangen wir gleichzeitig ins Wasser wie zwei geübte Synchronschwimmerinnen mit etwas asynchronen Staturen. Ich schnappte mir Armandos Füße, Tereza hatte den schwierigeren Teil mit Kopf und Händen zu fassen bekommen, aber Armando stand die Furcht vor einem weiteren Schlag ins Gesicht geschrieben, und so ließ er sich widerstandslos von uns an Land ziehen. Auch Hermann und Alma stiegen zitternd aus dem Wasser. Es war doch nicht mehr so lau, wie sie noch kurz zuvor gemeint hatten. Alma bekam natürlich Hermanns Bademantel, Armando wurde von Tereza in eine Decke gehüllt. »Sonst er wird krank wegen Schock«, entschuldigte sie sich bei mir. »Ist schon in Ordnung«, sagte ich. Ich fand es eigentlich schade, dass Armando bei Bewusstsein war, zu gerne hätte ich einmal eine richtige Mund-zu-Mund-Beatmung ausprobiert. Aber er hustete und prustete gefährlich. Schließlich sage er: »Elene, tut mir leid. Aberr dieser Hund ist wie eine Grrranate. Du musst besserr auf ihn aufpassen!«

»Ich weiß«, stammelte ich. Mir wurde langsam richtig kalt, nur so in String und BHchen.

»Genau meine Rede!« Hermann hatte seine Stimme wiedergefunden. »Wie oft habe ich dir gesagt, dass du das Tier ordentlich wegsperren musst.«

»Das hab ich ja«, schrie ich jetzt wütend, »Alma hat einfach alle Türen offen gelassen und …«

»Du bist doch das Letzte. Immer muss jemand anders schuld sein!«

»Ich glaube, Herrschaften sollten lieber gehen hinein, sonst morgen alle krank!«, beendete Tereza unseren Streit. »Ich mache für alle guten Tee.«

Als ob es die normalste Sache der Welt wäre, nahm sie ihre Hose und die Bluse über den Arm, schnappte Draco beim Halsband und verschwand ins Haus. Armando hatte sich etwas von seinem Schock erholt und zog mich unter seine Decke. Er war noch immer ziemlich kalt, aber das störte mich nicht im Mindesten. Um ihn etwas zu wärmen, legte ich meinen Arm um seine Taille. Ob ihm dabei auch so warm wurde wie mir, weiß ich nicht, aber er wehrte sich nicht dagegen.

Alma lief uns in Hermanns Bademantel voraus, und der

Hausherr in Badehose ohne wärmenden Überwurf bildete das Schlusslicht der kuriosen schweigsamen Prozession.

Ich hatte mir schon öfter gedacht, dass Tereza zaubern konnte. Vielleicht war sie die kontinentale Verwandte von Mary Poppins, denn sie hatte uns bereits große Badetücher bereitgelegt. Eine Flasche Rum stand auch schon parat.

»Tee kommt gleich«, sagte sie entschuldigend. »Muss noch ziehen ein paar Minuten, aber Rum ist schon fertig.«

»Errrmano!« Armando machte ein zutiefst bedauerndes Gesicht. »Es tut mir leid, wie ich mich im Wasserrr benommen habe. Ich war in Panik. Ich kann nicht schwimmen, und ihrrr habt mich nicht verrstanden!«

Mit seinem treuherzigen Blick nahm er Hermann natürlich allen Wind aus den Segeln, der Rum und der Tee erwärmten unsere Herzen langsam wieder, und schließlich konnten wir alle über die Geschichte lachen.

***

Lieber José,

ich kann dir gar nicht sagen, wie beunruhigt ich seit deinem Geständnis bin. Selbstverständlich stehe ich zu dir und auch zum Beichtgeheimnis, aber ich bin eben nicht nur dein Freund, sondern auch dein Seelsorger, und als solcher warne ich dich erneut: Lasse dein Handeln nicht vom Hass bestimmen. Selbst wenn du auf Erden ungeschoren davonkommen solltest, der gerechte Zorn des Herrn wird dich treffen. Ich habe keine ruhige Minute mehr, bis du mir schreibst, dass du von deinen unheilvollen Plänen Abstand nehmen wirst. Am liebsten würde ich ins nächste Flugzeug steigen, um persönlich deine wahnsinnigen Ideen zu vereiteln!
Wende dich ab vom Bösen!

Jeremiah

***

Lieber Jeremiah,

wenn du das tust, werde ich kein Wort mehr mit dir sprechen, dafür aber mit deinem Bischof!

Ich weiß gar nicht, warum du dich so aufregst, das alles ist meine Sache, du hast damit nichts zu tun. Sei mein Freund wie bisher und versuche, mich zu verstehen. Im Übrigen läuft die Sache wie am Schnürchen, denn es hat sich wieder etwas ganz Neues ergeben.

Das Wochenende brachte mich zunächst nicht weiter. Allerdings hättest du meine Schauspielkunst bewundern können, ich war so charmant! Ich wickelte alle um den Finger, besonders die Damen. Leider passierte dann dieses Missgeschick, wieder dieser blöde Hund, er hat es anscheinend auf mich abgesehen. Diesmal stieß er mich ins Wasser! Ich schlug mit dem Kopf am Beckenrand auf, dabei verlor ich kurz mein Bewusstsein. Da dachte diese dumme Kuh Helene, ich könne nicht schwimmen, und startete eine Rettungsaktion, bei der dann beinahe ihre Freundin Alma ertrunken wäre. Wie gut, dass ich die Situation richtig erkannt hatte und zu Hilfe eilen konnte!

Den Plan, meinen Vater in seinem eigenen Heim zu ermorden, musste ich leider verwerfen. Diese Putzfrau ist einfach überall, und sie sieht mich so komisch an. Keine Ahnung, warum sie mich nicht mag, ich wirke doch sonst so sympathisch auf Frauen (und natürlich auch auf Männer :)).

Deshalb beschloss ich, meinen Vater zu beschatten. Jeder Mensch hat seine persönlichen Routinen, und daraus würde sich für mich sicher eine passende Situation ergeben, in der ich ihn ohne Zeugen um die Ecke bringen könnte. Ich besorgte mir ein kleines Leihauto und brachte mich in der Nähe seines Büros in Position. Den Winters erzählte ich, ich würde am Lateinamerika-Institut studieren.

Es dauerte zwar ein paar Tage, die meine Geduld bis aufs Äußerste strapazierten – die Parkplatzsuche, das Warten –, aber gestern war es dann endlich so weit.

Mein Vater verließ das Büro, und ich folgte seinem Mercedes in gebotenem Abstand, bis er vor einer seltsam bunten Wohnhausanlage einparkte. Wie mir Passanten später erklärten, ist dieses Haus sogar eine Sehenswürdigkeit von Wien, das Hundertwasserhaus. Wie aus einem kitschigen Kinderbuch sieht es aus, hat aber einen gewissen orientalischen Charme. Ich wunderte mich allerdings, was mein Vater ausgerechnet in diesem Gebäude wollte.

Um das herauszufinden, versteckte ich mich ganz nahe dem Eingangsbereich. Also, zum Verstecken ist es ideal, dieses Haus, jede Menge Säulen, und als Beobachter fällt man nicht auf. Es gibt so viele Touristen, die hier herumstehen und das Gebäude anstarren oder fotografieren.
Ich beobachtete genau, welchen der Klingelknöpfe an der Gegensprechanlage mein Vater drückte. Sobald er im Haus verschwunden war, las ich das Türschild. »Antony«.
Etwa zwei Stunden später war der Mercedes wieder weg, und ich läutete bei »Antony«. Ich war völlig perplex, als ich in das Gesicht von Helenes Freundin Alma blickte. Du erinnerst dich, das ist die Frau, die ich vor dem Ertrinken gerettet hatte!
Mir war natürlich sofort klar, dass mein Vater mit dieser Frau keine geschäftlichen Beziehungen pflegte. Geschmack hat er, das muss man ihm lassen. Als Ehefrau ist wahrscheinlich Helene die bessere Wahl, sie kann man sicher leichter manipulieren. Aber diese Alma sieht nicht nur gut aus, sie hat auch Charisma – was man meiner langweiligen »Stiefmutter« nicht nachsagen kann.
Aber zurück zu dieser Alma. Die Situation war natürlich heikel, ich konnte ja nicht gut sagen, dass ich ihren Geliebten im Visier hatte. Was blieb mir also anderes übrig, als mit ihr zu flirten?
»Ich dachte, Alma, du möchtest vielleicht auf einen Wiener Kaffee mit mir gehen?«, sagte ich.
»Komm rein, schöner Mann!«, erwiderte sie. »Kaffee kriegst du auch bei mir!«
Und schon saß ich bei ihr im Wohnzimmer, bewunderte ihre Bilder – sie ist Künstlerin – und trank Champagner anstelle des versprochenen Kaffees. Ich bin sicher, sie hätte mich auch ins Bett gezerrt, aber wahrscheinlich war es noch warm von meinem Vater! So sagte sie, sie müsse in ihre Galerie zurück und ich könne gerne wiederkommen.
So sind sie, die Weiber, kaum ist der eine bei der Tür hinaus, wollen sie schon wieder mit dem Nächsten.
Jeremiah, dafür weiß ich jetzt, wo es passieren wird. Vor diesem Hundertwasserhaus! Dort werde ich das nächste Mal auf ihn warten. Wenn er nach seinem Schäferstündchen wieder auf die Straße tritt, knalle ich ihn brutal ab. Ich nehme die Waffe mit dem Schalldämpfer aus der Fototasche, lege meine Weste zur Tarnung darüber, dann schieß ich ihn blitzschnell nieder und gehe weiter »fotografierend« zur Straßenbahn. Unter den

vielen Touristen falle ich da nie und nimmer auf. Bis jemand bemerkt, was passiert ist, bin ich schon weit genug weg vom Tatort.
Auch über die Entsorgung der Waffe habe ich mir schon Gedanken gemacht. Ich werde sie – nach der Tat – persönlich in die Villa zurückbringen. Warum? Denk kurz nach, Jeremiah. Jawohl! Ich werde dieser blonden Tussi den Mord anhängen! Denn wenn mein Vater vor dem Haus der Geliebten erschossen wird, wer wird da wohl zuerst verdächtigt? Genau! Die Ehefrau.
Aber das wirklich Geniale kommt erst. Wenn nämlich Helene des Mordes überführt wird, dann wird sie auch ihren Mann nicht beerben können. Tja, und nachdem sie keine gemeinsamen Kinder haben, bleibt somit ein Universalerbe übrig … richtig – ich!
Jeremiah, du siehst, ich habe alles im Griff, es wird gut gehen, davon bin ich überzeugt. Am Ende werde ich nicht nur meine Rache gestillt haben, sondern auch noch ein beträchtliches Erbe mein Eigen nennen können. Meine Mutter wird sich im Himmel noch darüber freuen.
Mach dir um mein Seelenheil keine Gedanken, ich weiß, dass ich im Recht bin, auch wenn die Bibel vielleicht etwas anderes sagt.

Vertrau mir,
José

Illusionen

Ich hatte mir den Ausklang unseres Grillfestes wahrlich anders vorgestellt. Irgendwas sollte ich mir einfallen lassen, wenn ich nicht eine weitere Woche wie ein Teenager nach Armando schmachten wollte.

Mein Herz machte einen Satz, als Armando ein paar Tage später beim Frühstück verkündete: »Errmano, ich komme heute nicht mit, ich habe heute keinen Kurrs. Vielleicht kann mirrr Elene am Nachmittag Baden zeigen oder mit mirr in dieserr hübschen Gegend spazieren gehen?«

Ich nickte wortlos. Am Morgen bin ich grundsätzlich kaum zu einem Gespräch fähig, jetzt hatte es mir gänzlich die Rede verschlagen.

»Kein Problem!«, sagte Hermann. »Und, Helene«, wandte er sich an mich, »halt diesen Hund von Armando fern, hast du verstanden!«

Ich nickte, Hermann hatte keine Antwort verdient.

»Mirrr ist der Hund egal«, sagte Armando, als Hermann gegangen war, »solange du ihn an derrr Leine hast und err einen Beißkorrb trägt.«

»Ja, und solange kein Wasser in der Nähe ist«, lachte ich.

Er lächelte mich an, seine Augen wurden immer dunkler. »Elene, ich muss dirr was gestehen«, sagte er.

»Ja?«

»Ich hätte heute doch Kurrs, aberr ich wollte den Tag mit dirrr verbrringen!«

Pumpumpumpumpum! Ich war mir sicher, dass er meine Herzschläge hören konnte.

»Ach«, war alles, was ich herausbringen konnte. »Und was sollen wir jetzt tun?«

Tereza räumte geräuschvoll das Frühstücksgeschirr in die Spülmaschine. Die Küche ist zwar vom Essbereich vollständig abgetrennt, aber die Durchreiche erleichtert sowohl den Lebensmitteltransport als auch die Kommunikation. In diesem Fall wäre der Informationsfluss in Richtung Tereza nicht unbedingt notwendig gewesen, ich hätte wissen müssen, dass sie mithört!

»Und was ist mit Draco?«, brummte sie. Ich ging zur Durchreiche. »Tereza, Sie bekommen eine Gehaltserhöhung, wenn Sie ihn heute zum Training führen, bitte, bitte!«, flüsterte ich.

»Gehalt ist mir egal«, fuhr sie mich an. »Ich mache für Freundschaft!« Stolzerhobenen Hauptes nahm sie Draco an die Leine. »Komm, blöder Hund, wir gehen Gassi!«

Draco war es offensichtlich egal, wer von uns ihm die Ehre erwies, Hauptsache, er durfte zu seinen Lieblingsbäumen und kriegte zu Hause sein Leckerli.

Tereza zog also von dannen und ließ uns beide allein.

»Dann mach ich mich mal fertig«, piepste ich mit schwacher Stimme.

»Bis bald!« Armando warf mir am Treppenabsatz eine Kusshand zu, die mir förmlich Flügel verlieh, im Nu war ich am Kleiderschrank.

Ich suchte mir ein hübsches Sommerkleidchen aus, auf die Gefahr hin, dass ich zunächst vielleicht noch etwas frieren würde, aber ich hatte mir vor Kurzem dieses kokette Hütchen mit den dazu passenden Sandaletten und einer frühlingsgrünen Clutch gekauft, die würden dem Anlass hervorragend gerecht werden.

Armando trug einen leicht zerknitterten hellen Leinenanzug, sein apricotfarbenes Hemd war über der Brust geöffnet, kein Härchen störte die Aussicht. In seinem Haupthaar steckte eine Armani-Sonnenbrille – oder ein Imitat. Echt oder nicht, er sah phantastisch aus!

Zur Feier des Tages öffnete ich das Dach meines Mazdas. Normalerweise ist mir das zu viel Arbeit, es tut auch meinen Haaren nicht gut. Ich band mir ein Tuch um den Kopf, damit ich mein neues Hütchen nicht verlor, und so brausten wir – na ja, *fuhren* wir – nach Baden. Ich parkte mich beim Casino ein. Erstens ist der Park dort prachtvoll, und zweitens sind die Parkplätze schön groß.

»Was würdest du gerne tun?«, fragte ich, ganz Reiseleiterin.

Armando erhaschte meinen Zeigefinger und hauchte einen

leichten Kuss darauf. »Zeig mirr die rrromantischen Plätze von Baden, ja?«

»Okay, dann fangen wir gleich an. Das Casino. Sehr romantisch, wenn man gewinnt.«

Armando grinste. »Mit viel Einsatz gewinnt man immerrr!«

»Komm, wir gehen durch den Park. Vielleicht spielt das Kurorchester noch.« Ich nahm Armando mutig bei der Hand, er ließ es gerne geschehen.

Wir hatten Glück, das Orchester spielte noch, natürlich Wiener Walzer. Armando legte mir die Hand um die Taille und zog mich an sich.

»Sehrr rrromantisch!«, flüsterte er mir ins Ohr. Ich wagte kaum, zu atmen, aus Angst, ich könnte mich dabei zu weit von ihm entfernen.

Das Orchester hatte den Walzer beendet, und so mussten wir applaudieren. Ich bedauerte dies sehr, weil Armando mich dafür loslassen musste. Aber kaum dass die Anfangstöne des nächsten Walzers erklangen, schnappte er mich und drehte sich erneut mit mir im Dreivierteltakt durch die Seniorenrunden. Am Ende wusste ich nicht, ob sie dem Orchester oder uns beiden applaudierten.

Ich war völlig außer Atem und rosa im Gesicht, von Frieren keine Rede mehr. Armando drückte mich kurz an sich. »Ist dir schwindelig?«, fragte er besorgt, weil ich mich ganz fest an ihn lehnen musste.

»Ein wenig«, gab ich zu, »aber wenn du mich stützt, kann ja nichts passieren.«

Wir schlenderten wie ein richtiges Liebespärchen durch die Innenstadt, verweilten am Theaterplatz und schleckten ein Eis beim Leopoldsbad. In einem Gastgarten aßen wir Forelle, bevor wir unseren Spaziergang fortsetzten.

»Das Romantischste habe ich uns noch aufgehoben«, sagte ich.

»Da bin ich aberr gespannt«, erwiderte Armando, »das Bisherige wird schwerr zu übertreffen sein.«

Natürlich hatte ich etwas Sensationelles in petto: das Rosarium. Im Juni, wenn die jungen Rosen aufblühen, schmilzt auch das unromantischste Herz beim Anblick der zarten Knospen. Armando war begeistert und ließ es sich nicht nehmen, mir einen Strauß dunkelroter Rosen zu kaufen. »Elene, diese Blume ist nicht umsonst die Botschafterin derr Liebe. Ich möchte dirr den Strrrauß schenken für diesen wunderrschönen Tag!«

Ich nahm ihn seufzend entgegen.

Mittlerweile war es ziemlich heiß geworden. »Lass uns zurückfahren«, schlug ich vor, »und am Pool etwas chillen. Ich weiß, dass du nicht unbedingt schwimmen willst, aber wir könnten uns sonnen und ein paar Cocktails mixen.«

»Gute Idee«, sagte Armando, »wir werden die Sonne anbeten!«

Und ich bete dich an, dachte ich. Und wenn wir zu Hause sind, werde ich dich vernaschen!

***

Lieber José,

was muss ich tun, um dich von deinem Plan abzubringen?
Ich kann nicht mehr ruhig schlafen. Wenn ich meine Mailbox öffne, zittern meine Finger. Wenn ich deine Adresse lese, bricht mir der Schweiß aus. Jedes Mal erwarte ich die schlimme Nachricht.
Mein Liebling, bedenke doch die Konsequenzen deines Handelns! Nicht nur, dass du dich gegen Gott versündigst. Hast du auch schon einmal nachgedacht, dass etwas schiefgehen und man dich des Mordes überführen könnte? Du müsstest jahrelang in der Fremde im Gefängnis sitzen. Und du weißt, welche Männer dich dort erwarten werden, alles Schwerverbrecher!
Oh José, ich darf gar nicht daran denken, was sie dir alles antun könnten. Bitte, vergiss deine Pläne und komme nach Hause. Das ist es nicht wert, glaube mir!
Ich bete weiter für dich!

In Liebe, Jeremiah

***

»Es ist doch noch ein bisschen kalt, Elene«, sagte Armando, bevor er die Hose herunterließ.

Mir war mitnichten kalt! Im Gegenteil. Mit einem Kopfsprung rettete ich mich ins Wasser, und nach ein paar kräftigen Zügen tauchte ich am anderen Ende des Beckens wieder auf. Ich schüttelte elegant mein Haar, wie ich es von Filmen kannte, und drückte das überschüssige Wasser heraus, während ich ihn verstohlen beobachtete. Geschmeidig wand er sich aus seinem T-Shirt. Ich versuchte mir vorzustellen, wie sich seine Hände wohl auf meiner Haut anfühlten, wie sein muskulöser Rücken mich entzücken würde. Er drehte sich um und kreuzte seine Arme schützend vor seiner Brust. Schade, auch die hätte er nicht verstecken müssen, aber anscheinend war ihm tatsächlich kalt.

»Komm doch rein!«, rief ich. »Das Wasser ist wirklich warm! Und hier im unteren Bereich kann man noch stehen!« Ich hatte den Zwischenfall mit Draco natürlich nicht vergessen. Er offensichtlich auch nicht, denn er blickte ängstlich in Richtung Haus.

»Keine Angst, Tereza passt schon auf ihn auf«, beruhigte ich ihn.

Vorsichtig streckte er seine Zehen ins Wasser. »Brrrrr!«, sagte er. »Nix fürr mich. Ich schaue dirr zu, Elene. Du schwimmst sehrrr gut!« Er schnappte sich ein Badetuch und legte sich dekorativ auf eine Liege.

Jahre der Entbehrung hatten mein Flirt-Know-how gehörig verkümmern lassen, und so schwamm ich denn halt ein paar Längen, bevor ich mich sensationell anmutig aus dem Becken zog. Fast. Ein paar Zentimeter hätten mir noch gefehlt, dann hätte ich mich elegant an den Beckenrand gesetzt, meine frisch enthaarten Beine betörend parallel nach draußen geschwungen, um sogleich grazil aufzuspringen und mich entspannt auf die Liege neben ihn zu werfen. Fast, wie gesagt. Aber auch was dann wirklich geschah, hätte durchaus einem Hollywoodfilm gerecht werden können, allerdings einem anderen Genre!

Gerade als der Oberkörper der Heldin schwerpunktmäßig bereits über dem Beckenrand schwebte, gab ein goldenes Bügelchen an ihrem Bikini-Oberteil nach, sodass sie für den Bruchteil einer Minute nipplegatemäßig über dem Beckenrand hing und verzweifelt versuchte, mit einer Hand den Schaden zu beheben. Dabei verlor sie natürlich das Gleichgewicht, radierte mit ihrem Ellbogen die Beckeneinfassung entlang und fiel, weniger anmutig, wieder ins Wasser zurück. Als die Heldin prustend wieder auftauchte, kniete der Held bereits am Beckenrand und zog sie mit einem zugleich kraftvollen wie zärtlichen Ruck ins Trockene.

Die tropfnasse Heldin bot vielleicht keinen tollen Anblick, dafür aber ihre Lippen zum Kuss dar.

Armando ließ sich dieses Angebot nicht entgehen. Seine Lippen waren trocken und weich. Ich war nicht im siebten Himmel, nein, ich schwebte mindestens im achtundzwanzigsten. Als ich meine Augen wieder öffnete und Armando mich freigab, gerann mir förmlich das Blut in den Adern. Ich starrte entsetzt in Hermanns bitterböse Augen und fiel von Wolke achtundzwanzig direkt in die Hölle.

»Ah! Errmano!«, rief Armando. »Du bist schon zurrrück?« Dabei legte er mir völlig ungeniert das Badetuch um die Schulter und rieb mir noch den Rücken trocken.

»Und nicht zu früh!«, sagte Hermann knapp. Er hastete an mir vorbei ins Haus, wobei er mir einen Blick zuwarf, der wiederum ein anderes Hollywoodgenre geadelt hätte.

»Mirr ist kalt«, lächelte Armando bedauernd, »ich geh auf mein Zimmerr.«

Ich hätte heulen können vor Enttäuschung. Der Mann meiner Träume küsst mich, und der Mann meiner Alpträume stört mich dabei.

Und wie Hermann sich dann gebärdete! Als ob ich ein Auto wäre, das Armando ohne zu fragen gefahren hatte. Er, der mich jahrelang betrog und hinterging, der mit meiner besten Freundin sadistische Spielchen trieb! Ich hasste ihn wie nie zuvor.

Am liebsten wäre ich Armando nachgelaufen, hätte mich ihm an den Hals geworfen, »Komm, Geliebter, wir gehen!« gerufen und wäre für immer aus Hermanns Leben verschwunden. Aber ich war wie gelähmt, wie einzementiert blieb ich am Beckenrand stehen.

Dann war es zu spät. Im Wohnzimmer war in der Zwischenzeit ein heftiger Streit ausgebrochen. Eigentlich hätte ich gerne gehört, was sie einander so an den Kopf warfen und ob ich ein maßgeblicher Teil dieses Streites war. Leider knallte Hermann wütend die Terrassentür zu, sodass ich zwar lautes Gebrüll vernehmen, aber nichts verstehen konnte. Näher heran traute ich mich nicht, und so schwamm ich ein paar Längen, um mich abzureagieren. Dabei versuchte ich, einen klaren Kopf zu bekommen und mir zu überlegen, was ich jetzt tun sollte. Allein ich kriegte meine Gedanken nicht auf die Reihe.

Da war Armando. Ich war zum ersten Mal in meinem Leben richtig verliebt, und ich spürte, dass Armando meine Gefühle erwiderte. Seine Blicke, seine Berührungen, die Rosen! Das alles konnte nur eines bedeuten: Er liebte mich.

Für ihn würde ich sogar auf mein bequemes Leben verzichten – zumindest zum Teil. Ich könnte die Villa verkaufen, mit dem Geld könnten wir uns sicherlich irgendwo eine kleine Existenz aufbauen.

Aber da war ja auch noch Hermann. Wenn *ich* ginge, dann würde *er* bekommen, was er sich wünschte: die Geliebte statt der Gattin, gegen die er so allergisch war. Überdies müsste er mir keinen Cent mehr bezahlen. Nein, Hermann Winter, das hast du dir nicht verdient! So leicht werde ich es dir nicht machen!

***

Jeremiah, mein Freund,

ich wollte dir eigentlich erst schreiben, wenn es vorbei ist, aber ich muss mich einfach jemandem mitteilen, sonst platze ich!
Am liebsten würde ich meine Waffe nehmen, ins Wohnzimmer gehen, wo er gerade diesen teuren Whisky in sich hineinschüttet, und ihn beinhart abknallen. Wenn du mich nicht ein Mindestmaß an Geduld gelehrt hättest, ich würde es tun, auf die Gefahr hin, dass sie mich schnappen.
Stell dir bitte vor, was passiert ist:
Ich fuhr heute Morgen nicht nach Wien, sondern kümmerte mich um Helene. Seit dem Grillfest wirft sie mir schmachtende Blicke zu, ich glaube, sie ist in mich verliebt. Das musste ich für meine Zwecke ausnutzen!
Ich musste ihre Nähe suchen, um mir Zutritt zu ihrem Schlafzimmer

zu verschaffen, denn dies wäre später der ideale Ort, um die Tatwaffe zu verstecken.
Ich erklärte mich also bereit, mit ihr einen Ausflug nach Baden zu unternehmen, und anschließend wollte Helene zu Hause noch schwimmen gehen. Wahrscheinlich dachte sie, sie könnte mich im Bikini leichter verführen. Sie warf sich mir dann auch wirklich an den Hals, wir wären beinahe beide ins Wasser gefallen. Und genau in diesem Moment bog mein Vater um die Ecke. Weiß der Teufel, was er schon so früh zu Hause wollte. Er führte sich auf wie ein Irrer. Ich musste Helene beschützen, damit er nicht auf sie losging!
Während sie heulend davonlief, stellte ich mich ihm – von Mann zu Mann.
Er herrschte mich an, wie ich mich erdreisten könne, seine Gastfreundschaft so schändlich zu missbrauchen. »Helene gehört mir!«, schrie er. »Es tut mir leid für meine guten Freunde, dass sie einen so missratenen Sohn haben, aber du verlässt gleich morgen mein Haus!«
Ich lachte aus vollem Herzen.
»Was gibt es da zu lachen?«, fuhr er mich an.
Da klärte ich ihn auf. »Weil die Barrientes gar nicht meine Eltern sind.«
Er sah mich fassungslos an.
»Warum hast du dich dann in mein Haus geschlichen?«, fragte er.
»Meine Mutter hieß Rosa Minera, sagt dir das vielleicht etwas?«
Ohne mir Antwort zu geben, trat er an seine Bar und schenkte sich ein Glas Whisky ein. Er war ganz blass geworden. Nach einem tiefen Schluck blickte er mich an und fragte: »Und du, wer genau bist du?«
»José Minera. Ihr einziger Sohn. Ich bin das Kind, das sie hätte abtreiben sollen, das sie in die Armut und Isolation gestürzt hat. Wären die Padres nicht gewesen, wir beide wären auf der Straße gelandet. Und das hast du zu verantworten, einzig und allein du!«
»Was ist mit ihr heute?«
»Du interessierst dich doch nicht wirklich für sie. Sie ist tot. Du bist schuld. Mehr brauchst du nicht zu wissen.«
Ich ging hinüber zur Bar und schenkte mir auch ein Glas Whisky ein. Ich konnte sehen, wie seine Hand zitterte, als er sein Glas zum Mund führte.
»Warum bist du gekommen?«
»Was weiß ich? Ich wollte sehen, wie mein Vater aussieht, wie er lebt, ihn zur Rede stellen …«

»Kannst du …«, stammelte er, »kannst du denn beweisen, dass du mein Sohn bist?«
Ich antwortete ihm, dass das heutzutage wohl kein Problem sei. Er könne sicher sein, dass ich diesen Beweis erbringen würde.
Damit ließ ich ihn allein zurück mit seinen Gedanken.
Und jetzt sitze ich also hier in meinem Zimmer und kann kaum einen klaren Gedanken fassen. Soll ich ihn noch heute Nacht erschießen und dann einfach verschwinden? Niemand – außer ihm – kennt meine wahre Identität. Schon in wenigen Tagen könnte ich in deinen schützenden Armen liegen, mein Geliebter!
Und dennoch. Ich will mehr. Ich will nicht nur seinen Tod. Ich will jetzt auch die Villa, das Auto – eben alles, was mir zusteht. Dafür muss ich aber Helene den Mord in die Schuhe schieben. Also doch das Hundertwasserhaus?
Oh Herr, zeig mir den Weg und gib mir die Geduld!
Jeremiah, ich sehne mich nach dir, ich kann es kaum erwarten, dass du mich wieder in die Arme nimmst, aber ich muss tun, was ich tun muss!

José

Nacht der Nächte

»Wie lange geht das schon so?« Hermann war an die Bar getreten und hatte sich einen Whisky eingeschenkt. Offensichtlich war es nicht sein erster, sein Gesicht war rot angelaufen. Dann zog er sich eine Prise in die Nase, um mich zu provozieren.

»Was geht schon wie lange?«, fragte ich, zugegebenermaßen nicht sehr glaubwürdig. Ich mied seinen Blick, nicht zuletzt weil mir vor dem braunen Zeugs nach wie vor grauste.

»Verkauf mich bitte nicht für dumm, Helene. Wenn ich etwas bei Gott nicht ausstehen kann, dann ist das, wenn mich jemand verschaukeln will!«

Groll stieg erneut in mir hoch. Nur weil ich mich einmal vergessen und zu einem Fremdkuss hatte hinreißen lassen, einem Kuss, der letztendlich zu nichts geführt hatte, wollte er plötzlich wieder seine Besitzansprüche geltend machen?

Ich wollte Hermann schon diverse Gehässigkeiten in sein tabakbeflecktes Antlitz schleudern, als sich die innere Mutterstimme und meine verdrängte kriminelle Intelligenz gleichzeitig zu Wort meldeten.

Mutter rief: Würde bewahren, Helene, Würde!, während mein Verstand sagte: Mädchen, schau hin! Der Mann ist eifersüchtig!

»Krieg ich auch einen Whisky?«, fragte ich und brachte Hermann damit völlig aus dem Konzept. »Ich schwör dir, da ist nichts zwischen uns beiden. Es war nur ein Kuss, ehrlich. Klar macht Armando mir schöne Augen, er hat eben ein südländisches Temperament.«

Hermann bohrte seinen Blick in meine Augen, er suchte Lug und Trug darin. Ich hielt ihm stand. Etwas verunsichert meinte er: »Ich kenne genug Latinos, Helene, und die schmachten nicht nur mit den Augen, das kannst du mir glauben.«

Ich nahm einen Schluck aus meinem Glas und trat ein paar Schritte näher an ihn heran. »Das will ich dir gerne glauben, Hermann«, sagte ich leise, »aber jetzt überleg doch mal. Der Junge ist vielleicht fünfundzwanzig?«

»Siebenundzwanzig«, sagte Hermann und blickte düster in sein Glas.

»Na gut, dann eben siebenundzwanzig. Trotzdem. Er könnte – na ja – nicht *mein*, aber immerhin *dein* Sohn sein. Ich fang doch nichts mit so einem Jüngling an!«

Hermanns Lachen erschreckte mich. Er packte mich am Arm. »Du lässt die Finger von dem Jungen, hörst du!«

»Hörst du mir überhaupt zu? Ich hab doch gerade gesagt, dass ich nichts mit einem grünen Jungen anfange.« Meine Vernunft begann bereits wieder zu wanken, und auch meine Mutter meldete sich nicht zu Wort. »Ich frage mich nur, mit welchem Recht du mir das verbietest. Hast *du* mich etwa jemals um Erlaubnis gebeten, wenn du fremdgegangen bist?«

»Das ist etwas ganz anderes!«, fuhr er mich an.

»Natürlich. Trotzdem, wenn ich mich scheiden ließe und mit Armando mitginge, könntest du auch nichts dagegen tun!«

»Du wirst dieses Haus nicht verlassen, Helene! Nur über meine Leiche!« Hermanns Stimme war verdächtig leise geworden, sein Griff um meinen Arm wurde immer fester.

Beinahe hätte ich gesagt: Kein Problem, Leiche kannst du haben, aber in meinem Hirn drehten sich kleine Zahnrädchen, die mir langsam ein paar Fakten klarmachten.

Zum einen erkannte ich, dass der Weg zu Armando tatsächlich nur über Hermanns Leiche führte. Hermann würde es niemals dulden, dass ich ihn verließ. Das vertrug sein männlicher Stolz nicht. Und ich verstand auch, dass ich Hermanns Eifersucht nutzen musste. Ja, sie war auch gefährlich – ich traute ihm durchaus zu, uns beide umzubringen, bevor er als Verlierer vom Feld ging –, aber es war gerade diese Eifersucht, die mir die Chance gab, mein lang gehegtes Vorhaben vielleicht doch noch in die Tat umzusetzen.

»Aber Hermann!«, rief ich daher gespielt entsetzt. »Das mit der Scheidung meine ich doch nicht ernst, das weißt du doch. Außerdem – denk mal nach! Warum wohl muss ich mir denn überhaupt von irgendjemand anders schöne Augen machen lassen? Weil *du* mich nicht beachtest! Du bist mit deiner Arbeit verheiratet und nicht mit mir!«

Es kostete mich einige Überwindung, aber es gelang mir,

vorzutäuschen, dass ich sein Märchen mit den langen Arbeitsnächten tatsächlich glaubte. »So viele Abende verbringst du lieber im Büro als mit mir – im Bett!«, weinte ich. »Ja, auch wenn wir getrennte Schlafzimmer haben, ich vermisse dich. Ich brauche keinen Liebhaber, wenn ich *dich* haben kann!« Ich nahm einen Schluck Whisky, er sollte das Gesagte unterstreichen und zugleich meinen Gefühlszustand stabilisieren.

Hermann war meinen Ausführungen erstaunt gefolgt, und freudig erkannte ich, dass ich ihn an der Angel hatte. Natürlich, seine Eitelkeit ließ ja keinen Konkurrenten zu, da war es doch praktisch, wenn die Frau sich vernachlässigt fühlte und sich in Wirklichkeit nur nach dem Gatten verzehrte. Ich legte ein Schäufelchen nach.

»Hermann«, schluchzte ich, »seit Monaten versuche ich, deine Aufmerksamkeit auf mich zu ziehen – aber du bemerkst mich einfach nicht mehr. Ich hab solche Angst, dass du dir wieder eine Geliebte nimmst und mich verlassen könntest!« Ich riss mich aus seiner Umklammerung und warf mich schluchzend aufs Sofa, wo ich mein Gesicht im Paisleymuster-Polster vergrub.

Was soll ich sagen, Hermann war nicht nur verunsichert. Er schien mir tatsächlich zu glauben!

»Ist das wahr?«, fragte er mit rauer Stimme.

»Natürlich ist das wahr.« Ich schnäuzte mich geräuschvoll, dann nahm ich alle meine Sinne zusammen, um meinen Blick treuherzig erscheinen zu lassen.

»Ich kann es dir sogar beweisen«, flüsterte ich. »Ich hab mir extra Dessous gekauft für dich, ich war im Sexshop, um mich beraten zu lassen. Handschellen und Peitsche seien jetzt in, hat mir die Verkäuferin erklärt. Alles liegt seit Wochen bereit, aber ich habe bis jetzt keine Gelegenheit gefunden, sie mit dir auszuprobieren.«

Ich stand auf und drückte mich an ihn. Er ließ es sich gefallen, also wagte ich auch einen flüchtigen Kuss, auch wenn mich das wegen dieses braunen Flecks einiges an Überwindung kostete. »Lass uns noch einmal von vorne beginnen! Wir könnten auch Neues ausprobieren …« Ich versuchte, meiner Stimme einen verruchten Ton zu geben. Selbst konnte ich mich nicht überzeugen, und auch Hermann schaute skeptisch, er wusste nicht recht, was er von meinen Avancen halten sollte.

Da übernahm eine mir bis dato unbekannte Stimme aus meinem Unterbewusstsein das Kommando. Bluse öffnen!

Ich tat wie mir geheißen und gewährte Hermann tiefe Einblicke. Er wurde nervös. Seine Liebschaften hatte immer *er* kontrolliert, *er* hatte bestimmt, was Sache war. Aber jetzt verführt zu werden von der eigenen Frau? Einer Frau, die er bisher bestenfalls als Dekorstück angesehen, in die Jugendstil-Vitrine gestellt und nur herausgenommen hatte, wenn er sie vorzeigen wollte? Ein Schmuckstück, das er seit geraumer Zeit nicht mehr getragen, ja, nicht einmal mehr abgestaubt hatte!

Offensichtlich gefiel ihm, was er sah. Meine Hyde-Seite jubilierte.

»Komm mit nach oben«, flüsterte ich ihm ins Ohr und nahm ihn bei der Hand. Er ließ es willig geschehen.

In der Galerie angekommen, drückte ich ihn so schnell in sein Schlafzimmer, dass er keinen Blick auf Almas Bildnis werfen konnte. »Mach dich bereit. Wenn du nicht nackt im Bett liegst, wenn ich klopfe, dann werde ich dich bestrafen, du böser Bube!« Ich deutete an, dass ich ihn auspeitschen würde, und fasste ihm leidenschaftlich ans Gemächt. Auch das gefiel ihm. Danke, »Shades«! Dann eilte ich in mein Schlafzimmer, um mich zu bewaffnen.

Ich frohlockte. Die Strapse würden also doch noch zum Einsatz kommen. Die Gleitcreme brannte mir bereits zwischen den Schenkeln, ein Ölz Nuss-Bussi klebte mir am Gaumen, zwei weitere steckten als Reservemunition in der »Fröhlichen Witwe«. Abschließend nahm ich noch einen großen Löffel Nutella und schob mir die köstliche Creme unter die Zunge, wo sie ihrer letalen Bestimmung harren sollte. In meiner Hand glitzerten die Handschellen wie Lametta.

Hermanns Augen leuchteten, als er mich in meinen nuttigen Stiefeln sah, und sein Glied erhob sich wie Dracula aus seinem Sarg. Ich vermied es, hinzusehen, um meiner Mutter keine Chance zu lassen. Aus dem Augenwinkel konnte ich aber erkennen, dass es überwältigend groß war. Ich hatte es gar nicht so monströs in Erinnerung.

Willenlos ließ sich Hermann an den Bettpfosten ketten. Den Schlüssel für die Handschellen warf ich in weitem Bogen durchs

Zimmer. Hermann würde mitsamt dem Bett fliehen müssen! Chancenlos!

Ich wollte mich gerade auf ihn setzen, als er mich mit seinen Beinen zu fassen kriegte und an sich riss.

Jetzt ist es so weit, durchfuhr es mich, und mein Herz heulte auf wie die Motoren beim Formel-1-Start. Aber anstatt meiner Zunge steckte er sich meine Brust in den Mund. Fehlstart! Gleich hat er sie aufgegessen, dachte ich, als ich mich endlich aus seiner Beinklammer befreien konnte.

»Blas mir einen!«, stöhnte er und versuchte, meinen Kopf nach unten zu drücken, was mit den Beinen gottlob ziemlich schwierig war. Mit einem Schlag war mir klar, warum die Sache mit Alma nicht geklappt hatte. Du elendes Miststück, dachte ich mir. Sagen konnte ich nichts, die Haselnusscreme in meinem Mund war schon völlig geschmolzen, und ich hatte Mühe, nichts davon zu verschlucken.

Also ignorierte ich seinen Wunsch und setzte mich stattdessen fest auf ihn, und sein Glied fuhr mir gefühlt bis zur Gurgel. Jetzt endlich öffnete er seinen Mund und nahm meinen Kuss an. Seine Zunge bohrte sich in meinen Schlund, als wollte sie auf diese Weise den eigenen Schwanz erreichen. Meine hingegen schob sich in ihm hinunter. Er versuchte, sie zurückzuziehen. Schnell nahm ich seine Zunge zwischen meine Zähne und umschmeichelte sie. Fütterte sie mit Stoff. Verstrich die Todespaste von meinen zu seinen Zähnen und ließ das flüssig gewordene Nutella in seinen Rachen tropfen.

Plötzlich spürte ich, wie Hermanns Körper sich gegen mich sperrte. Es wurde heftig in und unter mir. Hermann begann zu stöhnen. Ich stöhnte mit. Schließlich ist man seinem Gatten etwas schuldig. Seine Bewegungen wurden immer ungestümer, aber ich hielt seine Zunge fest zwischen meinen Zähnen. Als er sie mir entziehen wollte, biss ich zu.

Mit einem Gebrüll, das einem Stier geschmeichelt hätte, warf er mich ab. Er war schweißgebadet. Und hyperventilierte. Sein wilder Blick suchte Hilfe. »Wo ist mein Spray?«, keuchte er, aber sein Spray war nicht da.

»Helene, ich brauch meine Spritzen. Im Kühlschrank!«, flehte er.

Ich sah ihn kalt an, nahm ein Taschentuch und stopfte es ihm in den Mund. »Es tut mir leid«, sagte ich, »es geht nicht anders. Du würdest schreien.«

»HHHHHMMMMMM!«, kam es aus seinem Munde. Sein Blick verriet Panik und Entsetzen. Ich wandte mich ab – schließlich bot Hermann keinen besonders feinen Anblick – und verließ das Zimmer, ohne mich umzudrehen. Ich wollte meinen Mann doch in guter Erinnerung behalten!

Zurück in meinem Zimmer zwängte ich mich erleichtert aus den Stiefeln und schälte mich aus der »Fröhlichen Witwe«. Was Männer an diesem ekeligen Zeug so sexy fanden, würde mir wohl für immer verschlossen bleiben, Hermann konnte ich auf jeden Fall nicht mehr danach fragen. Ich knüllte das Gummikostüm zurück in die neutrale Tüte und verstaute sie ganz weit hinten in meinem Schrank. Demnächst würde ich mir überlegen müssen, wo ich das ganze Paket beseitigen könnte, aber im Moment hatte ich andere Sorgen.

Ich duschte ausgiebig, föhnte meine Haare und streifte das sündteure weiße Spitzennegligé über, das ich in meiner Hochzeitsnacht getragen hatte. Es stand mir wie am ersten Tag, schmiegte sich an mich wie eine sanfte zweite Haut – nicht wie dieses Spandexgefängnis! Trotzdem würde auch dieses zarte Etwas seinen Zweck erfüllen, da war ich mir sicher.

Bevor ich mich die Treppe zum Gästezimmer hinabschlich, lauschte ich noch einmal an Hermanns Schlafzimmertür. Kein Laut war zu hören.

Exitus als Folge einer tödlichen Allergie gegen die Gattin, dachte ich bei mir.

***

José, José!

Tu's nicht! Lass ihm Zeit. Bete mit mir, dass er Reue zeigt. José, mein Liebling, vergiss nicht, auch Habgier gehört zu den Todsünden!
Du kannst auch legitim an dein Erbe gelangen, ohne deine Finger und deine Seele mit Blut zu besudeln.

Selbst wenn er dich nicht anerkennen will – du bist sein Sohn und kannst es beweisen. Du kannst seine Zuneigung nicht erzwingen, aber du hast als Sohn deine Rechte.
Löse dich von Satan und komm zu mir zurück, so schnell es geht. Zusammen werden wir einen Weg finden, wie du zu deinem Recht kommst.

Jeremiah

***

Als ich vor dem Gästezimmer stand, war mein Selbstbewusstsein schon etwas geschrumpft. Was, wenn ich mich getäuscht hatte und Armando mit mir womöglich wirklich nur geflirtet hatte? Ich klopfte mir drei Mal an die Stirn. Obwohl meine Mutter stets an mir herumgenörgelt hat, liebe und akzeptiere ich mich so, wie ich bin. Ich blickte an mir hinunter. Es gefiel mir, was ich sah. *Ich* gefiel mir so! Also würde Armando gar nichts anderes übrig bleiben, als mich auch so zu lieben, wie ich gerade jetzt war. In einem Hauch von etwas, das meine zarten Konturen betonte!

Einmal fest durchgeatmet, dann klopfte ich an. Es blieb ruhig. Vorsichtig öffnete ich die Tür und spähte ins Zimmer.

Armando lag auf dem Bett, sein Kopf ruhte auf einem Rucksack. Er hatte seinen MP3-Player umgehängt und starrte düster an die Decke. Als er mich sah, erhellte sich sein Blick sofort. Mein Puls legte einen Zahn zu. Armando setzte sich auf und nahm die Kopfhörer aus den Ohren.

»Elene! Ich hab dich garr nicht gehört!«

Mein Inneres zerfloss bei seinen Worten, meine Knie wurden weich, als er sich erhob und in zwei Schritten bei mir war. Er hob mich einfach hoch und warf mich aufs Bett.

»So ungestüm?«, fragte ich, dabei rieb ich meinen Kopf. Er war etwas unsanft auf seinem Rucksack gelandet. »Was hast du denn da Hartes drin?«

»Wo denn?«, fragte Armando mit einem bösen Lächeln. Ich wurde rot und deutete auf den Rucksack.

»Uninterrressant!«, murmelte er und schob ihn zur Seite.

»Zeig her!«, rief ich, ich hielt es für ein Spiel. Umso erstaunter war ich, als er schließlich ungehalten eine Waffe aus dem Rucksack zog.

»Bitte schön, Elene. Jetzt weißt du, was drrrin warr!« Er nahm ein Tuch und polierte die Pistole, bis sie glänzte, dann drückte er mir die kalte Waffe in die Hand.

Ich war ehrlich erschrocken. Ich hatte noch nie eine Feuerwaffe in der Hand gehabt. Armando lachte. »Sie ist gesichert, keine Angst!«

»Wozu hast du überhaupt eine Waffe?«, fragte ich erstaunt.

»Ach«, meinte er mit einer wegwerfenden Handbewegung, »in Guatemala haben alle eine Waffe, es ist gefährrrlich dorrt. Du weißt schon, Guerrrilla, Bandidos und so weiter!« Er kniete sich hinter mich und umschlang mich mit beiden Armen. Dabei hielt er meine Hände, die sich an die Pistole klammerten, und führte die Waffe. Gemeinsam zielten wir erst auf den Laptop, dann das Fenster, schließlich auf den Wandspiegel. »Puff!«, sagte Armando.

»Wen von uns beiden haben wir jetzt erschossen?«, wollte ich wissen.

»Na beide, errrst durrch dein Herrrz, dann durrch meines!«

Mein Herz flatterte auf jeden Fall, auch ohne Schuss.

Armando nahm mir die Waffe wieder ab. »Was meinst du, sollen wir beide nach oben gehen und Errmano im Schlaf überraschen? Und dann – puff?«

Ich drehte mich erschrocken um. Die Idee war grundsätzlich nicht zu verachten. Aber Hermann lag ja bereits tot im Bett, und da hätte ich wirklich etwas erklären müssen.

Armando lachte. »Warr nurr Spaß, Elene! Errmano kann uns egal sein, komm herr zu mirr!«

Er drückte mich aufs Bett, begann, das wenige an mir auszuziehen. Aber der Gedanke an Hermann, wie er tot in seinem Bett lag, hatte mir die Lust am Sex genommen. Ich schmolz Armando zwar entgegen, als er ohne lang zu fackeln in mich eindrang, aber als ich seinen Blick suchte, um zu sehen, ob er es gut fand, schaute ich plötzlich in Hermanns kalte blaue Augen. Schnell schloss ich die meinen wieder. Es müssen die Nerven sein, sagte ich mir und versuchte, mich wieder zu konzentrieren, doch als ich die Augen erneut öffnete, war Armando schon gekommen.

Er warf sich zufrieden zur Seite und streichelte meine Brüste. Ich zuckte zurück, hatte Angst, er würde sich womöglich eine in den Mund stecken wie Hermann.

»Wie hältst du ihn nurr aus!« Armando schüttelte den Kopf. »Err ist zu alt fürr dich – und err kümmerrt sich nicht genug um dich.«

Ich hätte mir gewünscht, dass er mich tröstend in seine Arme nahm, aber er ging zum Spiegel, um sich eine Locke zurechtzurücken, und dann aufs Klo.

Matt und unbefriedigt lag ich im Bett meines Liebhabers, das hatte ich mir anders vorgestellt. Es liegt mir fern, Hermann verteidigen zu wollen, aber zu Beginn unserer Ehe, als er noch ganz Diplomat war, konnte er sehr charmant sein, und auch im Bett … Ich wollte nicht über Hermann nachdenken! Es hatte sicherlich an mir gelegen, der »letzte Sex« mit Hermann hatte mich doch mehr mitgenommen, als ich es mir zugestehen wollte.

»Was wirst du jetzt tun?«, fragte ich, als Armando von seinem Geschäft wieder zurück war. Der Gedanke, dass er mich verlassen könnte, brach mir fast das Herz.

»Ich weiß nicht, ich suche mirrr morrgen ein Hotel in Wien. Hermann hat mich rausgeworrfen. Dann mach ich meinen Kurrrs ferrtig und verschwinde nach Hause.«

»Und ich?«, fragte ich zaghaft.

Er drückte mir einen Kuss auf den Mund. »Elene«, sagte er, »ich glaube, heute ist es zu spät, um Pläne zu machen. Derr Tag warr sehrr turrbulent. Wirr sollten darrüber schlafen!«

Armando hatte ja keine Ahnung, wie turbulent der Tag für mich und Hermann ausgeklungen war, aber ich hatte keinerlei Lust, die Nacht allein in meinem Bett zu verbringen, keine fünf Meter von meinem Verflossenen entfernt.

Armando hatte da allerdings andere Vorstellungen. Er stülpte mir mein Hemdchen über und küsste mich in den Nacken. »Gute Nacht, *mi amor*, du musst jetzt gehen. Wenn dich Errmano bei mirr findet, dann weiß ich nicht, was passierrt!«

Na gut, darauf konnte ich nichts Passendes erwidern. Dass Hermann mich ganz gewiss nicht suchen würde, war für Armando ja nicht nachvollziehbar.

Ich seufzte, küsste ihn zum Abschied zärtlich auf den Mund, er schob mich sanft zur Tür hinaus. Man hätte auch sagen können, er komplimentierte mich hinaus. Ich war bitter enttäuscht, dass er mich so schnell wieder loshaben wollte. Plötzlich kam mir der Gedanke, dass ich womöglich auch ihn hätte töten können, wenn ich mir vorher nicht so gründlich die Zähne geputzt hätte, schließlich war er ja ebenfalls gegen Nüsse allergisch. Eigenartigerweise amüsierte mich der Gedanke mehr, als dass er mich erschreckte. Ich blickte kurz noch einmal ins Zimmer, Armando schien bereits zu schlafen, als ich die Tür endgültig hinter mir zuzog.

***

Lieber Jeremiah,

es tut mir leid, jetzt gibt es kein Zurück mehr!
Ich bin aufgeregt wie ein kleiner Junge vor Weihnachten. Helene hat mir soeben jede Menge Fingerabdrücke auf der Pistole hinterlassen. Wenn sie wüsste, dass sie in wenigen Stunden Witwe sein wird! Fast tut sie mir ein wenig leid, dass sie dafür ins Gefängnis muss. Aber genau betrachtet kann sie mir dankbar sein, dass sie ihren Mann los ist. Er würde sie doch immer wieder betrügen.
Außerdem ist es schließlich ihre eigene Dummheit, die sie zu Fall bringen wird.
Zugegeben, eigentlich sollte mein Vater ja schon tot sein, ich war ganz knapp davor. Nach diesem Streit, du weißt schon, beschloss ich, es endgültig hinter mich zu bringen. Ich hatte schon zu lange gewartet. Niemand würde es hören, ich hätte alle Zeit der Welt, um zu verschwinden. Mein Erbteil wollte ich mir später sichern, wenn Helene im Gefängnis war.
Als ich dachte, dass alle schliefen, schlich ich mich leise nach oben. Die Pistole hatte ich mit einem T-Shirt umwickelt, aber sie war geladen und entsichert. Ich war so voller Vorfreude, doch gerade als ich das Schlafzimmer meines Vaters erreichte, hörte ich ein Geräusch. Schnell drückte ich mich in eine Nische zwischen den beiden Schlafzimmern. Du wirst es nicht glauben, wer da verstohlen aus dem Zimmer meines Vaters kam: diese Putzfrau!
Zuerst dachte ich, vielleicht hat sie ihm noch Tee bringen müssen oder ein

Beruhigungsmittel, aber sie war ganz klar darauf bedacht, dass sie von niemandem gesehen wird. Das war so verdächtig! Und in ihrer Hand hielt sie etwas Glitzerndes, das sie sorgsam zu verbergen suchte. Sie hielt kurz inne und blickte in meine Richtung. Ich fürchtete schon, sie hätte mich gesehen, aber dann drückte sie dieses Glitzerzeugs noch fester an ihren beachtlichen Busen und verschwand nach oben in ihr Mansardenzimmer. Ich blieb noch eine Weile bewegungslos stehen, wagte kaum, zu atmen. Aus Helenes Zimmer hörte ich die Dusche, also war auch sie noch nicht zu Bett gegangen.

Enttäuscht stieg ich wieder in mein Kellerzimmer hinab. Mindestens zwei Stunden wollte ich noch warten, in der Hoffnung, dass dann endlich alle schlafen würden.

Ich legte mich nieder und lauschte meiner Lieblingsmusik, da stand plötzlich Helene im Zimmer.

Auch gut, dachte ich mir. Kommt das Vögelchen eben zur Katze. Ich fädelte es geschickt ein, dass sie zufällig meine Pistole entdeckte. Sie war erst schockiert, gleichzeitig aber auch fasziniert von ihrer kalten Gefahr. Sie spielte damit! Und jetzt ist sie dran! Mit ihren Fingerabdrücken auf der Tatwaffe wird die Polizei keine Zweifel daran haben, wer die Tat begangen hat.

Die naive Helene hatte von alldem natürlich keine Ahnung, und ich muss gestehen, dass ich die größte Mühe hatte, sie wieder aus dem Zimmer zu bekommen. Mein Vater muss die arme Frau sträflich vernachlässigt haben. Kurz dachte ich sogar daran, sie zu trösten und ihr wenigstens einmal in ihrem Leben zu zeigen, was Liebe heißt, quasi als Entschädigung, dass sie für mich ins Gefängnis muss. Aber dann dachte ich an dich, und ich wusste, dass ich es nicht tun konnte. Schließlich gab sie nach, als ich ihr erklärte, dass ich als Katholik nicht mit einer verheirateten Frau schlafen würde.

Nun ist sie wieder weg. Ich werde noch ein wenig warten und dann – ja, dann bin ich am Ziel meiner Träume!

Mutter, du wirst stolz auf deinen Jungen sein!

Wir sehen uns bald!
José

Morgengrauen

Mehrmals in dieser Nacht beneidete ich Armando um seinen jugendlichen Schlaf. Kaum dass ich eingenickt war, wachte ich auch schon wieder schweißgebadet auf. Meine Erinnerung war zwar gnädig mit mir und verscheuchte die Zerrbilder, die mich so fiebern ließen, aber meine Hitzewallungen waren Zeugnis genug, dass in meinem Unterbewusstsein recht unschöne Gefühle tobten.

Ich kämpfte mich schließlich aus dem Bett, ein weiteres Verweilen schien mir das größere Übel. So warf ich mir den Morgenmantel über – auch wenn er nicht sonderlich sexy war – und schlurfte in die Küche. Armando saß schon bei seinem Espresso, Tereza schepperte in der Küche herum. »Was darf ich machen?«, rief sie.

»Kaffee, stark«, sagte ich, »und einen Toast, trocken.« Ich wusste, dass Tereza es nicht billigte, wenn ich gar nichts essen wollte.

Armando bedachte mich mit flüchtigem Blick, er blätterte in der Morgenzeitung. Na, so schlimm war der Morgenmantel nun auch wieder nicht, dass er mich gar nicht anschauen konnte!

»Morgen!«, murmelte ich. Armando fuhr seelenruhig fort, Marmelade auf seinen Toast zu streichen, ich war ihm keinen zweideutigen Blick, keine Bemerkung wert. Meine Stimmung und mein Selbstvertrauen plumpsten vom Unterleib bis unter die Fußsohlen, wo ich perfekt auf ihnen herumtrampeln konnte.

»Elene, fährt Errmano heute nicht zur Arbeit?«, fragte Armando, als wäre es die normalste Sache der Welt, nach einer Liebesnacht mit der Angetrauten des Gastgebers nach dem Gastgeber selbst zu fragen, mit dem man noch dazu Stunden zuvor heftig gestritten hatte.

»Was weiß denn ich«, stieß ich patzig hervor. Was war bloß los mit dem feurigen Latino? Hatte er vergessen, was geschehen war? Wieso war ich Luft für ihn?

Tereza brachte mir den heiß ersehnten Kaffee und den Toast. »Soll ich nachgucken, ob der Herr hat verschlafen?«

»Um Gottes willen!«, entfuhr es mir. *Ich* musste Hermanns Leiche finden, ich musste noch einmal alles durchchecken und vor allem Hermann die Handschellen abnehmen!

»Nur nicht aufwecken, er war gestern so mies gelaunt. Ich geh selbst«, sagte ich schnell und eilte nach oben.

Alma lächelte wie zum Hohn aus ihrem Bild, als ich das Zimmer öffnen wollte. Da durchfuhr mich ein eisiger Schrecken. Es war abgesperrt! Ich hatte das garantiert nicht getan – und Hermann hätte es nicht tun können!

Unsere Schlafzimmer haben natürlich keine Sicherheitsschlösser, die Schlüssel sind austauschbar. Also war es kein Problem für mich, die Tür zu öffnen, mein eigener Zimmerschlüssel passt auch bei Hermann. Aber ich zitterte erbärmlich, als ich aufschloss. Was würde ich wohl vorfinden? Schnell schlüpfte ich ins Zimmer und drückte die Tür hinter mir zu. Meine Augen hatte ich bis auf einen kleinen Schlitz geschlossen. Langsam hob ich meine Lider Millimeter für Millimeter. Zunächst nahm ich nichts Ungewöhnliches wahr.

Hermann lag etwas unnatürlich auf dem Bett. Seine rechte Hand krampfte sich um den Bettpfosten, die linke Hand griff in Richtung Nachtkästchen. Direkt darunter am Fußboden lagen sein Spray und seine Spritze. Letztere war aufgezogen, aber noch voll. Ich wusste genau, dass letzte Nacht nichts von alldem in Reichweite gewesen war. Diese Spritzen lagen doch immer im Kühlschrank, er hatte mich ja eigens darum gebeten! Selbst konnte er sie nicht geholt haben, er war doch ans Bett gefesselt! Ich starrte auf seine Hände. Mein Mund wurde immer trockener. Die Handschellen waren weg!

Panik ergriff mich, und ich stieß einen gellenden Schrei aus, der Oskar mit seiner Blechtrommel ernsthaft Konkurrenz gemacht hätte.

Im nächsten Augenblick stürzten Tereza und Armando ins Zimmer.

Draco ließ nicht lange auf sich warten. Er schoss auf Hermann zu und bellte wie wild. Ich war zu schockiert, um eingreifen zu können, aber Tereza bewahrte die Nerven und schnappte Draco am Halsband. »Sitz, blöder Hund!«, schimpfte sie, und Draco setzte sich tatsächlich hin. Dann hob sie die Spritze auf und legte sie auf das Nachtkästchen neben Hermann.

Ich hingegen stand tatenlos vor Hermanns Leiche und heulte hysterisch.

Auch Armando benahm sich seltsam. Er bekam einen roten Schädel und war nahe daran, auszuflippen. »Was ist das?«, rief er gleich dreimal hintereinander, als ob ein Tonträger hängen geblieben wäre.

»Der Herr ist tot, das sehen Sie doch«, sagte Tereza trocken. Sie nahm mich bei der Hand. »Wir sollten gehen hinunter. Ich rufe einen Arzt!«, sagte sie.

Armando hastete an uns vorbei die Stiegen hinunter und rannte ins Wohnzimmer. »Ich brrauche einen Drrink!«, rief er. Er schenkte sich einen Whisky ein – um acht Uhr morgens! – und leerte ihn in einem Zug. Brrrr!

Tereza telefonierte mit dem Hausarzt. »Ist, glaub ich, allergischer Schock. Sie wissen, war sehr allergisch Herr Winter.«

Dann befahl sie mir, mich hinzulegen. »Sie jetzt müssen ausrasten, bis Herr Doktor kommt. Ich mache Ihnen Tee. Besser als Schnaps!«, verkündete sie. Für Armando hatte sie nur einen verächtlichen Blick, aber der ließ sich nicht beirren und schenkte sich ein zweites Glas ein.

Tereza übernahm es auch, den Doktor in Hermanns Zimmer zu führen. Mein Schädel brummte, ich konnte keinen klaren Gedanken fassen, aber ich wusste, dass etwas ganz, ganz faul war. Wo waren die Handschellen hingekommen? Wer hatte die Spritze gebracht, und warum hatte er oder sie diese nicht verwendet?

Ich wollte auch die Tatsache nicht wahrhaben, dass »er« oder »sie« nur Armando oder Tereza gewesen sein konnten. Armando hatte seltsam reagiert, als er Hermann tot vorfand, Tereza war so wie immer gewesen.

»Herr Doktor, können Sie mir etwas gegen meine Kopfschmerzen geben?« Ich brauchte mich keineswegs zu verstellen, ich sah sicherlich elend aus.

»Natürlich, Sie arme Frau!«, tröstete er mich. Er zog eine Spritze auf und jagte sie mir in den Arm.

»Wenn der Herr Gemahl seine Spritze nicht hätte fallen lassen, könnte er noch leben«, seufzte er, als ob *er* Witwe geworden wäre. Ich brach in angebrachtes Schluchzen aus. Es fiel mir nicht schwer, denn der Gedanke an die Spritze reichte völlig, um meinen Gefühlshaushalt auf Schleudergang zu bringen.

»Da wäre dann noch was«, räusperte sich der Doktor. Ich konnte in seinem Gesicht lesen, dass etwas Unangenehmes folgen würde.

»Muss das jetzt sein?«, fragte ich schwach.

»Leider ja«, sagte er mit einem hilfesuchenden Blick auf Tereza.

»Herr Doktor will nicht ausstellen Totenschein«, sagte Tereza mit vorwurfsvollem Unterton.

»Ich darf nicht, selbst wenn ich wollte«, verbesserte sie der Doktor. »Die Todesumstände des Herrn Gemahls sind nicht eindeutig festzustellen. Daher muss ich die Polizei bitten, sich die Leiche anzusehen. Tut mir leid, Frau Winter!«

So hatte ich mir meinen Nussmord nicht vorgestellt.

»Warum denn die Polizei?«, fragte ich ungläubig.

»Ungeklärte Todesumstände«, sagte der Arzt. »Wenn die Polizei feststellt, dass ein Fremdverschulden ausgeschlossen werden kann, ist ja alles in Ordnung.«

Tereza warf dem Doktor einen verächtlichen Blick zu. »Wer soll gemacht haben so was und warum?«

»Das festzustellen ist nicht meine Aufgabe, sondern eben die der Polizei!« Der Doktor schien beleidigt wegen Terezas vorwurfsvoller Art.

»Was sagen Sie denn als Mediziner dazu?« Ich versuchte, ihn bei seiner Ehre als Fachmann zu packen.

»Ich würde sagen, es war ein Schock. Woher der rührte, das werden die Kollegen auf der Pathologie herausfinden müssen. Mehr kann ich dazu nicht sagen.«

***

Oh mein Gott, José!

Ich bin gestern früh schlafen gegangen und habe dein E-Mail erst heute Morgen gelesen. Und nun ist es wahrscheinlich schon zu spät! Mir zittern die Hände, ich habe keine Ahnung, wie ich heute die Messe lesen soll, ohne in Ohnmacht zu fallen. Ich werde mich krankmelden und meinen Computer nicht aus den Augen lassen. Oh José, wie kannst du mir so etwas antun! Gott wird mich verstoßen, denn ich trage Schuld an deinem Sündenfall! Komm wenigstens du zu mir zurück!

In Liebe, Jeremiah

***

Ich war dem Nervenzusammenbruch nahe. Fremde Menschen, die ihre Schuhe nicht auszogen, aber am »Tatort« in Plastiksäcke schlüpften, trampelten bald darauf durch mein Haus. Selbst Tereza verlor zeitweise ihre Contenance. Mit Argusaugen überwachte sie alles, was die Leute anfassten. Schließlich setzte sich ein fülliger Beamter in Zivil zu uns ins Wohnzimmer.

»Chefinspektor Moravec«, stellte er sich vor. »Würde es Ihnen etwas ausmachen, wenn ich Ihnen ein paar Fragen stelle? Einzeln?« Er forderte Tereza und Armando auf, das Zimmer zu verlassen, er werde sie holen lassen.

Mein Herz schlug wie wild. Würde dieser Inspektor Moravec mich verdächtigen?

»Was für Fragen möchten Sie mir stellen?«, fragte ich, als wir allein waren.

»Wann haben Sie Ihren Gatten denn das letzte Mal lebend gesehen, Frau Winter?«

»Gestern Abend. Beim Abendessen«, sagte ich – nicht ganz wahrheitsgemäß.

»Was gab es denn?«

Was war denn das für eine Frage!

»Einen Auflauf, Gemüse und Lamm, Auberginen, glaube ich, Tomaten. Warum fragen Sie nicht meine Haushälterin? Ich kenne mich beim Kochen nicht so gut aus.«

»Ja, das werde ich auch«, sagte er mit seltsamer Stimme. Er würde doch Tereza nicht verdächtigen wollen, das war ja absurd!

»Tereza weiß genau, was der Herr essen darf und was nicht«, sagte ich, »sie ist extrem verlässlich. Es gab noch keinen einzigen

Fall, wo Hermann auf etwas reagierte, was sie gekocht hat. Da kann ich Sie beruhigen, Herr Kommissar«, sagte ich mit voller Überzeugung.

»Und was könnte es dann Ihrer Meinung nach gewesen sein, das seinen Anfall ausgelöst hat?«

»Das dürfen Sie mich nicht fragen, ich habe nie kontrolliert, was er zu sich nahm. Er war immer sehr vorsichtig. Eigentlich übervorsichtig, wenn Sie mich fragen.«

»Offenbar doch nicht«, sagte der Inspektor und blickte mich dabei einen Deut zu lange an – für meine Begriffe zumindest.

»Da haben Sie leider recht«, gab ich kleinlaut zu. »Es ist halt so, dass es mich manchmal ganz schön genervt hat, wenn er so ein Getue gemacht hat im Restaurant oder wenn wir wo eingeladen waren.«

»Wo hat er denn sein Notfallpaket aufbewahrt?«

»Das weiß ich. Also, am Nachtkästchen hatte er immer sein Asthmaspray, und die Injektionen, die waren im Kühlschrank.«

»Gut. Etwas ganz anderes, Frau Winter. Wie es aussieht, haben Sie getrennte Schlafzimmer. Darf ich Sie fragen, warum?«

»Muss ich das wirklich sagen?« Ich war rot angelaufen, nicht nur, weil die Frage an sich schon peinlich war, sondern auch, weil es mich ärgerte, dass der dicke Kommissar so indiskret war.

»Sie müssen nicht, aber ich wäre froh, wenn Sie ehrlich wären. Das würde die Sache leichter machen.«

»Also gut«, seufzte ich. »Ich weiß zwar nicht, was das mit der Allergie meines Gatten zu tun hat, aber wenn Sie es genau wissen wollen: Mein Mann ist ein paarmal fremdgegangen, da bin ich ausgezogen.«

»Hm!« Der Kommissar nickte. Fast hatte ich den Eindruck, dass er mich bedauerte.

»Der Pathologe schätzt, dass der Tod um kurz vor Mitternacht eingetreten ist. Haben Sie da schon geschlafen?«

Ich wurde wieder rot. Das war keine Absicht, aber ich wusste genau, was ich um Mitternacht getan hatte.

»Ich glaube nicht«, sagte ich kleinlaut.

»Interessant«, sagte der Polizist.

»Warum?«, fragte ich.

»Na, weil es mich wundert, dass Sie Ihren Mann nicht gehört haben. Er muss sich ja erst die Spritze aus dem Kühlschrank geholt haben. Das heißt, die Treppe hinunter in die Küche, dann wieder nach oben. Am Bett muss ihm die Spritze dann aus der Hand geglitten sein, er konnte sich das rettende Mittel nicht mehr injizieren. Aber er muss doch um sich geschlagen oder gerufen haben. Und das alles haben Sie nicht gehört?«

Ich beantwortete seine Frage mit einer Gegenfrage.

»Warum hat er sich denn die Spritze nicht gleich in der Küche gegeben?«

»Das, gnädige Frau, hab ich mich auch schon gefragt. Aber Sie haben meine Frage nicht beantwortet. Haben Sie oder haben Sie nichts gehört?«

»Ich habe nichts gehört«, stammelte ich, dabei liefen mir Tränen über die Wangen. Ich schlug die Hände vors Gesicht, begann zu zittern, und dann sprudelte es aus mir heraus.

»Oh mein Gott, wenn ich nicht ... er könnte noch leben! Ich bin so schlecht!«

Der Polizist zeigte plötzlich Menschlichkeit und tätschelte mir die Hand. »Na, na, junge Frau. Was haben Sie denn zu beichten?« Väterlich reichte er mir ein zerknittertes Papiertaschentuch. Mir graute ein wenig davor, aber da musste ich jetzt durch. Ich fand, ich hatte mich bis jetzt recht wacker geschlagen.

»Ich war in der Nacht im Keller. Im Gästezimmer, bei ...« Meine Augen blickten auf den leeren Couchplatz, den vor Kurzem noch Armando gewärmt hatte.

»Verstehe«, nickte der Beamte. »Dieser junge Mann, den Sie da im Keller haben«, fragte er leicht amüsiert, »wer ist das eigentlich?«

»Der Sohn von ehemaligen Kollegen meines Mannes aus Guatemala. Er wohnt schon einige Tage bei uns.«

»Ihr Mann – wusste er davon?«

»Dass Armando hier wohnte? Gewiss. Er hat ihn ja selbst eingeladen!«

»Ich meine natürlich, dass auch Sie manchmal da unten ...«

»Ach so!« Ich wurde wieder gehörig rot. »Es war das erste Mal«, hauchte ich und begann wieder zu schluchzen. »Oh Gott!

Ich fühl mich so schuldig. Wenn ich nicht ...« Ich konnte nicht weitersprechen.

Als ich mich etwas gefasst hatte, fuhr der Inspektor fort: »Um noch einmal auf diese Allergie zu kommen. Wer wusste alles davon?«

»Keine Ahnung. Seine engsten Mitarbeiter, nehme ich an. Beim Außenamt, der Minister oder dessen Sekretär vermutlich. Steht ja in seiner Diplomatenakte.«

»Ich meine eigentlich eher privat.«

»Privat hat er ein Geheimnis daraus gemacht. Ich glaub, es war ihm unangenehm. Er betrachtete die Allergie als Schwäche. Und mein Mann hasst Schwächen.«

»Und Ihr Gast. Der junge Mexikaner?«

»Guatemalteke«, verbesserte ich. »Der wusste davon, das kann ich mit Sicherheit sagen. Ich habe ihm nämlich einmal Studentenfutter zum Knabbern angeboten, und, stellen Sie sich vor, er ist nämlich auch allergisch. Nicht so stark wie Hermann, aber er sagte, dass er Nüsse meiden sollte. Und da haben wir dann auch über Hermanns Allergie gesprochen.«

»Eine winzige Kleinigkeit noch. Haben Sie eine Ahnung, ob sich Ihr Mann in letzter Zeit einmal an den Handgelenken verletzt hat?«

»Nein. Wie kommen Sie auf die Idee?«

»Ach, er hatte laut untersuchendem Arzt eigenartige Druckstellen an den Handgelenken, als ob ihn jemand festgehalten hätte.«

»Das hätte ich bemerkt«, sagte ich leichthin, »ich meine, die Druckstellen. Beim Essen zum Beispiel. So was fällt doch auf.«

»Na, es ist wahrscheinlich ohnehin völlig belanglos. Warten wir einmal den Obduktionsbericht ab.«

»Kann ich jetzt gehen?«

»Ja, danke, das reicht mir vorerst. Wären Sie so lieb und schicken Sie mir Ihre Haushälterin? Die schläft doch direkt über Ihnen, oder? Die sollte doch etwas gehört haben.«

Ich erschrak. Er würde doch Tereza nicht in die Sache hineinziehen? Ich lief in die Küche. Tereza bedeutete mir, still zu sein. Ihr Blick wies in Richtung Durchreiche, deren Flügeltüren nur angelehnt waren. Sie hatte gelauscht! Ich grinste. Sie würde auf die Fragen vorbereitet sein.

Vorsichtig verließ sie die Küche und ging in den Garten hinaus.

Ich rief laut nach ihr, bis sie schließlich geräuschvoll von draußen hereinkam.

»Der Herr Kommissar hätte ein paar Fragen an Sie, wegen der Allergie und so weiter«, rief ich, laut genug, dass es der Beamte hören konnte.

Tereza schloss die Wohnzimmertür hinter sich. Jetzt war es an mir, in die Küche zu schleichen, um mein Ohr an die Durchreiche zu drücken.

»Sie sind Haushälterin bei Familie Winter seit wann?«

»Seit vier Jahre!«, antwortete Tereza wahrheitsgemäß.

»Das Abendessen, das Sie gestern gekocht haben. Ist davon noch was da?«

»Haben Sie Hunger, Herr Inspektor? Darf ich Ihnen was geben?«

Ich hätte nur zu gerne sein Gesicht gesehen.

Der Inspektor räusperte sich. »Nein, danke. Ich hätte gerne eine Probe ins Labor geschickt.«

»Ach so. Tut mir leid, Herr Inspektor«, bedauerte Tereza. »Hat alles gefressen die Hund. Da müssen Sie ihm pumpen aus Magen.«

»Ist nicht so wichtig«, sagte der Inspektor, »es wird auch so gehen. Können Sie mir schildern, was heute früh passiert ist?«

»Sicherlich, Herr Inspektor. Also, ich gerade gemacht Kaffee für Frau Helene. Dann der junge Herr hat gefragt nach Herr Winter, und Frau Helene ist gegangen nach oben aufwecken. Dann wir haben gehört eine Schrei und sind gerannt nach oben.«

»Gut, und was genau haben Sie im Zimmer vorgefunden?«

»Frau Helene war in Schock. Sie ist gestanden und hat geweint. Ich hab schnell ein wenig Saustall geordnet. Spritze ist gelegen mitten auf Teppich und so weiter. Dann ich habe Polizei angerufen.«

»Sie haben im Zimmer etwas berührt?«

»Was für Frage. Natürlich ich hab ein bisschen aufgeräumt. Wie sieht aus, wenn so viele Leute kommen! Sagen dann alle,

Putzfrau ist schlecht! Aber die Leiche ich habe nicht bewegt. Ich schwöre!«

»Sie haben aufgeräumt?« Der Kommissar klang ehrlich erschüttert. »Schauen Sie keine Krimis?«

»Doch!«, sagte Tereza. »Ich liebe Krimis. Was hat das zu tun mit Allergie von Herr Winter?«

»Lassen wir es gut sein. Zu etwas anderem. Haben Sie denn gar nichts gehört die ganze Nacht? Sie schlafen doch direkt über Herrn Winter, oder?«

»Ich habe geschaut Fernsehen. Mit Kopfhörer. Ich schaue immer mit Kopfhörer. Meine Herrschaft sonst nicht kann schlafen, wenn ich schau ›Musikantenstadl‹ oder so was.«

Tereza war wirklich ein gerissenes Frauenzimmer, das musste man ihr lassen.

Der Kommissar wollte nun Einzelheiten aus Terezas Vorleben wissen, warum sie zu uns gekommen war, zum Beispiel. Das interessierte mich nicht mehr, daher wollte ich mich schon davonschleichen, als es plötzlich wieder interessant wurde.

»Können Sie mir das Verhältnis zwischen Herrn und Frau Winter beschreiben?«, hörte ich den Kommissar fragen, und schon war mein Ohr wieder an der Durchreiche.

»Wieso Verhältnis? Sie waren verheiratet ganz legal«, antwortete Tereza entrüstet.

»Ja, ja, das weiß ich. Ich meine, ob sie sich vertrugen. Immerhin haben sie getrennte Schlafzimmer.«

»Ich will nichts sagen über tote Herr«, sagte Tereza.

»Das ist sehr löblich von Ihnen, aber es bringt uns nicht weiter«, sagte Inspektor Moravec. »Was ich gerne wissen möchte, ist, ob Herr Winter Affären hatte.«

»Ja, ich weiß von letzte Sekretärin. Aber jetzt er hat Sekretär.«

»Hat er derzeit, ich meine, hatte er in letzter Zeit eine Affäre?«

»Das ich weiß nicht«, sagte Tereza knapp, »auf jeden Fall sicher nicht mit Sekretär!«

Ich musste lächeln bei der Vorstellung, Hermann könnte was mit seinem aknegeplagten Vorzimmermonster gehabt haben; ich glaube, Tereza hatte das zu meiner Unterhaltung eingestreut. Was sie dann erzählte, war allerdings mehr als nur Unterhaltung.

»Haben die beiden denn noch Verkehr miteinander?«

»Glauben Sie, ich spioniere meine Herrschaft nach, oder was?«

»Natürlich glaub ich das nicht von Ihnen, aber, Sie wissen schon, die Bettwäsche und so weiter. Eine Haushälterin sieht so was doch notgedrungen.«

»Also, wenn es geht nach Flecken, dann da war schon länger nichts mehr«, antwortete Tereza nun etwas konkreter.

»Das ist aber interessant. Könnte es sein, dass die beiden letzte Nacht doch Geschlechtsverkehr hatten?«

»Ich habe Bettzeug nicht kontrolliert«, stieß Tereza böse hervor, »ist toter Mann darin gelegen!«

»Stimmt«, meinte der Kommissar, »aber *wir* haben kontrolliert, und – es *waren* Flecken, nicht nur unter der Leiche!«

»Aha. Und was Sie wollen jetzt von mir wissen?«

»Das ist etwas heikel. Aber Frau Winter hat behauptet, sie wäre bei dem jungen Herrn gewesen in jener Nacht.«

»Wenn sie das sagt, dann wird es auch stimmen. Wieso sollte sie erfinden Geliebten? Außerdem, der Herr hat sie vernachlässigt, der junge Mann sieht gut aus, so was kann schon passieren.«

»Bleibt immer noch die Frage, mit wem Herr Winter Sex hatte.«

»Sie werden doch nicht glauben, mit mir?«

Ich biss mir auf die Zunge, um nicht loszuprusten.

»Nein, nein, ich dachte nur, Sie hätten da vielleicht eine Vermutung.«

»Vielleicht er hat sich gemacht selbst?«

»Sieht nicht danach aus«, sagte der Polizist.

»Müssen Sie Frau Helene schon fragen, ob sie hat gehabt Geschlechtsverkehr mit Gatten in Nacht. Immerhin ist nicht verboten mit eigene Mann. Vielleicht sie wollte ihn ruhigstellen, bevor sie ist gegangen in Keller? Damit er nicht schöpft Verdacht?«

»Möglich. Vielleicht haben Sie recht, das wäre immerhin eine logische Erklärung«, meinte der Beamte. Dann fuhr er fort: »Da wäre dann auch noch die Sache mit der Spritze.«

»Was ist mit Spritze?«

»Ich frage mich, warum er sich die Spritze nicht gleich beim

Kühlschrank gegeben hat, in der Küche unten. Wozu hat er sie mit nach oben genommen, und dann war es zu spät?«

»Ist Unsinn. Wer sagt denn, ist gegangen in Küche? Ich sage, er ist sicher nicht in Küche um Spritze. Der Herr war sehr vorsichtig. Wenn er manchmal sich was mitgenommen hat in Zimmer, Schokolade oder Likör, er hat mitgenommen Spritze. Kann man nicht vorsichtig genug sein, Tereza, er sagt zu mir.«

»Das ist ja hochinteressant. Frau Winter hatte davon keine Ahnung.«

»Er ja auch hat großes Geheimnis gemacht mit Schokolade. Wissen Sie, Herr Inspektor, der Herr war sehr eitel, wegen Figur und so, und er auch immer wollte, dass Frau Helene auf Figur achtet. Drum durfte sie nie essen Schokolade oder zu viel Kuchen, zum Beispiel. Aber *er* hat genascht gerne, und drum durfte Frau nichts wissen, wenn er in Bett genascht hat.«

»Er hat sie im Bett mit Schokolade betrogen?«

Tereza musste lachen. »Wenn Sie so wollen, ja.«

Ich konnte den Kommissar nicht sehen, aber ich war überzeugt, dass er schmunzelte, als er zusammenfasste.

»Sie halten es also für möglich, dass Frau Helene ihren Mann mit Sex beruhigt und dann zu ihrem Geliebten hinabsteigt. Der Gemahl vernascht derweilen etwas Süßes, das ihn dann das Leben kosten wird, weil er die Spritze ungeschickt fallen lässt und dann nicht mehr erreichen kann.«

»*Sie* sind Detektiv«, sagte Tereza, »aber Geschichte klingt nicht schlecht.«

Ich fand auch, dass die Sache sehr gut klang.

»Ich nur kann sagen«, hörte ich Terezas Abschlussplädoyer, »Frau Helene tut keiner Fliege was, sie ist gute Frau. Ich habe kennengelernt viele Menschen in meine Leben, aber Frau Helene ist gute Frau, glauben Sie mir!«

Ich war ehrlich gerührt. Hoffentlich hatte sich dieser Kommissar von Terezas Schilderungen überzeugen lassen.

Ich hatte genug gehört.

***

Oh Jeremiah,

mein Vater ist tot!
Aber es ist noch viel schrecklicher, als du denkst. Er ist nicht durch meine Hand gestorben!
All meine Pläne, all mein Streben die letzten Jahre, mit einem Schlag zunichtegemacht. Ich hasse die Welt, ich könnte meine Enttäuschung hinausschreien, aber was nützt es mir?
Ja, ich kenne dich, dich wird es freuen. Du wirst sagen, was willst du, José, dein Vater ist tot, du bist frei von Schuld, Gott hat es so gewollt. Aber ich nicht!
Und ich dachte, mit Helenes Fingerabdrücken auf der Waffe könnte nichts mehr passieren.
Ich schlich mich wie geplant wieder nach oben, es war alles ruhig. Aber, was soll ich dir sagen: Die Tür zum Schlafzimmer meines Vaters war verschlossen! Ich konnte mir keinen Reim darauf machen, warum sich mein Vater einschließen sollte. Damit diese Tereza nicht wieder in sein Zimmer konnte? Oder war gar Helene reuig zu ihm zurückgekehrt?
Wie auch immer, ich musste also wieder einmal unverrichteter Dinge schlafen gehen und mich darauf einstellen, doch den Plan vom Hundertwasserhaus wieder aufzunehmen.
Jeremiah, allein diese andauernden Verzögerungen nagten unerträglich an meiner Kraft, aber was dann am nächsten Morgen zutage kam, übertraf meine schlimmsten Befürchtungen.
Ich saß also doch noch einmal in meines Vaters Esszimmer beim Frühstück, er sollte meinen Anblick noch einmal ertragen müssen. Aber er erschien nicht. Helene wollte nachsehen. An ihrem hysterischen Schrei erkannte ich sofort, dass etwas Schreckliches passiert sein musste. Ich rannte nach oben, diese Putze mit mir.
Er lag auf seinem Bett. Da war kein Blut, aber er wirkte verkrampft. Am Boden lagen eine Spritze und ein Inhalator.
Die Putze hob die Sachen auf und legte sie aufs Nachtkästchen. Hermann drogensüchtig?, dachte ich zuerst. Dann fiel mir ein, dass er ja hochgradig allergisch war.
Auch der Doktor, den sie dann gerufen hatten, bestätigte, dass mein Vater wahrscheinlich an einem allergischen Schock gestorben war, aber er war sich nicht sicher, und deshalb rief er die Polizei.

Jeremiah! Und jetzt kommt das Ungeheuerliche: Dieser fette Polizist verhörte mich wie einen Verbrecher!
Wie lange ich die Winters schon kenne, wollte er wissen, und warum ich nach Österreich gekommen bin. Natürlich habe ich ihm auch das Märchen mit dem Lateinamerika-Institut aufgetischt. Jetzt muss ich tatsächlich hinfahren und mich rückwirkend anmelden. Diese Polizisten prüfen das ja womöglich nach!
Ob ich denn nichts gehört habe in der Nacht, war auch so eine Frage. Ich hörte MP3s und schlief dann sehr früh ein, erzählte ich ihm. Aber selbst wenn ich wach gewesen wäre, hätte man im Keller wohl kaum Geräusche gehört. Das verstand er.
Schließlich wollte er wissen, ob ich mit Helene ein Verhältnis hätte. Natürlich stritt ich das ab, sie ist die Frau meines Gastgebers und außerdem doch ein wenig zu alt für mich. Ich glaube, damit konnte ich ihn überzeugen!
Jeremiah, und jetzt kommt das Schlimmste: Ich muss mich so lange zur Verfügung halten, bis die Behörden eindeutig festgestellt haben, dass mein Vater eines natürlichen Todes gestorben ist. Und ich musste meinen Pass abgeben!
Jeremiah, das hab ich dir ja noch nicht gebeichtet: Mein Pass ist gefälscht! Es war eine Vorsichtsmaßnahme, die mir jetzt vielleicht auf den Kopf fallen könnte. Wenn die Polizei das herausfindet, werden sie mich ganz sicher verdächtigen!
Oh, Jeremiah, meine ganze Reise war umsonst. Womit habe ich das verdient? Was ist nur schiefgelaufen?
Erspare mir bitte dein Priestergelabere, ich hätte Glück gehabt. Alles ist schrecklich. Ich weiß nicht, wohin mit meiner Wut!

José

Hilfe in der Not

»Helene, mein Kind! Wie konnte so was Scheußliches passieren!«

Ich hielt mein Handy weg von mir. Die leidende Stimme meiner Mutter war das Letzte, was ich jetzt brauchte.

»Mutter, ich hab dir schon gesagt, dass ich es nicht genau weiß. Es scheint so, dass Hermann am Abend noch irgendwas genascht hat, daraufhin hat er einen Anfall bekommen. Leider ist ihm dann die Spritze hinuntergefallen, und er muss sich so verkrampft haben, dass er bewusstlos geworden ist, bevor er sich die Spritze geben konnte.«

»Das ist ja schrecklich!«

»Ja, Mutter. Ein tragisches Missgeschick.«

»Aber warum war dann die Polizei im Haus? Man kommt sich ja vor wie eine Verbrecherin. Meine Nachbarin sagt, das riecht nach Mord!«

»Mutter! Deine Nachbarin schaut zu viel ›Tatort‹. Und warum kommst *du* dir wie eine Verbrecherin vor? Schließlich bin *ich* verhört worden.«

»Echt? So richtig wie im Fernsehen? Wie aufregend!«

»So ähnlich – und aufregend war es auch nicht besonders, eher lästig.« Ich musste insgeheim lächeln. Sehr telegen war der Herr Inspektor Moravec nicht gerade!

»Bist du denn verdächtig, Helene?«

»Mutter!«

»Na, ich meine ja nur. Du erbst doch alles, oder? Da ist man immer verdächtig!«

»Noch bin ich auf freiem Fuß!« Hoffentlich war der Kommissar nicht so hartnäckig wie meine Mutter!

»Wenn du Hilfe brauchst, Kind … Du weißt natürlich, dass ich immer für dich da bin.«

»Natürlich. Du würdest mich auch im Gefängnis besuchen, nicht wahr? Das fände ich rührend!«

»Helene! Verschweigst du mir was? Du kannst es mir sagen, ich bin deine Mutter!«

Meine Mutter war eindeutig die letzte Person, der ich mein Geheimnis anvertrauen würde.

»Nur wenn du versprichst, mich dann im Gefängnis zu besuchen!«

Ich konnte einfach nicht anders, meine Mutter provozierte die böse Helene in mir. Ich spürte förmlich, wie sie erblasste. Wahrscheinlich überlegte sie gerade, wie sie ihrer Nachbarin beibringen sollte, dass ihre Tochter eine Mörderin war.

»Ich setz mich in die Straßenbahn und komm augenblicklich zu dir, da stimmt doch was nicht!«

»Mutter!« Nur das nicht, ich musste schleunigst die Notbremse ziehen. »Das war doch nur ein Scherz!«, rief ich ins Telefon.

»Mit solchen Dingen scherzt man nicht. Ich weiß nicht, von wem du diesen Humor hast!«

»Entschuldige, Mutter, mich nervt dein Verhör ganz einfach. Sobald die Obduktion vorbei ist, ruf ich dich an, dann kannst du deine Nachbarin aufklären, okay?«

»Was, aufschneiden müssen sie ihn auch?«

»Ja, natürlich, Mutter. Damit sie die Todesursache feststellen können. Wie oft soll ich dir das noch erklären!«

»Und wo liegt Hermann jetzt?«

»Im Krankenhaus in der Pathologie. Als Gastleiche.«

»Als was?«

»So sagt man zu einer Leiche, wenn der Mensch nicht im Spital selbst gestorben ist. Das hat mir der Doktor erklärt.«

»Wie sich das anhört!« Meine Mutter war ehrlich entrüstet. »Hätte er nicht an einem Herzinfarkt sterben können wie andere Männer auch? Das macht alles so kompliziert!«

»Es dauert nur ein paar Tage länger, dann ist es wie bei jedem anderen Todesfall.«

»Na, hoffentlich stimmt das!«

Da war ich ausnahmsweise ganz ihrer Meinung.

»Du wirst ihn doch beerdigen lassen? Habt ihr schon ein Grab?«

»Darüber hab ich noch nicht nachgedacht, Mutter. Wir haben nie darüber gesprochen, aber ich weiß, dass Hermanns Vater eingeäschert worden ist. Ich denke, er wäre auch lieber verbrannt worden.«

»Von mir aus. Hygienischer ist es ohnehin.«

»Das ist aber nett, dass du mir deine Zustimmung gibst!«

»Keine Ursache. Und aufbahren? Ich fände es sehr hübsch, wenn er in eurer Villa aufgebahrt würde. Sehr stilvoll. Mein Onkel Friedrich wurde auch zu Hause aufgebahrt. Wir Mädchen durften Totenwache halten, das war sehr aufregend. Das würde dann auch die lästigen Gerüchte wieder …«

»Mutter! *Du* streust Gerüchte. Es *gibt* keine Gerüchte!«

»Natürlich, jetzt bin wieder *ich* schuld an allem! *Du* lässt deinen Gatten seelenruhig verrecken, und *ich* bin schuld, wenn es Gerüchte gibt!«

»Mutter, du erinnerst dich vielleicht, dass wir getrennte Schlafzimmer haben. Ich habe nichts bemerkt!«

»Eben! Eine gute Ehefrau schläft eben neben dem Gatten. Überhaupt, wenn er so krank ist.«

»HERMANN WAR NICHT KRANK! ER WAR ALLERGIKER!«

»Du brauchst nicht mit mir zu schreien. Ich wollte dir nur meine Hilfe anbieten, aber du bist so undankbar!«

Meine Mutter schnäuzte sich. *Ich* war soeben Witwe geworden, und *sie* weinte, weil ich undankbar war. Hervorragend!

»Beruhige dich, Mutter. War ja nicht so gemeint. Ich schätze deine Hilfe sehr. Wobei wolltest du mir eigentlich helfen?«

»Ach so, ja, richtig«, erwiderte sie. »Bei der Organisation der Begräbnisfeierlichkeiten. Du weißt, dass ich für so etwas ein Händchen habe.«

»Wenn du mir versprichst, dass du es nicht übertreibst.«

»Na gut, wenn du mir nicht vertraust … Du kannst gerne auch alles allein machen!«

»So hab ich das doch nicht gemeint, Mutter. Ich würde mich sehr freuen, wenn du zum Beispiel den Blumenschmuck und so etwas aussuchst, du hast doch so einen guten Geschmack. Aber das besprechen wir, sobald Hermanns Leiche freigegeben worden ist.«

»Na gut, dann schau ich mich schon einmal nach einem guten Bestattungsinstitut in deiner Nähe um.«

»Wenn du meinst. Ich melde mich, wenn ich weitere Informationen hab, die dich interessieren könnten«, versprach ich.

»Und sieh zu, dass diese Gerüchte aufhören, Helene!«

»Ich werd mein Bestes geben, Mutter!«, seufzte ich und beendete das Gespräch.

Gerüchte, Gerüchte! Gab es wirklich welche? Der Inspektor hatte doch recht freundlich gewirkt. Sollte er sich tatsächlich so verstellt haben, um mich vertrauensselig zu machen? Und wenn er mir schon keinen Mord zutraute, vielleicht konnte er mich wegen unterlassener Hilfeleistung drankriegen?

Allein der Gedanke ließ mich erschauern. Gut, dass mir Armando ein Alibi geben konnte.

***

Mein lieber José,

ich weiß nicht, was ich von dieser Geschichte halten soll.
Du kannst dir vorstellen, wie erleichtert ich war, dass nicht du es bist, der Hermann Winter auf dem Gewissen hat. Aber es macht mir natürlich Sorgen, dass du da in etwas hineingeraten bist, was schwer zu kontrollieren ist. Warum nur hast du dir auch einen gefälschten Pass ausstellen lassen!
Mein Liebling. Du weißt, wenn du Probleme bekommen solltest, ich werde dich da herausboxen, koste es, was es wolle. Vertrau auf mich!
Wir werden uns bald wiedersehen, ich fühle es. Gott hat schon einmal meine Gebete erhört. Jetzt wird er mir diese Bitte auch noch erfüllen!

Ich denke Tag und Nacht an dich!
Jeremiah

***

Hermann war also auf der Pathologie zu Gast, wo man sich seinen Innereien widmen würde, während seine Witwe sich nur zu gerne um seinen Gast gekümmert hätte. Ach, Armando! Ich hatte das bittere Gefühl, er vermied es, mit mir allein zu sein. Aber warum? Hermann würde uns jetzt nicht mehr stören.

Ich musste ihn sehen, und zwar gleich. Ein Blick in den Spiegel zeigte mir, dass mein Erscheinungsbild in Ordnung war. Schwarz steht mir zwar nicht besonders, es macht mich blass, dafür passt diese Blässe aber hervorragend zu einer trauernden Witwe. Ich legte noch einen Hauch Lippenstift auf, dann stieg ich in den Keller hinab.

Armando saß konzentriert am Laptop. Er wirkte nicht eben enthusiastisch, als er mich sah, dabei wäre ich ihm so gerne um den Hals gefallen. Er klappte den Laptop zu und drückte mir immerhin ein Küsschen auf die Wange und fuhr mir durchs Haar.

»Elene«, sagte er mit trauriger Stimme, »es tut mirr leid. Aberr ich fürrchte, wirr sollten nicht zusammen gesehen werrrden.«

»Aber warum denn nicht?« Ich verstand überhaupt nichts mehr.

»Die Polizei stellt so seltsame Frragen. Sie glauben vielleicht, Errrmano ist errmorrdet worrden!« Er sagte das so dramatisch, dass mir angst und bange wurde.

»Aber wer sollte das denn getan haben?«, piepste ich so unschuldig wie möglich.

»Was weiß ich!«, rief Armando leidenschaftlich. »Aberr Ausländerrr werrden doch immerr zuerrst verdächtigt! Und, stell dirr vorr, man hat mirr den Pass abgenommen. Ich werrde hierr festgehalten wie ein Verbrecherr!«

Ach, daher wehte der Wind!

»Aber das ist doch völlig absurd«, versuchte ich ihn zu beruhigen, »warum solltest du Hermann denn umbringen wollen?«

»Wegen dirr?«

Du meine Güte, daran hatte ich überhaupt nicht gedacht! Mit Schaudern erinnerte ich mich, wie ich dem Kommissar brühwarm von unserer Liebesnacht erzählt hatte. Um Armando nicht noch weiter zu beunruhigen, sagte ich ihm lieber nichts davon. »Ich werde dich nicht im Stich lassen«, versprach ich ihm.

»Danke«, sagte Armando, »trrrotzdem. Ich bin lieberr vorrsichtig. Wenn das vorrbei ist, dann rrreden wirr weiter.«

Er drückte mir einen flüchtigen Kuss auf den Mund. »Du musst jetzt gehen. Jemand kommt!«

Tereza machte sich gerade im Flur bemerkbar.

»Es ist doch nur Tereza«, wandte ich ein, aber ohne Erfolg.

»Bitte geh, Elene!« Unsanft schob er mich zur Tür hinaus. Ich hörte, wie er den Schlüssel von innen umdrehte.

Nicht nur meine großen Liebeshoffnungen, sondern auch mein Alibi zerbröselte mir wie eine Linzer Torte unter den Fingern.

Tereza wischte gerade das Treppengeländer. Hatte sie das nicht erst gestern getan? Sie blickte mich wichtig an. »Frau Helene! Wir müssen reden dringend. Sie sollten da was wissen!« Ihr Blick deutete in Richtung Gästezimmer. Was wollte sie mir wohl über Armando mitteilen? Dass sie ihn nicht sehr schätzte, wusste ich ja bereits, daraus hatte sie nie ein Hehl gemacht. Aber wusste sie vielleicht etwas, was seine ablehnende Haltung mir gegenüber erklären konnte?

»Okay«, sagte ich, »sollen wir in die Küche gehen?«

Da läutete mein Handy. *Alma ruft an.*

»Es ist Alma!«, flüsterte ich, als ob dies niemand hören dürfte. Ich hatte richtig Schiss vor diesem Gespräch. Wie sollte ich ihr Hermanns Ableben schonend beibringen, ohne mich zu verraten?

Ich erklärte Tereza, dass wir später reden würden, und verzog mich ins Wohnzimmer.

»Hallo, Alma«, sagte ich möglichst tonlos. Ich durfte nicht zu fröhlich klingen, wollte aber auch nicht sofort mit der Tür ins Haus fallen.

Die Rücksichtnahme hätte ich mir sparen können.

»Helene, Schatz!«, schluchzte Alma ins Telefon. »Wie konnte das nur passieren!«

Wieder einmal befand ich mich in der Rechtfertigungsposition. Ich war es langsam leid, mich dafür zu entschuldigen, dass ich Hermann nicht das Leben gerettet hatte, wie es sich für eine gute Ehefrau geziemt hätte.

Ich schluchzte gekonnt zurück.

»Woher weißt du denn, was passiert ist?«

Die lange Pause bestätigte mir, dass ich sie auf dem falschen Fuß erwischt hatte.

»Ich hab in seinem Büro angerufen«, sagte sie schließlich, in der Eile war ihr anscheinend keine passende Lüge eingefallen. Ich beschloss, gemein zu sein.

»Warum rufst *du* denn in Hermanns Büro an?«

»Ach, nichts Wichtiges eigentlich«, stammelte sie. »Ähm, wegen des Bildes!«

»Was für ein Bild?«

»Na, du weißt schon, der Akt. Ich wollte Hermann fragen, ob ich es mir für eine Ausstellung ausleihen könnte.«

»Und warum rufst du da Hermann an und nicht mich?« Ich tat sehr beleidigt. »Schließlich gehört das Bild ja uns beiden, wie du weißt.«

»Helene, Schatz. Ich weiß, du machst viel mit derzeit, du darfst nicht auf mich böse sein. Ich hab dich eh angerufen, aber bei dir war die ganze Zeit besetzt.«

Das war vielleicht nicht einmal gelogen.

»Ach so«, sagte ich daher. »Meine Mutter hat mir ihre Hilfe angeboten, das hat etwas gedauert.«

Alma putzte sich die Nase. Hermanns Tod ging ihr mehr an die Nieren als mir, obwohl natürlich *ich* diesen ganzen negativen Begleitumständen ausgesetzt war und nicht sie!

»Kann ich etwas für dich tun? Soll ich zu dir rauskommen, Helene?«

Eigentlich hatte ich keine Lust, Alma zu sehen, andererseits drohte ich in diesem Haus zu ersticken.

»Weißt du was, ich könnte tatsächlich ein wenig Luftveränderung gebrauchen, hier fällt mir die Decke auf den Kopf. Sehen wir uns im Bräunerhof? Ich kann in eineinhalb Stunden dort sein. Passt dir das? Außerdem«, fügte ich hinzu, »muss ich mir was Schwarzes zum Anziehen zulegen. Du könntest mich beraten.«

»Aber ja, was du willst.« Ich war mir sicher, ich würde Alma Trost spenden müssen, nicht umgekehrt, aber ein ganz klein wenig hatte ich auch ein schlechtes Gewissen. Schließlich hatte ich ihr ja den Geliebten genommen, auch wenn sie sich das redlich verdient hatte!

Draco lief aufgeregt um mich herum, als ich meine Schuhe anzog. »Na gut«, sagte ich, »nehm ich dich halt mit!«

»Ich fahr kurz nach Wien!«, rief ich in die Küche. »Den Hund nehm ich mit.«

Tereza streckte den Kopf aus der Tür. »Nicht vergessen, wir müssen reden!«

»Ja, ja, ich bleib auch nicht lange!« Es musste wirklich was Wichtiges sein, was sie mir da sagen wollte, es sah Tereza nicht ähnlich, so viel Wirbel um ein »Geheimnis« zu machen. Aber erst musste ich mich um Alma kümmern und ihr eine plausible Version von den Geschehnissen auftischen.

***

Lieber Jeremiah,

dieses Warten macht mich noch kaputt!
Ich fahre jeden Tag nach Wien und besuche nun tatsächlich einen Deutschkurs für Fortgeschrittene. Ich bin natürlich viel zu gut für diesen Kurs, aber ich brauche ihn als Alibi.
Mein Vater ist noch immer nicht begraben, und diese Putzfrau spioniert mir nach. Mehr denn je bin ich davon überzeugt, dass sie etwas mit dem Tod meines Vaters zu tun hat. Aber auch Helene benimmt sich verdächtig. Sie stellt mir nicht mehr nach. Das muss doch etwas bedeuten!
Ich kann mir nicht vorstellen, dass sie nicht mehr in mich verliebt ist. Daran ist sicher auch diese Putzfrau schuld. Oder stecken die beiden vielleicht unter einer Decke?
Ich werde die zwei Frauen etwas genauer unter die Lupe nehmen. Meine Pistole verstecke ich am besten in Helenes riesigem Kleiderschrank. Aber ich will auch diese Putzfrau aus dem Verkehr ziehen. Ich sollte ihr etwas Verdächtiges unterjubeln, zum Beispiel etwas, was die Allergie ausgelöst haben könnte. Sie kocht ja auch, da kann man seinem Herrn schon einmal was ins Essen schmuggeln.

Ich wünschte, alles wäre vorbei!
José

***

Sie brach in Tränen aus, noch bevor die Schwingtür hinter mir »Bong« gesagt hatte. Auch Alma hatte schwarz gewählt, aber im Gegensatz zu mir stand es ihr ausgezeichnet.

»Schätzchen, es tut mir so leid!«

Ich war gerührt über so viel Mitgefühl.

»Danke, Alma«, sagte ich.

»Die Damen sind in Trauer?« Der Ober war lautlos hinter uns getreten. Seine Miene hätte einem Leichenbestatter Ehre erwiesen.

»Mein Mann ist gestorben«, flüsterte ich.

»Mein herzlichstes Beileid«, sagte der Ober. »Darf ich Sie mit einer Melange stärken? Für die andere Dame schwarz und kurz wie immer?«

Ohne eine Antwort abzuwarten, eilte er seiner Theke zu. Es war beruhigend, dass es auch Orte gab, wo sich nichts änderte.

Ungewöhnlich flott war er wieder bei uns am Tisch, stellte die Kaffees ab und legte jeder von uns eine Mozartkugel aufs Tablett. »Etwas Süßes hilft immer, wenn es auch nur ein sehr kleiner Trost ist.«

Ich fand die Geste entzückend, auch Alma wickelte seufzend ihre Kugel aus und ließ sie sich auf der Zunge zergehen.

Ich erzählte ihr die gleiche Version, die auch meine Mutter zuvor zu hören bekommen hatte. Im Gegensatz zu Mutter interessierte es Alma aber wirklich, wie sich der »Unfall« wahrscheinlich zugetragen hatte.

»Ich hatte gar keine Ahnung, dass Hermann so krass allergisch war«, sagte sie.

»Er sprach nur darüber, wenn es wirklich sein musste. Zum Beispiel, wenn er an einer Botschaft eingeladen war und nichts essen wollte. Aber privat aß er gewisse Sachen nicht – oder einfach gar nichts. Er dachte wahrscheinlich, seine Bekannten würden es ihm als Schwäche auslegen.«

»So was Dummes! Eine Allergie ist doch keine Schwäche!«

»Sagst *du*! Du bist ja auch kein eitler Macho!«

»He, so solltest du wirklich nicht über deinen toten Mann reden!« Alma war entrüstet. »Oder bist du etwa froh, dass er tot ist?«

Ich nippte an meiner Melange. »Blödsinn, Alma! Natürlich bin ich in Trauer. Auch wenn wir uns auseinandergelebt haben, wir waren doch über zehn Jahre verheiratet!«

»Ehrlich? So lange? Das kann ich mir gar nicht vorstellen«, seufzte Alma. Sie putzte sich die Nase und sah mich mit ihren rot geschwollenen Augen richtig neidisch an. Jetzt, wo ich Witwe war, kam mir das sehr absurd vor.

»Wann ist eigentlich die Beerdigung?«, fragte Alma. Verstohlen wischte sie sich eine Träne weg.

»Keine Ahnung. Mutter wird alles arrangieren, sobald die Leiche von Hermann freigegeben ist.«

»Was meinst du mit ›freigegeben‹?«

Ja, richtig! In Hermanns Büro wusste man natürlich nicht, dass auch die Polizei sich für seinen Tod interessierte.

Ich erklärte Alma kurz die näheren Umstände, wobei ich natürlich die sogenannten Verdachtsmomente zu verharmlosen versuchte. Aber Alma ließ sich nicht abwimmeln wie meine Mutter.

»Ist was faul an der Allergiegeschichte? Sie klingt doch logisch.«

»Ist sie auch. Und ich persönlich zweifle kein bisschen daran, so tragisch das alles ist.« Ich schnäuzte mich gekonnt. Mittlerweile hatte ich schon große Übung darin.

»Die Polizei will halt genau wissen, wodurch der Schock ausgelöst wurde. Man hat nichts bei ihm gefunden. Ich denke, er muss sich völlig gedankenlos irgendwas in den Mund gesteckt haben, bevor er zu Bett ging. Er war in letzter Zeit öfter so gedankenverloren. Vielleicht machte ihm seine Geliebte zu schaffen?« Ich steckte mir die Mozartkugel in den Mund. »Diese Kugel zum Beispiel hätte schon gereicht.«

Alma war ganz blass geworden. War es mir gelungen, ihr ein schlechtes Gewissen einzureden?

»Und dann waren da noch diese Druckstellen«, seufzte ich.

»Druckstellen?« Alma verlor ihre Gesichtsfarbe nun zur Gänze.

»Der Doktor hat rätselhafte Verletzungen an Hermanns Handgelenken festgestellt. Als ob ihn jemand festgehalten hätte.«

Ich beobachtete Alma genau. Sie rieb sich verstohlen ihre eigenen Handgelenke. Hervorragend! Anscheinend hatte auch sie Hermann schon gefesselt. Was Besseres konnte mir gar nicht passieren. Falls der Inspektor weiter nach den Ursachen der Druckstellen forschen sollte, würde er von mir ein paar gute Tipps bekommen!

»Aber«, und jetzt seufzte ich tief, denn ich musste wieder in meine schauspielerische Trickkiste greifen, »die schlimmste Frage war die, warum ich nichts gehört habe!« Ich nahm erneut ein Taschentuch vors Gesicht. Der Ober brachte mir noch eine

Mozartkugel. »Danke!«, hauchte ich. Ich würde das Trinkgeld diesmal nicht vergessen!

»Das versteh ich nicht«, sagte Alma. »Was ist daran so schlimm?«

»Weil«, schluchzte ich, »weil er sicher nach mir gerufen hat, aber ich war nicht im Zimmer!« Noch ein Taschentuch. Der große Aschenbecher quoll schon über von feuchten Papierknäueln.

»Wo warst du denn? – Nein!«

»Doch!« Ich war von meiner Vorstellung ehrlich ergriffen. Auch an den Nebentischen bekamen die Leute schon feuchte Augen.

»Beruhige dich, Schätzchen!« Nun musste wirklich Alma mich trösten und nicht umgekehrt. »Das konntest du doch nicht ahnen!«

Ich fand Almas Reaktion echt toll. Im Gegensatz zu meiner Mutter, der Hermann nie etwas bedeutet hatte, die mir aber Vorwürfe machte, dass ich nicht zur Stelle war, als mein Gemahl mich brauchte, spendete Alma mir Trost. Genauso gut hätte sie mir vorwerfen können, dass ich am Tod ihres Geliebten schuld sei. Okay, sie wusste ja immer noch nicht, dass *ich* es wusste, aber in dem Moment wirkte sie ganz und gar nicht gekünstelt. Sie war nicht mehr die Geliebte meines Mannes, sie war wieder meine Freundin!

Tränen der Rührung kullerten mir über die Wangen, aber ich nahm mich jetzt zusammen und riss mich aus meiner tiefen Trauer. Wenn Alma wieder meine gute Freundin war, dann musste ich die Situation auch ausnutzen. Wer weiß, wie lange die Stimmungslage so positiv für mich blieb.

»Ja, stell dir vor, ich war wirklich bei Armando. Darf ich dich was fragen, Alma?«

»Aber ja doch, Schätzchen. Was möchtest du denn wissen?«

Ich erzählte ihr, dass Armando plötzlich so abweisend war und ich nicht wüsste, wie ich das zu interpretieren hätte.

»Wäre es wirklich besser, die Polizei wüsste nichts von unserem Verhältnis?«

Alma dachte kurz nach. »Also, die Polizei wär mir in deinem Fall ehrlich egal. Die Sache ist doch kein Kriminalfall. Wenn die Experten die Todesursache in seinem Magen finden, dann ist die Geschichte doch gegessen, oder?«

»Ja, so würde ich das auch sehen«, sagte ich fest.

»Dann ist es nur eine Ausrede von ihm.«

»Was meinst du, Ausrede?«

»Schätzchen«, Alma nahm tröstend meine Hand, »du bist etwas unerfahren, was Männer betrifft. Ich würde sagen, Armando ist ein Jäger. Er sucht sich eine Beute. Wenn er die Beute dann erlegt hat, interessiert sie ihn nicht mehr.«

Ich brauchte wieder ein Taschentuch. Der Ober tauschte naserümpfend den Aschenbecher aus. Ich mied seinen Blick.

»Das heißt, er ist gar nicht in mich verliebt, stimmt's?«

»Ja. Tut mir leid, so scheint es nun einmal zu sein.«

Ich war halbwegs geknickt. Ich muss zugeben, dass ich diese Möglichkeit bis jetzt vehement verdrängt hatte.

»Ich wollte es dir eigentlich nicht sagen …«, fuhr Alma fort. Erstaunt sah ich sie an, was würde denn jetzt noch Unangenehmes kommen?

»Armando war neulich bei mir!«

»Was?« Ich traute meinen Ohren nicht.

»Beruhige dich, Helene. Ich habe ihn nicht vernascht, wenn du das meinst. Schließlich bin ich – war ich, äh, bin ich vergeben, du weißt schon!«

Jetzt war auch Alma verunsichert. Ich glaube, sie ärgerte sich bereits, dass sie Armandos Besuch erwähnt hatte.

»Was wollte er denn von dir?«

»Das weiß ich auch nicht so recht. Mich besuchen, hat er gesagt. Aber ich glaube schon, dass er …«

Sie ersparte mir genauere Ausführungen, aber mittlerweile war mir ein Licht aufgegangen über den feschen Latino in meinem Haus. Der würde was erleben! Auch Hermann hatte geglaubt, er könne mit ihr machen, was er wollte.

»Männer sind eben Arschlöcher!«, sagte Alma mit Inbrunst.

»Ach!« Ich war höchst erstaunt, so prosaische Worte aus ihrem Künstlermund zu hören. »Aber deiner doch nicht, oder?«

»Doch«, flüsterte Alma. »Er hat mich sitzen lassen!«

»Was?« Hatte er vielleicht auch den Schmuck zurückgefordert? Es war mir schon zuvor aufgefallen, dass Alma ihre Klunker heute nicht trug. Ich hatte gedacht, es sei wegen der Trauer.

»Warum denn das?«, fragte ich mitleidig.

Alma wurde rot. »Ach, das Übliche. Ich würde ihn zu stark binden. Seine Frau …«

Jetzt wurde mir auch klar, warum Hermann neulich so früh nach Hause gekommen war. Er hatte sich mit Alma gestritten!

»Seit wann bist du denn wieder solo?« Diese Frage interessierte mich jetzt wirklich.

»Seit vorgestern«, seufzte Alma. Ich hatte also recht gehabt! »Und es ist endgültig, ich kann jetzt nichts mehr daran ändern!« Jetzt schluchzte Alma. Ich schenkte ihr großzügig ein Taschentuch, ich hatte noch reichlich dabei.

Nachdem der Aschenbecher schon wieder überquoll, beschlossen wir, uns angenehmeren Dingen zu widmen. Shoppen tröstet immer – auch wenn es Trauerkleidung ist.

Der Ober war sichtlich froh, als wir das Feld räumten. Drei Mal hatte er den Aschenbecher leeren müssen, da kann auch das beste Trinkgeld kein Lächeln ins Gesicht eines echten Wiener Kellners zaubern.

Draco war über Almas Begleitung wenig erfreut, er wollte meine ungeteilte Aufmerksamkeit. Ganz besonders hasste er es, vor Geschäften angebunden zu werden. Ich hatte alle Mühe, ihn im Zaum zu halten, aber – und das grenzte fast an ein Wunder – »Sitz!« und »Bei Fuß!« funktionierten ausgezeichnet. Die wenigen Trainingsstunden zeigten tatsächlich schon Wirkung. Warum gab es eigentlich keine Männerschulen, fragte ich mich, wo man als Frau männliche Rohdiamanten zurechtschleifen lassen konnte? Wenn die Herren dann nach ein paar Stunden gut funktionierten, konnte man ja die Leine wieder etwas locker lassen …

Beim Shoppen waren Alma und ich wieder ein Herz und eine Seele. Stilmäßig waren wir uns allerdings nicht einig. Ich wählte ein schwarzes Kostüm, hauteng und knackig, dazu Nahtstrümpfe und Riemchen-Stiefeletten. Ein Hütchen mit Schleier würde mein tränenloses Gesicht hübsch verbergen. Alma warf sich gegen ihre sonstigen Gewohnheiten ein wallend weites Leinen-Sackkleid mit rundem Ausschnitt über, dazu einen schwarzen Seidenschal. Sie würde sich schwarze Fäden ins Haar flechten, sagte sie. Ich hoffte sehr, dass sie auf Zöpfe verzichten würde, auch wenn es Hermann gefallen hätte, sagte aber nichts. Soll doch jeder so trauern, wie er es für angebracht hielt. Wenn meine Mutter die Feierlichkeiten arrangierte, musste sowieso mit diversen Peinlichkeiten gerechnet werden.

Peinlich sauber war es auch im Flur, bevor Draco seine Pfoten ins Haus setzte. Ich weiß nicht, wie es dieser Hund schafft, selbst bei trockenem Wetter noch so feuchte Pfützen aufzutreiben, dass sie den Nachhauseweg auf seinen Pfoten überdauern.

Tereza nahm es gelassen, holte den Kübel und wischte noch einmal über den Boden. Als sie gerade damit fertig war, kam Armando aus »seinem« Reich nach oben, ignorierte die feuchten Fliesen und hinterließ seinerseits die Abdrücke seiner Turnschuhe. »Ich fahrre nach Wien. Lateinamerrika-Institut«, sagte er knapp, und schon war er grußlos verschwunden.

»Mannsbilder!«, schimpfte Tereza und wischte ein drittes Mal den Flur. Ich sagte gar nichts, hatte aber nur allzu deutlich Almas Worte im Ohr: Der Jäger hatte sein Interesse an der Beute verloren. Ich wäre so gerne noch länger Beute gewesen!

»Gut, dass ist weg, der junge Herr!«, sagte Tereza. »Muss ich dringend reden mit Ihnen, Frau Helene!«

Wie wichtig diese Besprechung Tereza war, wurde durch die Tatsache unterstrichen, dass sie unbedingt in ihrem Mansardenzimmer stattfinden sollte.

Ich nahm in ihrem gemütlichen Schaukelstuhl Platz. Erstaunt stellte ich fest, dass sich das Zimmer seit meinem letzten Besuch hier oben stark verändert hatte. Die Möbel stammten großteils noch aus unserer alten Wiener Wohnung, aber Tereza hatte sie gekonnt restauriert und zudem allerhand Krimskrams aufgestellt. Etliche Bilder und Fotos aus ihren früheren Leben schmückten die Wände. Von der Holzdecke hing eine Blumenampel. Zuvor hatte dunkelbraunes, fast schwarzes Dachgebälk den Raum sehr düster gemacht, jetzt war die Decke weiß gestrichen, was dem Zimmer nicht nur ein freundlicheres Aussehen verlieh, sondern es auch größer erscheinen ließ. Unter dem Dachflächenfenster reckte ein riesiger Gummibaum seine Blätter in die Sonne.

»Hübsch haben Sie es hier«, sagte ich.

»Ja, ich bin zufrieden«, antwortete Tereza. »Nur manchmal hört man viel zu viel von unten!« Sie sah mich eindringlich an. Ich lauschte, konnte aber beim besten Willen nichts hören.

»Wie neulich nachts«, sagte sie, aber ich begriff noch immer nicht.

»Als Ihr Herr Gemahl …«

»Ach, *die* Nacht meinen Sie!« Ich wollte eigentlich gar nicht an diese Nacht erinnert werden. »Was … Was haben Sie denn gehört?«

Tereza lächelte. »Zuerst ich habe gehört bekannte Geräusch. Bumbum und Ah!« Sie machte eine eindeutige Handbewegung.

Das Gespräch war mir peinlich. Ich hatte nie darüber nachgedacht, als Hermann und ich noch öfter zugange waren, dass uns dabei jemand belauschen könnte. Tereza existierte für mich nur in der Küche. Wenn sie in ihrem Zimmer war, war sie nicht vorhanden. Aus den Augen, aus dem Sinn, gewissermaßen.

»Ja, und dann?« Ich war mir nicht sicher, ob ich wissen wollte, was Tereza gehört hatte.

»Also, ich bin gegangen ein Stück hinunter zuerst. Ich wundere mich, weil Sie ja mit Gemahl schon länger nicht … Was ich meine, ich habe geglaubt, vielleicht ist gekommen diese Künstlerin?«

»Was, Alma war hier?«

»Nein, nein. Ich nur habe geglaubt, *vielleicht*. Also ich bin gegangen nachgucken. Und wie ich so hinunterschaue, sehe ich Sie, Frau Helene, kommen aus Zimmer von Herrn. Aha, ich denke, Sie haben nach Streit wieder versöhnt. Auch gut. Also ich bin zurück in Zimmer. Aber Lärm ist gegangen weiter. Mmhm und bumbum. Das war schon komisch. Drum ich bin wieder runter und habe gehört Dusche aus Ihrem Zimmer. Ich lege Ohr an Tür von Zimmer von Herrn und höre Mhm.«

Mein mulmiges Gefühl verstärkte sich. Was hatte Tereza alles noch mitbekommen?

»Ich mache Tür ein wenig auf, da ich seh Herrn liegen am Bett und zucken. Ich weiß sofort, das ist Anfall. Kenn ich mich aus mit so was von meine letzte Mann. Ich laufe in Küche und hole Spritze aus Kühlschrank. Wieder rauf über Stiege und in

Zimmer. Herr schon ganz blau. Ich will ihm geben Spritze, ziehe auf, da seh ich erst Handschellen und Taschentuch in Mund!«

Tereza hatte sich ein Glas Milch eingeschenkt. »Sie wollen auch?«

Ich schüttelte den Kopf.

»Da ich hab nachgedacht und kapiert. Ich habe ein bisserl gewartet, bis Herr ziemlich ruhig, dann ich habe ihm gegeben Spritze in die Hand. Muss ihm später runtergefallen sein. Na ja, und Handschellen und Taschentuch hab ich genommen mit auf Zimmer. War übrigens schwierig, zu finden Schlüssel!« Sie nahm eine Plastiktüte aus dem Schrank und hielt mir die zwei Corpora Delicti hin.

Ich denke, ich muss ziemlich blass geworden sein, meinen Puls konnte ich gar nicht mehr spüren. Ein Vampir hätte an mir keine Freude mehr gehabt, so blutlos, wie ich war.

»Haben Sie auch was anderes da außer Milch?«, fragte ich.

Tereza bot mir einen Sherry an, den ich gerne annahm. Ich bin ja sonst nicht so für das süße Zeug, aber Alkohol ist Alkohol.

»Sie brauchen haben keine Angst«, sagte Tereza, »Herr hat gebettelt um extra Zuwendung, hat bekommen, was verdient!«

Sie schenkte sich auch ein Glas Sherry ein. »Frauen müssen halten zusammen, so einfach ist das. Ich nix habe gehört, nix gesehen, basta!«

Ich muss Tereza ungläubig angesehen haben, aber sie lachte. »Polizeikommissar ist nicht Problem, glauben Sie mir, Frau Helene!«

Langsam löste sich meine Starre, und ich begriff, dass Tereza mich decken würde, komme, was da wolle.

»Tereza, wie kann ich Ihnen das danken?«

»Ist nicht notwendig«, lächelte sie. »Vielleicht ich brauche auch einmal Hilfe.«

Ich war überwältigt. Ich mochte mir nicht vorstellen, was passiert wäre, wenn mir etwa meine Mutter auf die Schliche gekommen wäre und nicht Tereza. Ich säße wohl schon hinter Gittern!

»Tereza, Sie sind die beste Freundin, die ich je gehabt habe!« Das meinte ich ehrlich. Feierlich erhob ich mein Glas. »Wir müssen Bruderschaft – nein, Schwesternschaft trinken!«

Ich war also von nun an mit meiner Haushälterin per Du, auch das wäre für meine Mutter ein Ding der Unmöglichkeit gewesen. Ich musste lächeln bei dem Gedanken.

Nach weiteren zwei Gläsern Sherry hatte sich auch Tereza schon an das Duzen gewöhnt.

»Jetzt es würde mich schon interessieren, was Sie … was du gegeben hast Herr, dass er reagiert so allergisch?«, sagte Tereza.

»Was er gewollt hat, Tereza«, erwiderte ich wahrheitsgemäß, »ein wenig Sadomaso und einen Zungenkuss!«

Tereza brach in schallendes Lachen aus. »Und auf Zunge war …?«

»Das bleibt mein Geheimnis«, sagte ich lächelnd.

Bevor ich Tereza verließ, bemerkte sie noch: »Ich möchte dir geben eine gute Rat – von Frau zu Frau: Der junge Herr ist nix für dich, sei vorsichtig, ich ihm nicht traue!«

Ich konnte Tereza beruhigen. Seufzend gab ich zu, dass ich das auch schon erkannt hatte.

»Das ist gut«, sagte sie.

***

José!

Tu nichts Unüberlegtes! Wenn du dabei ertappt wirst, wie du falsche Fährten legst, dann machst du dich selbst verdächtig. Bewahre Geduld. Es wird sich alles als harmlos herausstellen. Du wirst deinen Pass wiederbekommen und darfst als freier Mann zu mir zurückkehren.
Ich werde deine angegriffene Psyche wieder in Ordnung bringen, ich werde dich wieder aufrichten, mit allen mir zur Verfügung stehenden Mitteln.

Ich liebe dich!
Dein Jeremiah

Warten

Die nächsten Tage warfen Tereza und ich uns verschwiegene Blicke zu, während wir Armando mehr oder weniger ignorierten. Er hatte sich in den Kopf gesetzt, dass wir ihn wenigstens verpflegen müssten, wenn er schon nicht nach Hause fahren durfte. Er meinte, er könne schließlich nichts dafür, dass Hermann sich so eine ungünstige Todesart ausgesucht habe.

Wir entwickelten Methoden, wie wir uns möglichst wenig über den Weg laufen mussten. Ich ging erst zum Frühstück, wenn er bereits außer Haus war, denn wie immer fuhr er nach Wien, um seinen Kurs zu besuchen. Nur zum Abendessen trafen wir aufeinander, da hatte ich aber von Tereza genug Rückendeckung, dass ich nicht schwach werden würde. Leider muss ich gestehen, dass diese Gefahr ohnehin nicht gegeben war, für Armando existierte ich nur als Gastgeberin, der man kühl und höflich begegnete, aber ansonsten stets aus dem Weg ging.

Die Tage verstrichen, und wir warteten immer noch auf ein Ergebnis aus der Pathologie. Aber wie in allen Ämtern litt man auch dort unter Personalmangel, teils wegen der Urlaubszeit, teils wegen des Sparpakets. Wenn ich es wagte, einmal anzurufen, erhielt ich stets die Auskunft, man sei an dem Fall dran, es werde noch ein wenig dauern.

Ich fand mich langsam damit ab. Keine Nachricht ist eine gute Nachricht, redete ich mir ein, aber manchmal überkamen mich doch Zweifel, die ich meist in Rotwein ertränkte.

An den Alltag ohne Hermann hatte ich mich hingegen schon gut gewöhnt – viel hatte sich ohnehin nicht verändert. Dafür traf ich mich wieder regelmäßig mit Alma, was uns beiden guttat. Ich hatte beschlossen, ihr zu verzeihen und ihr niemals zu gestehen, dass ich von Hermanns Verhältnis zu ihr gewusst hatte. Sie zeigte auch keinerlei Ambitionen, mich aufzuklären, und so konnten wir unsere Freundschaft fortsetzen, wo sie eigentlich hätte enden müssen. Selbst Tereza billigte meine wiederbelebte Kameradschaft, sie fand es gut, wenn ich ab und zu ausging.

Als ich eines Nachmittags von so einem Wienbesuch zurückkam, wirkte Tereza allerdings sehr aufgeregt.

»Ist was passiert?«, fragte ich bange.

»Es ist wegen junge Mann!«, sagte Tereza leise. »Ich muss dir was zeigen!«

Wieder zog sie mich auf ihr Zimmer. »Setz dich«, sagte sie und schenkte mir ohne mich zu fragen einen Sherry ein. Dann drückte sie mir einen Packen Papier in die Hand.

»Das ich hab ausgedruckt unten von Gäste-Laptop. Ist E-Mails von junge Herr an eine Freund in Guatemala!«

Ich stand mit Armando zwar auf Kriegsfuß – oder vielmehr auf kaltem Kriegsfuß –, aber deswegen gleich seine Post zu durchforsten, das fand ich schon etwas krass.

»Wie kommst du an Armandos Post?«, fragte ich irritiert.

»Ah«, sagte Tereza mit Verachtung in der Stimme, »junge Herr entweder kennt sich nicht aus mit Computer oder ist sich Sache sehr sicher und unvorsichtig.«

»Das heißt, er verwendet kein Passwort?«

»Doch, aber nicht schwer zu knacken. Er hat zwar gelöscht alle E-Mails, die er gekriegt hat, seine Mailbox ist leer. Aber er hat nicht gelöscht Verlauf, und er hat vergessen, dass er auch muss löschen gesendete Mails!«

»Und warum, wenn ich dich fragen darf, hast du ihm überhaupt nachspioniert?«

»Hab ich zufällig bei Putzen Rucksack gefunden mit Waffe, da bin ich geworden neugierig. Und weil ich junge Mann öfter gesehen hab an Laptop, hab ich einmal nachgesehen. Und Information ist *sehr* interessant. Du musst lesen am besten selbst!«

Zögernd begann ich zu lesen, doch je mehr ich las, desto schwindeliger wurde mir. Der »junge Mann in Keller«, mein One-Night-Stand, hieß gar nicht Armando, sondern José, und er war Hermanns Sohn! An der Stelle, als er zugab, warum er wirklich gekommen war, musste ich mich erst mit einem Sherry stärken, bevor ich weiterlesen konnte. »Er wollte Hermann töten!«, flüstere ich. Tereza nickte. Das waren wirklich ungeheuerliche Nachrichten.

»Seit wann weißt du das?«, fragte ich sie.

»*Das* ich habe schon gewusst, bevor der Herr gestorben ist«, gab sie verlegen zu.

»Das ist nicht wahr!«, rief ich. »Du hast gewusst, dass er Hermann umbringen würde? Und mir nichts gesagt, nicht die Polizei gerufen?«

Tereza wurde verlegen. »Habe ich schon überlegt. Andererseits ich habe gedacht, ist Lösung von all deine Probleme. Mann ist tot, nix mehr Geliebte. Villa bleibt und Geld, basta!«

»Das heißt, ich hätte einfach warten müssen, dann hätte Armando – José – mein Problem für mich gelöst?«

»Ja, so hab ich auch gedacht zuerst. Drum ich gehalten Mund. Aber dann ich hab gelesen weitere E-Mails, und jetzt ich habe bekommen Angst wegen andere Sache.«

Zitternd nahm ich die Unterlagen wieder zur Hand. Was für eine »andere Sache« konnte Tereza herausgefunden haben, die sie mehr beunruhigte als der Mordplan an Hermann selbst?

Es war einfach ungeheuerlich. Ich hätte schreien können vor Wut. Dass Armando offensichtlich auch mit diesem Pfaffen intime Beziehungen gehegt hatte, konnte ich ihm am ehesten verzeihen. Aber was musste ich lesen? Er hielt mich für blond und dumm, und ich nervte ihn? Die Küsse, die Rosen, alles nur Vorwand, um unauffällig seinen Plänen nachgehen zu können? Und ich war ihm zu alt!

»Er hat mir alles nur vorgemacht!« Beinahe hätte ich den Sherry gegen die Wand gedonnert vor lauter Zorn.

»Ja, stimmt, Helene«, gab mir Tereza recht, »aber Sache, dass er will dir Mord anhängen, macht mir mehr Sorge. Wer weiß, was er noch alles vorhat?«

Daran hatte ich in meiner verletzten Eitelkeit noch nicht gedacht.

»Was, meinst du, hat er dem Herrn Inspektor denn erzählt?«, fragte ich Tereza. Leider wusste sie auch keine exakte Antwort darauf.

»Ich nur wissen, dass ist nicht gut für dich. Du hast gesagt, du bist bei ihm gewesen in Nacht, wo Herr gestorben, aber er sagt, er nix hat Verhältnis mit dir. Vielleicht er heckt gerade neue Plan aus, wenn er fährt nach Wien? Vielleicht er geht zu Polizei und erzählt Blödsinn? Hat ja auch gesehen, dass ich aus Zimmer gekommen bin.«

»Hast du ihn eigentlich auch gesehen?«

»Ja, hab ich gesehen seine Füße bei Nische. Hab ich gewartet oben, ob er jetzt geht in Zimmer, weil er will seine Vater erschießen. Dann er hätte gefunden Leiche! Aber Angst umsonst. Ist er gegangen wieder hinunter. Drum ich hab Tür zugesperrt. Wenn junge Mann später vielleicht zurückkommt, dass nicht findet tote Herr!«

»Tereza, du bist so klug! Was täte ich ohne dich!«

»Ich glaube, Helene, wir müssen einiges werden los!« Die kluge Tereza deutete auf den Plastiksack mit den Handschellen. »Mit dem wir müssen beginnen!«

»Und was schlägst du vor? Soll ich meine Sachen vielleicht der Caritas schenken?«

»Warum nicht, wäre billiges Equipment vielleicht für Frau aus Osten?« Tereza grinste. »Aber werfen in Donau, zum Beispiel, keine schlechte Idee, oder?«

Am nächsten Morgen packte ich also mein gesamtes Mordwerkzeug in einen Rucksack, steckte Draco in meinen Mazda und machte mich wieder einmal auf nach Wien. Ich hatte mich schlaugemacht, wo man einerseits gut mit Hunden spazieren gehen konnte, ohne dass einem gleich ein Wärter die Leviten las, und andererseits auch mal unbeobachtet etwas ins Wasser werfen konnte. Ich entschied mich für den neuen Hundeauslaufplatz an der Floridsdorfer Brücke, hier fand man neben kilometerweiten Spazierwegen auch Büsche und Sträucher zur Deckung.

Draco genoss den Ausflug sichtlich, ich übte einige Befehle mit ihm und lobte ihn jedes Mal, wenn er brav tat, was ich ihm anschaffte. Ich hatte es nicht für möglich gehalten, dass ein Lebewesen unwidersprochen meinen Aufforderungen nachkommen würde!

Nach einer Weile taten mir schon die Füße weh vom Wandern, und das Sadomaso-Zeugs im Rucksack wurde auch nicht leichter.

So beschloss ich, ein ruhiges, unauffälliges Plätzchen zu suchen, von wo aus ich meine Ladung in den Donaukanal befördern konnte. Bald hatte ich eine nette Stelle entdeckt. Ich band Draco an einen Holunderbusch und hockte mich zu ihm, während ich Ausschau nach anderen Hundebesitzern oder enthemmten Radfahrern hielt. Endlich wähnte ich uns allein.

Ich schnappte das Paket und warf es in einem halbwegs weiten Bogen ins Wasser. Eine Diskuswerferin würde wohl nie aus mir werden, aber der Donaukanal erfordert keine Rekorde.

Ich war zufrieden, als das Paket in der Mitte des Wassers aufklatschte und sich mit einem glucksenden Geräusch verabschieden wollte.

Draco hatte mich die ganze Zeit aufmerksam beobachtet. Plötzlich sprang er mit einem Satz in die Höhe und stürzte sich ins Wasser. Die Leine verhedderte sich zunächst am Busch – schließlich hatte ich ihn ja angebunden –, aber der Ast gab unter seinem kräftigen Ziehen nach. Völlig perplex sah ich dem schwimmenden Hund nach, wie er den halben Holunderbusch hinter sich herzog und sich das Paket schnappte, bevor es für immer verschwand. »Draco!«, rief ich entsetzt. »Lass das!«

Freudig paddelte er ans Ufer zurück, schüttelte sich trocken, sodass ich aussah wie ein Hydrant nach einem Feuerwehreinsatz, und legte mir mein Paket vor die Füße.

Ich war so verdutzt, dass ich gar nicht bemerkte, wie ein radelndes Ehepaar bei mir an der »Unfallstelle« einparkte.

»Is was passiert?«, fragte der männliche Part. Ich hatte ja geschrien.

»Nein, nein«, stammelte ich. »Mir ist das Paket ins Wasser gefallen, und der Hund hat es mir wieder rausgefischt!«

»Sie wissen schon, dass der Hund an die Leine gehört!«, rügte mich der weibliche Teil des Radlerpaares. Die Frau war für Blondinen eindeutig weniger empfänglich als ihr Begleiter. »Noch dazu so ein Kampfhund!«

Ich deutete auf den Ast, den Draco immer noch an der Leine hatte. »Er war angebunden, hat sich aber losgerissen.«

»Da sehen Sie wieder, wie schnell es gehen kann. Das nächste Mal beißt er einem Kind das Gesicht weg!«, schimpfte sie. »Solche wie Sie, die sollte man –«

»Geh weiter, Irmi«, unterbrach sie der Gatte, »es is ja nix passiert.« Zu mir gewandt sagte er: »Tun Sie sich nix an, Fräulein, des wird alles wieder trocken!« Dabei zwinkerte er mir amüsiert zu. Dann stieg er wieder aufs Rad, und seine Holde folgte ihm mit bösem Blick. »Anzeigen sollte man solche Leut!«, hörte ich sie noch meckern, aber dann waren sie schon wieder außer Sicht- und Hörweite.

Wohl oder übel musste ich Draco loben, dass er das Paket apportiert hatte, sehr glücklich war ich allerdings nicht darüber, dass es wieder in meinem Besitz war. Mit einem Mal wusste ich auch, was den Herrn so amüsiert hatte. Dracos Zähne sind ziemlich kräftig, mit seinem Biss hatte er Teile des Paketinhalts freigelegt, darunter die schwarze »Fröhliche Witwe« und einen Teil der Peitsche. Gut, dass die Alte so mit Schimpfen beschäftigt war, wer weiß, was ihr sonst noch so alles in den Sinn gekommen wäre!

Ein weiteres Mal konnte ich das Päckchen nun nicht mehr ins Wasser werfen, das war klar, sonst wären die einzelnen Teile eines nach dem anderen an die Oberfläche geschwommen. Man stelle sich vor, zwei Lederstiefel, ein nuttiges Spandex-Outfit, gefolgt von einer Dominapeitsche – was für ein Anblick für die radelnde Familie mit Labrador!

Schnell raffte ich das nasse Bündel zusammen, steckte es zurück in den Rucksack und machte mich auf den Rückweg.

Unterwegs kamen wir bei einem Sandler vorbei, der gerade ein Nickerchen im Grünen hielt. Da ich auch noch meine Bonbonnieren, Kekse, Nutellagläser und so weiter sowie einen Nussschnaps im Rucksack hatte, kam mir die Idee, doch einfach Christkind zu spielen. Leise holte ich alle Lebensmittel aus dem Rucksack und stellte sie dem Obdachlosen vor die Füße. Der würde Augen machen, wenn er wieder aufwachte! Am liebsten hätte ich ihm ja auch das Lederzeugs geschenkt, aber ob er *damit* eine Freude gehabt hätte?

Beschwingt stieg ich eine halbe Stunde später wieder in den Mazda. Wenigstens einen Teil meiner Last war ich losgeworden, für den ledernen Rest würde mir schon auch noch was einfallen.

Zunächst musste das Zeug getrocknet werden, also legte ich es erst einmal im Kofferraum auf. Es hatte schon achtundzwanzig Grad im Schatten, im Auto würde es im Nu trocken sein.

Da mein Magen schon etwas Nachschub anforderte, setzte

ich mich mit Draco in einen hübschen Biergarten, bestellte ein kleines Gulasch und ein Bier und überlegte.

Da läutete mein Handy. Es war Hermanns Sekretär – beziehungsweise sein Ex-Sekretär. Er entbot mir natürlich zuerst brav seine Kondolenzwünsche, dann fragte er mich, ob ich ein paar persönliche Dinge aus Hermanns Büro abholen wolle.

»Das trifft sich ja sehr gut«, sagte ich, »ich bin zufällig gerade in Wien, ich komm am besten gleich vorbei.«

Mister Akne öffnete mit einem zu ihm passenden Leidensblick. Ich nickte ihm verständnisvoll zu.

»Wo sind die Sachen, bitte?«

Er führte mich in Hermanns Büro. »Im Wesentlichen der Schreibtisch und der große Schrank an der Wand. Er ist verschlossen, aber ich glaube, der Schlüssel vom Schreibtisch passt. Ich wollte nicht …«

»Danke«, sagte ich und setzte mich in Hermanns Chefsessel. Der Herr Sekretär zuckte förmlich zusammen, als ich den Sessel entweihte.

»Ähem!« Ich räusperte mich dezent. »Würde es Ihnen etwas ausmachen, wenn ich eine Zeit lang allein hier verweilen würde?« Ich tupfte mir die absolut unfeuchten Augen und schniefte leicht. »Ich würde mich gerne … äh … verabschieden …«

»Natürlich. Verzeihen Sie meine Unaufmerksamkeit!«, sagte der diplomatisch geschulte Schreiberling und verzog sich – recht unwillig, wie mir schien – in sein Vorzimmer, wo er schließlich hingehörte.

Kaum war die Tür zu, schnappte ich mir den Schreibtischschlüssel und sperrte den Schrank auf. Anzüge und Reservehemden, ein Aktenkoffer, ein paar Schuhe, schwarze Socken. Alles fein säuberlich in diversen Fächern verstaut. In einer Schublade wohnte hauptsächlich Unterwäsche. Binnen Minuten beinhaltete die Lade auch ein einmalig gebrauchtes Domina-Set samt Peitsche. Ich schichtete noch die schwarzen Socken darüber, sodass man nicht sofort auf die Idee kam, Beate Uhse hätte die Lade gefüllt, und verschloss den Schrank wieder. Ich war *sehr* zufrieden mit mir!

Als Nächstes machte ich mich an den Schreibtisch. Zunächst räumte ich Lade um Lade leer, das Papierzeug stapelte ich auf einen Haufen, den Rest auf einen anderen. Nach einer Weile rief ich den Sekretär wieder herein.

»Also, da müssen Sie mir schon helfen«, sagte ich, »es wär mir recht, wenn Sie den Papierkram für mich durchsehen könnten!« Zur Unterstützung schenkte ich ihm einen hilflosen Augenaufschlag.

Seufzend setzte er sich zu mir und sortierte den Stapel, während ich das Kleinzeug durchsah. Vorwiegend waren es Stifte, Mappen, ein goldenes Feuerzeug, ein Taschenrechner, ein altes Handy, ein paar ausländische Münzen und Briefmarken – und ein Band »Shades of Grey« mit Lesezeichen so circa in der Mitte samt einer grauen Seidenkrawatte!

Der amtliche Papierstoß war deutlich höher als die paar Kleinigkeiten, die ich an mich nahm. Das Schreibzeug schenkte ich dem Sekretär zur Erinnerung an seinen Chef, den Rest stopfte ich schnell in meinen Rucksack. Schließlich war ich gespannt, wie weit Alma und Hermann in »Shades« gekommen waren.

»So, und jetzt zum Kasten«, sagte ich in gespielt harmlosem Ton. Ich nahm den Schlüssel aus dem Schreibtisch, sperrte den Schrank auf, warf einen flüchtigen Blick hinein und sagte: »Ach, wissen Sie was, Herr Leutgeb, Hermanns Kleiderschränke zu Hause sind übervoll. Wenn Sie etwas davon haben wollen, nehmen Sie es sich gerne, den Rest bringen Sie einfach zur Caritas. Ich habe keine Verwendung dafür. Es ist ohnehin nur unpersönliche Arbeitskleidung.«

»Gut, danke!«, sagte der Sekretär. Ich hatte meine Zweifel, ob ihm was passen würde, aber in einem Secondhandshop würde er anständig Geld dafür bekommen. Zumindest für die Anzüge! Was er mit dem Nuttenzeug machen würde, hätte mich zwar schon interessiert, aber das konnte ich ihn wirklich nicht fragen!

***

Lieber Jeremiah,

beinahe war ich gewillt, deinen positiven Voraussagen Glauben zu schenken. Aber ich habe zufällig beobachtet, wie Helene Handschellen

in einen Rucksack gesteckt und außer Haus gebracht hat. Sie hat mich nicht gesehen, aber mir wurde mit einem Schlag klar, wie die Sache gelaufen ist. Sie haben Hermann gefesselt – dazu mussten sie wohl zu zweit sein – und ihm dann etwas eingeflößt, was diesen Allergieschock ausgelöst hat. Wirklich genial! Die Idee hätte von mir sein können. Und dann wollte sich dieses Biest bei mir ein Alibi für die Nacht holen! Wie gut, dass ich sie hinausgeworfen habe!
Sie hatten sicher gehofft, die Ärzte würden feststellen, dass mein Vater an diesem Schock gestorben ist.
Aber da haben die beiden nicht mit mir gerechnet.
Wenn sie mich schon um meine Rache gebracht haben, dann will ich wenigstens das Geld meines Vaters. Ich werde heute noch zur Polizei gehen, mich zu erkennen und meine Erkenntnisse zu Protokoll geben. Es passt einfach alles zusammen. Den falschen Reisepass werde ich schon erklären können. Ich wollte eben nicht, dass mein Vater von vornherein wusste, wer ich war.
So, wie du es ja ursprünglich geplant hattest, wollte ich zunächst seine Zuneigung gewinnen. Sie müssen es mir einfach glauben. Und du wirst es bestätigen. Ich werde dich als meinen wertvollsten Zeugen angeben.
So wird doch alles noch ein gutes und gerechtes Ende finden.
Ich melde mich bei dir, oder die österreichische Polizei wird es vor mir tun. Dann liegt es in deinen Händen, mich von jeder Schuld freizusprechen – wie es ja auch deiner Berufung entspricht.

Ich liebe dich auch!
José

Sorgen und entsorgen

»Entsorgung von Material ist gut geglückt, Helene, aber wir müssen uns auch kümmern um junge Herr«, sagte Tereza, als sie mir das Frühstück servierte.

»Was schlägst du vor?« Ich verstand nicht genau, worauf sie hinauswollte.

»Fangen wir einmal an mit Zimmer«, sagte sie, »Gelegenheit ist günstig, junge Herr ist gerade gefahren fort.«

Ich löffelte mein Ei aus, nahm einen Schluck Kaffee und wischte mir den Mund ab. »Na dann!«

Ein wenig kam ich mir vor wie eine Diebin im eigenen Haus. Mein Herz klopfte, als wir das Kellerzimmer betraten. Ich war nicht wieder unten gewesen, seit mich Armando – José – hinausgeworfen hatte. Meine wieder vernachlässigten weiblichen Regionen erinnerten sich an gewisse Vorfälle, vor allem, als ihnen mein Auge das Bild vom Bett zusandte. In meinem Busen zerrten tausend Fäden, mir war, als würde die Brust um eine halbe Körbchengröße wachsen. Ich stoppte den Prozess, indem ich meinen Blick entschlossen vom Bett wegriss. Tereza machte sich am Computer zu schaffen. »Schau ich besser, ob er hat was Neues geschrieben«, sagte sie mit sorgenvollem Blick.

Ich durchwühlte inzwischen den Kasten und die Kommode. Nichts Ungewöhnliches zu finden. Unter dem Bett schaute ein Riemchen hervor. Ich bückte mich und förderte Armandos Rucksack zutage. »Wie unvorsichtig!«, rief ich und nahm die mir allzu bekannte Waffe heraus.

»Pass auf, Helene!«, rief Tereza. »Wenn die losgeht!«

»Ist sie denn nicht gesichert?« Ich hatte keine Ahnung, woran man das sehen konnte. Tereza nahm das Ding vorsichtig in die Hand und zeigte mir fachmännisch, wie man die Waffe sichern beziehungsweise entsichern konnte.

»Woher kennst du dich mit Waffen aus?« Tereza erstaunte mich immer wieder aufs Neue.

»Auf Bauernhaus es gibt immer Waffen. Musst du verteidigen Schafe gegen Wolf oder erschießen Hund, wenn alt. Ganz normal.«

»Glaubst du, er hätte Hermann wirklich erschossen?«

»Oja! Das ich glaube ganz sicher. Schau her, was er hat geschrieben in seine letzte zwei E-Mails!«

Du meine Güte! Er wollte wirklich Ernst machen und mich bei der Polizei anschwärzen! Er war durchtrieben und falsch! Und ich hätte mich ihm beinahe an den Hals geworfen. Sogar auf meine Villa verzichtet! Gott, was war ich dumm gewesen!

Mit Grauen dachte ich daran, wie er es geschafft hatte, dass ich meine Fingerabdrücke so plump auf seine Pistole setzte, wo sie übrigens sicherlich immer noch klebten. Ich suchte ein Tuch und polierte die Pistole blitzblank.

»Was soll ich denn jetzt mit dir machen?«, fragte ich das Unding.

»Am besten, du gibst sie mirrr zurrück!«

Ich wirbelte herum. Armando stand in der Tür, sein Blick verhieß nichts Gutes. »Was machst du in meinem Zimmerr, Elene?«, grollte er.

Tereza hatte sich blitzschnell hinter der Tür versteckt und bedeutete mir, sie nicht zu verraten. Mit gespielt unschuldigem Blick wandte ich meine Aufmerksamkeit dem Feind zu.

»Ich … ich wollte dich sehen«, log ich.

»Du hast genau gewusst, dass ich nach Wien fahren wollte. Leider habe ich den Zug verpasst. Ich habe mich sehrr geärrgert, aber jetzt sehe ich, dass es das Schicksal mit mirr gut gemeint hat!« Sein Blick war eiskalt. »Und jetzt gib mirr endlich meine Pistole!«

»Du wolltest ihn damit erschießen, Armando – José!«, sagte ich. Triumph klang aus meiner Stimme. Er erschrak auch, hatte sich aber schnell wieder im Griff.

»Woherr weißt du?« Er trat ein paar Schritte auf mich zu.

Jetzt wurde mir so richtig unbehaglich zumute. Hatte Tereza nicht gemeint, er sei zu allem fähig? Ich schickte ihr schnell einen fragenden Blick, sie deutete auf die Pistole.

»Bleib, wo du bist!«, rief ich mutig, was mit einer Waffe in der Hand und einer streitbaren Witwe im Blickfeld auch keine große

Kunst war. Armando hielt zwar inne, aber sein Blick verriet keine Angst.

»Mach dich nicht lächerlich, *mi amor*, das trraust du dich sowieso nicht!«

Ich entsicherte die Waffe, wie Tereza es mir gezeigt hatte. Armando wurde nun doch leicht nervös.

»*Ein* Morrrd ist dirrr nicht genug?«, zischte er, sein blauer Blick durchbohrte mich wie ein Eiszapfen. Wie hatte ich früher die Ähnlichkeit mit Hermann übersehen können!

»Was redest du da, wen soll ich ermordet haben?«

»Du und deine fette Putzfrau, ihr habt ihn auf dem Gewissen. Ich weiß jetzt auch, wie ihrr es gemacht habt!«

Tereza hatte sich die ganze Zeit über versteckt gehalten, aber als Armando sie »fette Putzfrau« schimpfte, entfuhr ihr ein spontaner Laut der Entrüstung.

Erschrocken drehte sich Armando um.

»Rühr dich nicht vom Fleck!«, schrie ich hysterisch und fuchtelte wild mit der Waffe in der Luft. Armando drehte nur kurz den Kopf zu mir, rümpfte die Nase und versuchte, Tereza zu packen. Ich war wütend, hatte Angst, er könnte Tereza etwas antun – und was würde er dann mit mir machen? Ich schloss die Augen und drückte ab.

Der Knall war so laut, dass ich augenblicklich die Waffe fallen ließ. Genauso plötzlich und ohne Vorwarnung verließ mein Blut seine gewohnten Bahnen, in meinen Ohren erhob sich ein tosender Sturm. Aus weiter Ferne hörte ich einen Hund bellen, dann ging ich zu Boden.

Als ich die Augen wieder aufschlug, beugte sich Tereza sorgenvoll über mich. »Helene, was du machst für Sachen!«

Ich setzte mich auf, langsam dämmerte mir, was geschehen war. Ich wagte es kaum, den Blick schweifen zu lassen. Tereza bemerkte meine Angst.

»Alles in Ordnung!« Grinsend deutete sie aufs Bett.

Dort lag Armando, eingeschnürt mit einer Wäscheleine wie ein Wickelkind, den Mund mit einem Tuch verbunden. Draco saß vor ihm und fixierte ihn.

»Hund ist schon gut abgerichtet, gratuliere!«, sagte Tereza.

»Was ist passiert?«, wollte ich wissen. »Warum lebt der da noch?«

»Bist du miserable Schützin!«, lachte sie und zeigte auf ein Loch im Türstock. »Aber junge Herr sehr schreckhaft!« Armando mhhmte bei der Bemerkung.

»Junge Herr kurz abgelenkt«, setzte Tereza unbeirrt fort, »da hat ihm fette Putze Vase übergebraten.« Stolz zeigte sie auf die Scherben am Fußboden. »Ich sie gleich wegkehre!«

Armando wälzte sich unruhig auf dem Bett. Draco knurrte.

»Hund hat auch gehört Schuss und kommt in Zimmer gerannt, er auf junge Herr springen, kann fette Putze junge Herr verschnüren!«

»Was sollen wir denn jetzt mit ihm machen?«

Tereza zuckte mit den Schultern. »Denke, wir ihn müssen entsorgen.«

»Du meinst …?«

Tereza nickte. »Ist Bestes für alle«, sagte sie trocken.

Freilich war eine endgültige Lösung immer einem Kompromiss vorzuziehen, aber wie sollte denn diese Entsorgung so schnell vonstattengehen, ohne lästige Spuren zu hinterlassen? *Eine* fragwürdige Leiche im Haushalt strapazierte mein Nervenkostüm schon genug, eine zweite wäre mein Tod.

»Und wie stellst du dir das vor?«

»Mhmm!«, kam es von Armandos Seite. Er dachte wohl, er hätte in der Sache ein Mitspracherecht.

»Vielleicht er begeht Selbstmord?«

»Warum sollte er das tun?«

»Weil ist tot sein Vater?«

»Ich weiß nicht recht«, sagte ich. Ich bezweifelte, dass man das der Polizei glaubhaft verkaufen konnte. »Was passiert eigentlich, wenn er sich erschießt?«, dachte ich laut.

Armando strampelte wild. Draco legte eine Pfote auf ihn, und sofort erstarrte er wieder. »Braver Draco!«, lobte ich ihn.

Tereza dachte nach. »Kommt darauf an«, sagte sie. »Wenn er sich hält Pistole in Mund, dann kommt Hirn heraus hinten. Wenn er sich hält an Seite, dann kommt Hirn raus andere Seite.«

»Hör auf!«, rief ich angeekelt. Das viele Blut! Ich könnte keinen

Fuß mehr in diesen Raum setzen. »Kommt nicht in Frage!«, sagte ich. Armando schien beruhigt.

»Wie wär's mit Hund?«, schlug Tereza vor.

»Meinst du, er könnte ihn töten?«

»Ist Pitbull Terrier. Wäre nicht erste Hund, der tötet Mensch!«

Die Idee war zumindest besser als die erste, aber würde sie auch sauberer sein?

»Macht aber auch viel Blut, oder?«

»Kann man nicht schließen aus, aber können gehen in Wiese, dann ist Blut nicht so schlimm.«

Ich zögerte. Vor ein paar Wochen noch hätte ich kein Problem damit gehabt, aber jetzt dachte ich auch an Draco.

»Angenommen, Draco beißt ihn wirklich tot, was geschieht dann mit ihm?«

»Möglich, dass er wird eingeschläfert«, gab Tereza zu, »aber ist nicht größtes Problem. Vielleicht du musst in Gefängnis, weil verantwortlich für Hund?«

Erleichtert stellte ich fest, dass auch diese Methode nicht in Frage kam. Aber Terezas Tipp mit Draco und dem Garten hatte mich zu einer anderen Idee inspiriert.

»Wie wär es, wenn Draco ihn wieder einmal in den Pool schubst? Schließlich hat er das ja schon einmal gemacht – Alma könnte das bezeugen. Tja, und da Armando leider nicht schwimmen kann …«

»Ist super Idee«, lobte mich Tereza, »und ganz sauber!«

Armandos Augen waren mittlerweile riesig groß geworden. Ich war über das Stadium des Mitleids bereits hinaus. Schließlich hatte er doch vorgehabt, meinen Mann umzubringen und mich zur Witwe zu machen! Ich meine, die bloße Tatsache, dass ich grundsätzlich nichts gegen eine Witwenschaft einzuwenden gehabt hätte, gab ihm schließlich noch lange nicht das Recht, das ohne mein Einverständnis zu tun!

»Wir können ihn aber nicht so eingeschnürt nach oben bringen.«

»Und Auswickeln ist zu gefährlich«, meinte Tereza.

»Weißt du was, Tereza«, schlug ich vor, »lass uns erst einen Drink nehmen, dann überlegen wir weiter.«

Tereza ließ mich kurz mit Hund und Gefangenem allein. Armando sah mich flehend an.

»Du hast mich betrogen und belogen«, flüsterte ich. »Du bist um nichts besser als dein Vater, dafür wirst du sterben!«

Tereza kam mit einer Flasche Glenfiddich 18 zurück. Ich nahm einen tiefen Schluck, er brannte herrlich mild meine Kehle hinunter. »Sollen wir ihm einen Henkersschluck gönnen?«, schlug ich gnädig vor, dabei kam mir der rettende Gedanke.

»Was ist, wenn wir ihn betrunken machen? Das erklärt, warum er ertrunken ist – und (ich war ja so zuvorkommend) er spürt nichts, wenn er ersäuft. Ich weiß nicht, ob er sich so einen schönen Tod verdient hat, aber wollen wir mal nicht so knausrig sein, vergönnen wir ihm eine letzte Flasche Scotch.«

Wir hatten alle Mühe, Armando die ersten paar Gläser einzuflößen, aber mit zunehmender Trunkenheit wehrte er sich immer weniger. Schließlich hielten wir ihn für alkoholisiert genug und lösten seine Fesseln. Er rührte sich kaum noch. Zur Sicherheit hatten wir ja immer noch unseren Wachhund.

»Wir sollten ihm anziehen Badehose«, sagte Tereza, »schaut aus glaubwürdiger!«

Wir entkleideten ihn zu zweit. Es war eine schöne Arbeit, sie hatte fast etwas Sakrales, aber wehmütig war mir schon zumute, als ich seinen hübschen Sixpack freilegte und den knackigen Po in die Badehose zwängte. Sein Glied schob ich liebevoll in die dafür vorgesehene Ausbuchtung.

Tereza waren meine sehnsuchtsvollen Blicke nicht entgangen. »Ist es nicht wert. Auch andere Mutter hat schöne Sohn!«

Und schöner Sohn hat hoffentlich anderen Vater, dachte ich bei mir.

Ich hängte dem schönen, betrunkenen Sohn noch einen Bademantel um, dann zerrten wir ihn über die Stiegen nach draußen. Draco folgte uns auf den Fersen.

Als Armando das Schwimmbecken sah, wurde er unruhig. Er ließ sich dennoch widerstandslos an den Beckenrand setzen. Ich nahm ihm den Bademantel ab und warf ihn auf eine Liege. Alles sollte möglichst natürlich aussehen, wenn man ihn fand.

»Draco, fass!«, rief ich. Es lebe die Hundeschule! Armando

zuckte zusammen, aber bevor ihn der Hund schnappen konnte, war Armando-José schon von allein ins Wasser gefallen.

Der Sprung ins kalte Nass schien ihn etwas zu ernüchtern. Prustend und spuckend versuchte er, sich am Rand hochzuziehen, aber da hatte er nicht mit Draco und Tereza gerechnet. Draco stand zähnefletschend am Beckenrand, und Tereza hielt die Waffe auf ihn gerichtet. Er versuchte es auf der anderen Seite, keine Chance. Draco folgte ihm um das ganze Becken herum, dabei bellte er sich die Seele aus dem Leib. Es war verdammt laut, aber ich wollte ihn nicht von seiner Beute ablenken. Also ließ ich ihn weiterbellen, in der Hoffnung, dass die Nachbarschaft nicht rebellisch würde.

Nach einer Zeit wurden Armandos Bewegungen zwar langsamer, aber er übergab sich mehrmals ins Wasser, was ihn leider nüchterner machte.

»Soll ich helfen nach mit Waffe?« Tereza hielt die Pistole verkehrt, um anzudeuten, dass man sie durchaus auch als Schlaginstrument verwenden könnte.

»Ist zu gefährlich. Das kann man nachher feststellen. Du weißt schon. Fremdverschulden!«, sagte ich.

Minuten später ruderte Armando immer noch im Wasser herum, ich hatte nicht gedacht, dass sich ein Nichtschwimmer so lange würde halten können.

Da ertönte die Türglocke. Ich sah Tereza erschrocken an.

»Ich gehe«, bot sie sofort an. »Vielleicht ein Nachbar, der beschwert sich über Hund!«

Gott gebe es, hoffte ich und wandte mich wieder meinem Opfer zu. Nicht zu spät, denn auch er hatte die Türglocke vernommen und wollte durch Schreien auf sich aufmerksam machen. Zum Glück schluckte er dabei so viel Wasser, dass er damit aufhören musste, wollte er nicht ertrinken. Sein Überlebenswille machte mir Angst, er war nach wie vor ungebrochen, wohingegen meine mentalen Kräfte langsam schwanden. Wie lange sollte das noch so gehen? Mein Nervenkleid war in letzter Zeit ohnehin auf ein Miniröckchen geschrumpft.

Ich war einem Herzinfarkt nahe, als zu allem Überfluss auch noch mein Handy läutete!

Es war meine Mutter.
»Was hat denn der Hund?«, fragte sie, ohne mich zu begrüßen.
»Ach, eine Katze, glaub ich.« Ich bedeutete Draco, dass er Armando weiter bewachen sollte, und zog mich kurz ins Wohnzimmer zurück, um meine Mutter abzuwimmeln. Ich hätte wissen müssen, dass das nicht so schnell ging.
»Ich hab ein phantastisches Bestattungsinstitut für dich gefunden, Helene. ›Unvergesslich‹ heißt es. Die bieten ganz exquisite Sachen an, angefangen beim Sarg. Einmalig. Und es ist ganz in deiner Nähe. Ein gewisser Herr Glück wird sich mit dir in Verbindung setzen.«
»Mutter, ich hab noch nicht einmal einen Termin!«
»Das kann doch jetzt nicht mehr lange dauern, mein Gott. Die können Hermann doch nicht ewig behalten!«
Meinetwegen schon, dachte ich, aber natürlich wäre er auch mir in Form von Staub oder Asche wesentlich lieber gewesen denn als Tiefkühlprodukt.
»Dein Wort in Gottes Ohr«, sagte ich, schon um meiner Mutter keine Streitbasis zu schaffen. »Horch, ich bin gerade sehr beschäftigt, Mutter, ich ruf dich zurück, okay?«
»Was machst du denn so Wichtiges, dass du nicht einmal ein paar Minuten für deine Mutter übrig hast?«
»Erklär ich dir später, Mutter, wirklich.«
»Herr Glück meldet sich morgen früh bei dir …«
»Ja, ja!« Ich beendete das Gespräch und ging in den Garten zurück. Irgendetwas fehlte mir, es war so ruhig geworden. Draco!
Im selben Moment, in dem ich begriff, dass Draco nicht mehr am Pool war, sah ich Armando auch schon auf mich zuwanken. Er hatte die Pistole in der Hand. Tereza hatte sie auf einer Liege abgelegt, sie hatte sie ja nicht gut zur Tür mitnehmen können.
Armando versuchte, auf mich zu zielen, allerdings hatte er große Schwierigkeiten, aufrecht stehen zu bleiben. Ich wagte es nicht, mich zu bewegen. Ein Schuss würde genügen, und ich wäre schneller im Grab als Hermann. Nein, ich wollte nicht sterben. Nicht jetzt!
»Draco!«, rief ich und tat, als käme er gerade von hinten auf Armando zugerannt. Armando reagierte, wie ich es erhofft hatte,

er drehte sich um. Nur, leider reagierte *ich* nicht so schnell, wie ich das aus Fernsehfilmen kannte. Ich war zu Armando geeilt, um ihm im Augenblick der Unachtsamkeit die Waffe zu entreißen, doch er hatte sich schon wieder umgedreht, bevor ich bei ihm angekommen war. Sein Blick war voller Hass. Er hob die Waffe. Aus dem Augenwinkel sah ich einen Schatten auf mich zukommen. Draco hatte mein Rufen gehört. Ein Schuss zerriss die Spannung, es stank nach Verbranntem. Draco lag auf Armando. Die Fliesen unter ihm färbten sich langsam rot. Ich zitterte am ganzen Körper, konnte mich aber nicht vom Fleck rühren. Er wird doch nicht tot sein?

»Draco?«, sagte ich sanft.

Plötzlich nahm ich erneut eine Bewegung hinter mir wahr.

»Tereza! Draco!« Mehr brachte ich nicht über die Lippen.

Tereza schnappte Draco am Halsband und zog ihn von Armando weg. Der Hund war voller Blut, aber er hatte keinen Kratzer abbekommen. Armando war tot.

***

Lieber José,

wie freut es mich, dass du endlich zur Vernunft gekommen bist. Verrate mir nur noch, unter welchem Namen du bei deinem Vater aufgetaucht bist. So wird es für mich einfacher, der Polizei glaubhaft zu machen, dass du in Wirklichkeit José Minera bist, mein Schützling. Und dann komm heim!
Hast du auch noch genügend Geld für den Rückflug? Ich kann dir gerne etwas vorstrecken.
Bitte teile mir mit, wie es bei der Polizei gelaufen ist. Ich bin so froh! Du bist wieder auf dem rechten Weg, und der Herr ist auf unsere Seite zurückgekehrt!

Ich spüre es, wir sind bald wieder vereint!
In Liebe, Jeremiah

Frei?

Langsam begriff ich. Draco hatte mir soeben das Leben gerettet. Dieser Hund, den ich anfangs so verabscheute, weil Hermann ihn mir in gemeiner Absicht aufgezwungen hatte, war nun mein Held.

»Komm her, Draco!« Trotz des ganzen Blutes wollte ich ihn zärtlich in die Arme nehmen, so dankbar war ich dem hässlichen Tier.

»Nicht!«, rief Tereza.

»Aber er hat mir das Leben gerettet!«

»Kann schon sein. Aber du machst dich ganz dreckig, und das jetzt ist sehr ungünstig!«

»Wieso das denn?« Ich war über Terezas gefühllose Anwandlung erstaunt.

»Weil in Wohnzimmer wartet Inspektor!«

»Du meine Güte! Was will er denn?«

»Er nicht gesagt. Aber du besser gehst schnell hinein, sonst er kommt womöglich heraus!«

Ich blickte kurz an mir hinunter. Ein paar Spritzer Blut waren an meiner Hose und an den Schuhen. Ich musste seine Aufmerksamkeit also in andere Gefilde lenken.

»Ich mich kümmere einstweilen um Sauerei hier!«, sagte Tereza, und so eilte ich in die Höhle des Löwen.

Der Inspektor stand an der Terrassentür und versuchte gerade, die Beschattung zur Seite zu schieben, als ich eintrat. Verdammt! Er würde geradewegs zum Schwimmbecken hinübersehen!

Ich räusperte mich.

»Ah, Frau Winter!«, sagte er. »Was war denn das für ein Lärm da draußen?«

»Wir hatten einen kleinen Unfall, mein Hund und ich – beziehungsweise eine Katze!«, erklärte ich. »Was bringt Sie zu mir, Herr Kommissar?«

Der Polizist hatte zwar aufgehört, an der Jalousie herumzufummeln, stand aber immer noch unschlüssig am Fenster. »Ich wollte Ihnen schon zu Hilfe eilen«, sagte er und ignorierte meine Frage. »Das war doch kein Schuss, was ich da gehört habe?«

»Aber nein, was denken Sie denn! Der Hund, Herr Inspektor, der wird noch mein Sargnagel!«, versuchte ich den Polizisten zu beruhigen. Leider war sein Blick in der Zwischenzeit an meinen Schuhen hängen geblieben.

»Ist das Blut?« Es war mehr eine Feststellung denn eine Frage.

»Es ist mir echt peinlich, Herr Kommissar«, ich begann zu schwitzen, »ich muss es gestehen: Draco hat soeben eine Katze gerissen. Ich wollte es verhindern und hab unabsichtlich unseren Gartentisch umgeschmissen, dabei ist eine Sektflasche detoniert. Schade um den guten Sekt – und die Katze hat er erst recht erwischt.« Ich sah den Kommissar erschrocken an. »Muss ich das jetzt polizeilich melden?«

Der Kommissar lachte. »Das kommt darauf an. Kennen Sie denn die Katze? Ich meine, wissen Sie, wem sie gehört?«

»Keine Ahnung!«, behauptete ich. »Vermutlich ein Streuner. Sie wissen schon, einer von diesen nächtlichen Ruhestörern. Wenn Sie mich fragen, nicht wirklich schade um ihn!«

»Wem sagen Sie das«, gab mir der Kommissar recht. »Stecken Sie den Kadaver in einen Sack und bringen Sie ihn zur nächsten Sammelstelle. Oder – wissen Sie was, ich nehme ihn gleich selbst mit, wenn Sie wollen. Ich fahre ohnehin vorbei!«

Es gibt nichts Schrecklicheres als Hilfsbereitschaft am falschen Platz!

»Bemühen Sie sich nicht, Herr Kommissar. Ganz lieb, wirklich, aber Tereza ist schon dabei, das für mich zu erledigen«, sagte ich fest. »Nun, was bringt Sie eigentlich zu mir?«

»Ach ja, richtig, das hätte ich jetzt beinahe vergessen.«

Endlich war es mir gelungen, ihn von dem dummen Zwischenfall abzulenken.

»Frau Winter«, sagte der Kommissar feierlich, »ich habe Ihnen eine gute Neuigkeit mitgebracht. Der Leichnam Ihres Mannes ist freigegeben.«

Ich ließ mich erleichtert aufs Sofa fallen. »Na, das ist jetzt mal wirklich eine schöne Neuigkeit. Danke, Herr Kommissar, so etwas kann ich gerade gut gebrauchen. Setzen Sie sich doch zu mir.«

»Danke. Das glaub ich Ihnen gerne, dass Sie erleichtert sind«, der Polizist tätschelte mir die Hand, »deswegen habe ich Ihnen die Papiere auch gleich selbst vorbeigebracht.« Meines Erachtens hätte er mit dem Tätscheln gerne aufhören können, ich war mir auch nicht sicher, ob es ein väterliches Tätscheln war. »Wissen Sie, der Amtsarzt ist halt ein ganz Genauer«, sagte er, während meine Hand schon halb weich geklopft war. »Und diese Druckstellen an den Handgelenken, Sie wissen schon, hätten natürlich auch auf ein Gewaltverbrechen hindeuten *können*. Man kann es zumindest so sehen.«

»Und wie hat er sich jetzt nach dieser langen Zeit doch noch von seiner Theorie abbringen lassen?« Es gelang mir, meine Hand aus der seinen zu ziehen. Ich musste allerdings das Verlangen unterdrücken, die Hand abzuwischen.

»Tja«, sagte der Kommissar, »das ist ein wenig heikel. Wir wissen nämlich jetzt, woher die Druckstellen stammen.«

Ich setzte mich schnell auf meine Hände, um ein weiteres tätschelndes Beschwichtigungsritual gleich im Keim zu ersticken. Außerdem war ich nervös und wusste nicht recht, was ich mit den Händen anfangen sollte.

»Ja? Ach, und woher?«, sagte ich. Ich war gespannt. So gerne ich den Gesetzeshüter auch wieder losgeworden wäre, das wollte ich jetzt wirklich wissen.

»Na gut. Nachdem Sie ja ohnehin schon Bescheid wussten, ich meine, über die Affären Ihres Gatten und, wenn Sie erlauben, ja auch selbst …« Der Kommissar räusperte sich, er wurde sogar ein wenig rot. Ich war ganz Ohr, was jetzt noch kommen würde.

»Eine Zeugin hat sich bei uns gemeldet. Sie hat zu Protokoll gegeben, dass sie kurz vor dem Tod Ihres Herrn Gemahls Geschlechtsverkehr mit ihm hatte und – jetzt kommt's – er dabei an den Handgelenken am Bett angebunden war.«

»Oh!«, sagte ich nur.

»Außerdem hat sie zugegeben, auch im Büro ihres Herrn Gemahls ab und zu mit ihm …«

»Ja? Ich kann Ihnen folgen«, sagte ich schwach.

Ich hatte den Fehler begangen, mir mit der Hand eine Strähne aus dem Gesicht zu streifen, und schon hatte der Gesetzeshüter sie wieder ergriffen.

»Also, was ich sagen wollte: Wir sind dann auch ins Büro gefahren und haben dort die entsprechenden Utensilien gefunden, mit denen Ihr Herr Gemahl offenbar ange… äh … angehängt war. Die Abdrücke haben exakt zueinandergepasst.« Er ließ mich los und griff sich erklärend ans Handgelenk.

»Und diese Zeugin – darf man wissen, wer sie ist?«

»Tut mir leid«, bedauerte der Herr Inspektor, »aber das darf ich Ihnen wirklich nicht verraten.«

»Gut, dann ist das immerhin geklärt«, sagte ich, denn auch mir ging ein Licht auf. Alma hatte ein schlechtes Gewissen bekommen, weil ich ihr von den Scheuermalen erzählt hatte, die nun Hermanns Begräbnis hinauszögerten. Sie war tatsächlich aufs Kommissariat gefahren, um die Sache zu klären. Wollte sie mich wirklich schützen? Das wäre ein einmaliger Freundschaftsbeweis gewesen!

Auf diese Erkenntnis hin hätte ich mir liebend gerne einen Drink verpasst, aber dann hätte ich dem Kommissar auch einen anbieten müssen. Allerdings wollte ich das Auge des Gesetzes aus verständlichen Gründen nicht mehr länger in meinem Hause wissen. Allein die Vorstellung, er könnte einen Blick in den Garten werfen, brachte mein Herz erneut zum Rasen. Niemals hätte die Polizei mir die Geschichte abgenommen, dass Armando sich selbst erschossen hatte. Dann müsste ich für etwas ins Gefängnis, was ich gar nicht getan hatte, während ich gerade von einem Mord freigesprochen worden war, den ich tatsächlich auf dem Gewissen hatte.

»Dann will ich Sie nicht länger aufhalten, Herr Kommissar«, sagte ich und erhob mich mit einem Ruck. »Ich muss jetzt wirklich unter die Dusche!«

Der Inspektor blieb ungerührt sitzen. »Der junge Mann«, sagte er, »ist der zufällig im Haus?«

»Armando? Nein. Er ist in Wien bei seinem Kurs. Kommt normalerweise erst am Abend zurück. Warum fragen Sie?«

»Wäre es möglich, sein Zimmer zu sehen?«

»Ja, natürlich. Wenn Sie mich vielleicht aufklären könnten, wieso? Ich dachte, der Fall sei jetzt abgeschlossen?«

»Vielleicht hat es ja gar nichts damit zu tun. Aber wissen Sie, auch wenn die Todesursache jetzt geklärt ist – es ist erwiesen, dass Ihr Mann Spuren von Nüssen im Magen hatte –, so können wir den Fall noch nicht ad acta legen. Wir wissen nämlich nicht, wie sie dorthin gekommen sind.«

»Na, er wird sie unabsichtlich gegessen haben, was denn sonst!«

»Oder jemand hat ihn dazu gezwungen«, sagte der Kommissar.

»Oh!«, sagte ich. »Und Sie meinen, Armando hätte was damit zu tun?«

»Das hab ich nicht gesagt. Ich würde einfach nur gerne einen Blick auf seine Sachen werfen.«

»Nun, wie Sie wünschen«, sagte ich. Es blieb mir nichts anderes übrig, als ihn in den Keller zu führen, wenn ich mich nicht selbst wieder verdächtig machen wollte.

»Bitte schön, Herr Inspektor!« Wir waren im Gästezimmer angekommen. Blitzschnell scannte ich den Raum nach »Verdächtigem«, was unsere Auseinandersetzung zuvor verraten könnte. Alles sah harmlos aus, ein wenig unordentlich vielleicht. Seine Wäsche war durchwühlt – wir hatten seine Badehose gesucht. Die Bettdecke war eingedrückt. Ich warf einen verstohlenen Blick auf den Türstock. Die verirrte Kugel steckte natürlich noch drinnen, man konnte sie aber kaum erkennen. Hoffentlich würde der Polizist nicht zu genau hinsehen!

Plötzlich erstarrte ich. Verdammt! Der Laptop! Tereza hatte ihn auf dem Nachtkästchen abgelegt. Den durfte er auf gar keinen Fall in die Hände kriegen, sonst müssten Tereza und ich uns bald eine Zelle teilen. Der Polizist war gerade dabei, die Schubladen der Kommode zu untersuchen. Vorsichtig ließ ich den Laptop unter die Bettdecke gleiten und setzte mich dann darauf.

»Dürfen Sie das eigentlich?«, fragte ich.

»Was?« Der Kommissar war rot im Gesicht vom Hinunterbücken. Sein Blutdruck war wohl auch erhöht. Kein Wunder bei der Figur!

»Na, ich meine, das Durchwühlen fremder Sachen ohne Hausdurchsuchungsbefehl.«

»Frau Winter!« Der Kommissar lächelte süffisant. »Wenn Sie

als Hausbesitzerin mir dazu die Erlaubnis erteilen, dann darf ich das wohl, oder?« Er zwinkerte mir vertraulich zu. Idiot!

»Es geht mich ja nichts an, Frau Winter ...«, sagte er, als er mit der Wäsche fertig war, und setzte sich zu mir aufs Bett. Meine Hände wurden in Vorerwartung schon feucht.

»Der junge Mann«, der Inspektor kam mir verdammt nahe, unterließ es diesmal aber, mich zu tätscheln, »der ist nichts für Sie.«

»Sie haben ganz recht«, sagte ich knapp, »das geht Sie nichts an.« Eigentlich wollte ich von ihm abrücken, aber ich konnte den Laptop unter mir nicht ungeschützt lassen, deshalb blieb ich sitzen.

Inspektor Moravec nahm wieder einmal väterlich meine Hand in die seine. »Er ist nicht derjenige, der er vorgibt zu sein«, sagte er.

»Wie bitte? Was soll das heißen?«

»Sein Pass. Er ist gefälscht!«

»Oh«, sagte ich erneut. Was hätte ich auch anderes sagen können.

»Ich bin fürs Erste hier fertig«, sagte der Inspektor und stand endlich auf. Ich erhob mich vorsichtig und strich die Decke glatt.

»Wenn er heute nach Hause kommt, sagen Sie ihm doch bitte, dass er mich anrufen soll.« Er gab mir seine Visitenkarte. »Aber sagen Sie es ihm bitte so neutral wie möglich. Seien Sie so lieb.«

Ich nickte und brachte ihn zur Tür. Er tätschelte mir noch einmal die Hand, dann war er endlich draußen.

Ich schlug das Kreuzzeichen und atmete einmal tief durch. Ich musste Tereza bei der Beseitigung aller Spuren helfen, bevor die Polizei wieder vorbeikam. Armando würde sich nicht melden – wie auch –, sie würden ihn also bald suchen lassen.

Ich wischte die Schweißspuren des Inspektors von meinen Händen auf meine Hose, da läutete es erneut an der Tür. »Was zum Teufel ...?«, zischte ich und blickte durch den Spion. Moravec war zurückgekehrt.

»Jetzt habe ich ganz vergessen, Ihnen die Dokumente zu geben, für den Bestatter. Deswegen bin ich ja eigentlich gekommen!«

Ich glaubte ihm natürlich kein Wort, nahm sie dennoch dankbar entgegen. »Bis zum nächsten Mal«, sagte ich schwach. Dann sperrte ich die Tür zu und verriegelte sie.

Erst jetzt brach ich zusammen. Ich ging in die Knie, zitterte am ganzen Körper, traute mich nicht, aufzustehen. Ständig hatte ich das Gefühl, der Kommissar würde zurückkommen und mir noch etwas tätscheln.

Als ich mir sicher war, dass dies nicht der Fall sein würde, erlaubte ich mir endlich, in Tränen auszubrechen.

In dieser Verfassung fand mich Tereza einige Zeit später vor, ein Häuflein Elend, an der Haustür kauernd.

»Ist ja gut«, sagte sie, zog mich hoch und bugsierte mich in die Küche, wo sie sofort den Teekessel anwarf.

»Ich glaube, ich brauche was Stärkeres!«, sagte ich.

»Kommt Rum hinein sowieso«, sagte sie. »Was wollte der Polizist eigentlich?«

Ich hielt ihr den Totenschein hin.

»Das ja ist phantastisch. Warum du weinst?«

Ich erzählte ihr die Geschichte von dem angeblichen Kater und klärte sie über Almas »Zeugenaussage« auf. Tereza amüsierte sich köstlich. »Läuft doch alles ganz prima«, sagte sie. Über die illegale Hausdurchsuchung war sie genauso wenig erfreut wie ich.

»Hast du gemacht großartig mit Laptop«, lobte sie mich, »müssen wir aufsetzen komplett neu!«

»Ich glaube, ich schmeiße ihn auch in die Donau!«, sagte ich. »Und Armando dazu!«

»Das ist, glaub ich, keine gute Idee«, sagte Tereza, »wenn findet man Leiche, sucht man auch Killer!«

Ich wusste natürlich, dass sie recht hatte.

»Was hast du denn mit ihm gemacht?«, fragte ich zögernd. »Und – wo ist Draco?«

»Ich hab ihn in Decke gewickelt, junge Herr meine ich, und in Weinkeller hinuntergetragen. Draco war noch eine Runde in Schwimmbecken und sitzt jetzt vor Kellertüre auf Wache. Ich glaube, wir müssen Wasser in Schwimmbecken wechseln!«

»Aber doch nicht jetzt?«

»Nein! Jetzt wir trinken Tee!« sagte Tereza und setzte sich zu mir an den Tisch. »Dann uns fällt sicherlich was ein.«

Das Teeglas wärmte meine Hände, der Rum mein Blut und Terezas Fürsorge mein Herz. Nach dem zweiten Glas fragte sie: »Warum du hast eigentlich Draco allein gelassen mit junge Herr in Becken, Helene? Das war nicht sehr gescheit.«

»Ja, das war wirklich mehr als fahrlässig«, gab ich zu. »Meine Mutter war am Telefon und hat sich nicht abwimmeln lassen. Und Dracos Bellen war so laut, da bin ich ins Wohnzimmer. Den Rest kennst du ja.«

»Was sie wollte so Wichtiges, deine Mama?«

»Sie hat ein angeblich traumhaftes Bestattungsinstitut gefunden, ›Unvergesslich‹ heißt es. Die rufen demnächst an. Als ob sie es geahnt hätte, dass das jetzt spruchreif wird!«

Da meine Lebensgeister allmählich wieder zurückkehrten, schlug ich vor, im Internet ein wenig nach passenden Särgen zu schauen. Schließlich musste ich mich nun wirklich um Hermanns Bestattung kümmern, und es war sicherlich nicht schlecht, wenn ich über Modelle und Preise schon etwas Bescheid wusste, bevor mir der unvergessliche Sargtischler irgendetwas Sündteures aufschwatzen wollte.

Ich holte meinen Laptop, und schon ging es los. Ich hatte ja keine Ahnung, wie viele verschiedene Modelle es auf diesem Sektor gab. Für mich hatte jeder Sarg bis jetzt gleich ausgesehen. Sarg eben.

Tereza und ich hatten modellmäßig völlig unterschiedliche Vorstellungen. »Keine betenden Hände! Auf gar keinen Fall!« Darauf bestand ich, während Tereza entsetzt war über meinen Hang zum puristischen Kastenmodell. »Schaut aus wie Armenbegräbnis nach Pest. Ganze Nachbarschaft hat Platz!« Tereza rümpfte angewidert die Nase.

»Tereza! Du bist ein Genie!« Ich fiel ihr um den Hals, wobei ich sie beinahe vom Stuhl kippte.

»Was ist, bist du betrunken?«

»Kann sein«, sagte ich, immerhin hatten wir schon das dritte Glas Rum mit Tee intus. »Tereza, du hast gerade unser Problem gelöst. Wir nehmen einen großen Sarg, lassen Hermann bei uns im Wohnzimmer aufbahren, so wie es meine Mutter vorgeschlagen hat, und in der Nacht jubeln wir ihm Armando unter. Vater und Sohn im Tod vereint, ist das nicht großartig?«

»Ist phantastisch!«, lobte mich Tereza. Sie ersparte sich, erneut Tee aufzubrühen, und setzte sich die Rumflasche gleich direkt an. »Auf eine schöne Leiche!«

»Auf eine unvergessliche Bestattung!«, konterte ich, während ich ihr die Flasche aus der Hand nahm.

Unvergesslich

Schon beim Überschreiten der Türschwelle eilte Herrn Glück eine »unvergessliche« Aura voraus, die einen umfing wie schleichender Bodennebel. Seine hängenden Schultern und sein anteilnehmender Blick gaben mir zu verstehen, dass er mir die Trauerbürde abnehmen wollte. Mit seinen kalten Händen umklammerte er die meinen, als wäre soeben seine eigene Gattin verschieden.

»Bitte kommen Sie doch weiter!«, bat ich ihn aufmunternd ins Wohnzimmer.

Anerkennend ließ er seinen Blick über die Jugendstilkredenz bis zur angegliederten Bar schweifen.

»Möchten Sie einen Drink?«, bot ich ihm an.

»Um Gottes willen, nicht im Dienst! Ich habe nur Ihr äußerst geschmackvolles Ensemble bewundert.« Herr Glück war die Inkarnation der Korrektheit. »Aber wenn Sie eventuell eine Tasse Tee für mich hätten – falls es nicht zu viele Umstände macht«, ergänzte er.

Ich musste Tereza nicht benachrichtigen. »Russisch oder Früchte?«, kam es aus der Durchreiche.

»Haben Sie vielleicht auch Pfefferminze?«

»Ja, wir haben!«, sagte sie in abfälligem Ton. Es fehlte noch, dass sie »Das arme Wasser« sagte. Aber Tereza wäre nicht Tereza gewesen, wenn sie die leicht grünliche Flüssigkeit nicht exakt fünf Minuten nach der Bestellung auf dem Spitzendeckchen vor Herrn Glück abgestellt hätte.

Er hatte mir in der Zwischenzeit eine riesige Mappe vorgelegt, mit deren Unterstützung er mir zunächst einmal einen Einblick in seine traditionsreiche Firma und deren Philosophie gab.

»Mir einen starken Kaffee!«, flüsterte ich Tereza zu. Sie grinste schadenfroh.

»Wir begleiten Sie in dieser schweren Zeit und achten und respektieren Ihre Wünsche«, sagte er. »Und vielleicht gelingt es uns sogar, ein wenig Licht in diese düsteren Tage zu bringen, indem wir die Erinnerung an den Verstorbenen hell erstrahlen lassen.« Mit einem tiefen Seufzer der Ergriffenheit nahm er einen Schluck Pfefferminztee.

Dann fuhr er fort: »Haben Sie sich schon überlegt, ob Sie eine traditionelle Erdbestattung oder eine Einäscherung bevorzugen?«

»Ähm«, sagte ich mit einem Anflug von Unsicherheit, »ich bin mir nicht sicher. Können Sie mir etwas empfehlen?«

»Ach, wissen Sie, das kommt ganz auf Ihren persönlichen Geschmack an«, sagte er. »Am Finanziellen wird es bei Ihnen ja wohl nicht scheitern!« Er unterstrich seine Feststellung mit einem kurzen Lachen.

»Auf gar keinen Fall!«, rief ich entrüstet. »Mein Mann verdient einen Abgang, der seine großen Taten in der hiesigen Welt widerspiegelt!«

»Das haben Sie aber schön gesagt«, lobte mich Herr Glück. Ich war sehr stolz auf mich.

»Sie können Ihrer großen ... äh ... Trauer ... natürlich mit einem Luxussarg Genüge leisten«, sagte Herr Glück, »aber Sie können auch eine alternative Bestattung wählen und aus der Trauerfeier für Ihren Gatten etwas *ganz* Besonderes machen, etwas *Unvergessliches* eben, wie unsere Firmenphilosophie schon besagt.«

»Wie zum Beispiel?«

Mein Interesse an einer »alternativen Bestattung« hatte Herrn Glücks Augen zum Leuchten gebracht.

»Also, wir hätten da einmal die Möglichkeit einer Baumbestattung, die im Moment recht großen Anklang findet.« Er zeigte mir ein hübsches Bild von einem Park, der mit Kreuzen durchsetzt war.

»Der Baum gilt als Sinnbild der Kraft und des Fortbestehens, der Verstorbene lebt in ihm weiter«, sagte er. »Eine klassische Grabpflege wie auf dem Friedhof ist in dem Fall auch nicht notwendig, das übernimmt die Natur!«

Sah er mir den Widerwillen gegen Gartenarbeit aller Art an?

»Sie können Ihr Grab dann auch virtuell besuchen – wenn Sie einen Internetzugang haben. Aber die meisten Leute haben so was ja heutzutage, nicht wahr!« Er trank seinen Pfefferminztee leer.

»Also, ich weiß nicht so recht. Mein Mann war eigentlich nicht so mit der Natur verbunden …«

»Was war er denn von Beruf, wenn ich das fragen darf?«

»Diplomat. Im höheren Dienst«, sagte ich stolz.

»Ah! Dann sind Sie sicherlich viel gereist. Da hätte ich vielleicht etwas für Sie.« Er blätterte in seinem Katalog.

»Ah, da haben wir es ja. Eine Weltraumbestattung!«

Er unterstrich die Grandezza seines Vorschlags mit einer längeren Sprechpause.

Ich zeigte großes Interesse. »Wie darf man sich so etwas vorstellen?«

»Ah, gnädige Frau, für Menschen, die gerne nach den Sternen greifen, eine außergewöhnliche Möglichkeit. Ein Teil der Asche wird in einer Urne in die Mondumlaufbahn gebracht oder in einen ewigen Orbit rund um die Erde geschickt.«

Der Gedanke, Hermann würde bis an mein Lebensende um mich kreisen, beglückte mich nicht sonderlich; dass ich ihn allerdings noch posthum zum Mond schießen könnte, hatte schon etwas äußerst Verlockendes.

Herr Glück spürte mein Zögern. »Es gibt natürlich doch etwas, was dagegenspricht. Man muss oft lange warten, bis sich die Gelegenheit ergibt, die Asche ins All zu schicken. Manche Leute leiden sehr darunter, wenn die Loslösung vom geliebten Verstorbenen noch nicht vollendet ist«, wandte er ein.

Das gab auch mir zu denken, schließlich wollte ich die beiden toten Herren nicht nur unwiederbringlich, sondern auch so schnell wie möglich loswerden.

»Na, Sie haben doch noch etwas hier in Ihrer Mappe, das sehe ich Ihnen an«, sagte ich.

»Gnädige Frau verfügen über eine ungeheuerliche Menschenkenntnis. Ich habe tatsächlich noch etwas *ganz* Besonderes für Sie. Aber nur die *wenigsten* können sich so etwas Wundervolles leisten.«

Jetzt hatte er mich tatsächlich neugierig gemacht.

»Herr Glück, so spannen Sie mich doch nicht so auf die Folter!«, rief ich.

Bedeutungsvoll schlug er die Mappe auf einer Hochglanzseite auf.

»Ihr Gatte«, sagte er mit bebender Stimme, »war für Sie zweifelsohne ein Mensch von unschätzbarem Wert. Einzigartig und kostbar. Und daher würde ich Ihnen eine Edelsteinbestattung ans Herz legen.«

Er zeigte mir Bilder von Rubinen, Saphiren und Diamanten.

Ich konnte mir beim besten Willen nicht vorstellen, wie aus Hermann – tot oder lebendig – jemals ein Diamant entstehen sollte, nicht nur deshalb, weil ich in der Schule weder für Biologie noch für Chemie großes Interesse gezeigt hatte.

»Sehen Sie«, erklärte Herr Glück, »aus den Haaren Ihres Verblichenen können wir einen Rubin oder einen Saphir herstellen. Das ist die günstigere Version und geht auch relativ schnell. Die restliche Leiche können Sie dann nach Belieben bestatten.«

»Und der Diamant?«

»Ah! *›Diamonds are a girl's best friend‹*«, sagte Herr Glück in miserablem Englisch. »Für diese Methode müssten Sie Ihren Mann zunächst einäschern lassen. Die Asche ginge dann in die Schweiz, wo sie in einer speziellen Manufaktur zu einem Diamanten gepresst würde. Der Prozess könnte je nach Menge der Asche und Größe des Diamanten gut neun Monate dauern – wie bei einem menschlichen Fötus. Aus der Asche geboren!«

Ich war beinahe so ergriffen wie Herr Glück.

»Gäbe es denn auch Kombipakete?«, fragte ich.

»Wie meinen Sie das? Einen Teil zum Mond und den Rest der Asche als Edelstein?«

»Ach, die Mondsache habe ich eigentlich wieder verworfen«, sagte ich. »Ich meinte eher eine Edelsteinkombi. Wissen Sie, Herr Glück«, und jetzt hatte ich tatsächlich Tränen in den Augen, »mein Mann hatte so wunderschöne blaue Augen«, stotterte ich, »da wäre doch eine Kombination aus Saphir und Diamant, als Ring oder Ohrgehänge verarbeitet, eine wunderschöne Erinnerung.«

Herr Glück ergriff meine Hand. Seine war vom Pfefferminztee etwas klebrig geworden, aber immerhin deutlich wärmer als zuvor. »Gnädige Frau haben einen außerordentlichen Geschmack! Natürlich ließe sich das machen. Hatte Ihr Gemahl noch genug …?«

»Mehr als genug!«, versprach ich ihm. Ich hatte allerdings mehr an Armandos schöne Locken gedacht, die Saphire sollten mich auch an *seine* schönen Augen erinnern.

»Ich wollte Ihrem Gatten nicht zu nahe treten, aber es gäbe ja auch die Möglichkeit, dass Sie eine eigene Locke als ›Grabbeigabe‹ sozusagen beimischen. So wären Sie dann selbst im Saphir mit dem Gatten vereint.«

Ich nahm das Angebot sofort begeistert an. Ich hatte schon befürchtet, ich würde Hermann persönlich seinen finalen Haarschnitt verpassen müssen, um dem Herrn Bestatter eine Locke von Armando unterjubeln zu können. Aber so würde er eine bunte Mischung erhalten.

»Die Haare schicken wir also nach Wien und die Asche in die Schweiz. Soweit ich weiß, können Sie, je nach Aschenmenge, bis zu vier Diamanten aus einem Leichnam bekommen. Es würde Sie allerdings auch einiges kosten ...«, murmelte Herr Glück kaum hörbar. Er nahm seinen Füller in den Mund und kramte umständlich in seiner Aktentasche. »Ah. Hier isch er ja!«, sagte er und förderte einen riesigen Taschenrechner zutage.

Für einige Minuten tippselte er wie irr darauf herum. Ich wartete gespannt. Dann hielt er mir wortlos das Display hin.

Ich wurde etwas blass, was einen erneuten Tippanfall zur Folge hatte. Die Zahl, die er mir dann zeigte, war kaum niedriger, aber ich hatte mich bereits wieder in der Gewalt. Meine Mutter würde ich schamlos belügen und den Betrag um eine Zehnerpotenz verringern. Ich könnte ja Hermanns SLK verkaufen, aber das war es mir wert. Ich würde Hermann und Armando als Schmuckstücke in Gold fassen lassen und nach Belieben tragen und mit ihnen angeben oder aber sie wegsperren, so wie es Hermann zu Lebzeiten mit mir gemacht hatte.

Nachdem wir so gut ins Geschäft gekommen waren, war es ein Leichtes, Herrn Glück zu einer Hausaufbahrung zu überreden. Die Firma werde natürlich die Formalitäten für mich übernehmen. Er werde persönlich dafür sorgen, dass Hermann wunderschön aussehe, dennoch rate er mir, den Leichnam im geschlossenen Sarg aufzubahren und nur durch ein kleines Fensterchen ansichtig zu machen. Die Menschen empfänden heutzutage große Angst vor realen Leichen, das komme wahrscheinlich vom Fernsehen.

»Als ob Sie Gedanken lesen könnten – ich hätte Sie gerade darum bitten wollen!«, zeigte ich mich begeistert. Herr Glück war glücklich, weil wir beide so gut harmonierten.

»Ihr Gatte hatte doch weder Zahnprothesen, Herzschrittmacher noch künstliche Gelenke?« Herr Glück war überzeugt, dass ich verneinen würde.

»Herr Glück, er war Diplomat!«, antwortete ich entrüstet.

»Ach ja, richtig«, sagte er, schien aber nicht ganz zu verstehen, was das mit seinen Ersatzteilen zu tun haben könnte.

»Noch eine wichtige Frage«, sagte er. »Wie schwer war denn der Gatte zu Lebzeiten?«

»Also, wie genau müssen Sie denn das wissen?«

»Na ja, ob er sehr korpulent war, meine ich.«

»Ist das denn wichtig?« Ich war leicht verunsichert. Natürlich war Hermann nicht korpulent, aber Hermann und Armando *zusammen* brachten schon ordentlich was auf die Waage.

»*Sehr* wichtig sogar!«, betonte Herr Glück. »Es sind schon ganze Krematorien abgebrannt, weil die Leichen zu fett … entschuldigen Sie … zu viel Masse hatten!«

»In welchem Gewichtsbereich bewegt sich denn das?«

»Da bin ich jetzt etwas überfragt, da müsste ich das Krematorium anrufen. So ab hundertsechzig Kilo wird es gefährlich, glaub ich, oder waren es hundertachtzig?«

»Ach so«, versuchte ich zu lachen, »da besteht natürlich keinerlei Gefahr!«

»Unter uns gesagt«, Herr Glück neigte sich vertrauensvoll in meine Richtung, aus seinem Mund wehte eine leise Brise Pfefferminzgeschmack, »die Krematorien wiegen heutzutage die Särge sowieso, bevor sie in die Kammer geschoben werden, zur Sicherheit.«

»Und«, stotterte ich, »was machen sie, wenn der Sarg zu schwer ist?«

Herr Glück verlor kurzfristig seinen würdigen Blick und kicherte wie ein normaler Mensch. »Dann zerlegen sie die Leiche und verbrennen sie auf zwei Raten!«

Mir war ganz und gar nicht nach Kichern zumute. In meinem Falle hätten die Bestatter zwar keinen Aufwand beim Zerlegen gehabt, Hermann und Armando konnte man auch ohne chirurgische Instrumente trennen, aber dann hätte ich anstatt der Diamanten ein gravierenderes Problem am Hals. Ich mochte gar nicht erst darüber nachdenken. Musste ich meine Pläne schon wieder über den Haufen werfen?

Sollte ich die Verbrennung doch noch abblasen und Vater und Sohn ganz traditionell zusammen einbuddeln lassen? Das Problem mit dem Gewicht hätte ich dann nicht, andererseits wäre aber auch eine Exhumierung jederzeit möglich. Selbst in ein paar Jahren, wenn die Verwesung schon fortgeschritten war, würde man sich wundern, wie viele Knochen von Hermann übrig geblieben waren. Außerdem, was würde aus meinen hübschen Saphiren werden? Ich freute mich schon jetzt so darauf!

»Und nun zum Sarg!«, unterbrach Herr Glück meine sorgenvollen Gedanken.

So viel Freude mir die alternativen Möglichkeiten von »Unvergesslich« auch gemacht hatten, Herr Glück ging mir schön langsam auf die Nerven. Gott sei Dank ging die Wahl des Sarges dann relativ schnell – gut, dass ich recherchiert hatte. Ich entschied mich rasch für ein sehr einfaches Kistenmodell, »Kubus« – groß genug für zwei Leichen (sofern diese nicht das Höchstgewicht überschreiten würden!) und ideal für eine Einäscherung. Tereza würde mit meiner Wahl sicherlich nicht einverstanden sein, aber im Gegensatz zu meiner Mutter würde sie deswegen nicht wochenlang herumnörgeln. Auch die Urne, in der meine Rohdiamanten in die Schweiz überführt werden würden, durfte eine schlichte sein.

Herr Glück verließ mein Haus mit deutlich strafferen Schultern, als er es betreten hatte. Bei mir hingegen hatte sich die anfängliche Euphorie über die originelle Bestattungsmethode in schiere Panik verwandelt.

»Tereza!«, rief ich. »Armando muss sofort auf die Waage!«

»Wieso Waage?«

Ich erklärte Tereza die Umstände.

»Wie viele Kilo zusammen?«

»Das hat er nicht genau gewusst, hundertsechzig oder hundertachtzig.«

»Glaub ich, müssen wir keine von die zwei was abschneiden. Junge Herr hat vielleicht fünfundsechzig bis siebzig Kilo, alte Herr circa neunzig, also zusammen sicher nicht mehr als hundertsechzig!«

Tereza konnte vielleicht besser kopfrechnen als ich, ich bestand trotzdem auf einer Abwaage.

»Und wie willst du ihn setzen auf Waage? Wenn ich halte junge Herr, dann nicht stimmt Gewicht.«

Ich musste nachgeben, weil Tereza sich weigerte, einmal mit und einmal ohne Armando auf die Waage zu steigen.

»Am Ende ist Waage auch noch kaputt! Wird sich ausgehen mit hundertsechzig Kilo, glaub mir.«

Dann musste ich ihr ausführlich erzählen, was ich mit Herrn Glück vereinbart hatte.

»Ist alles verrückt«, war ihr Kommentar zu den Edelsteinen. »Demnächst schicken sie Tote noch auf Mond!«

»Schade, dass es die Idee schon gibt, Tereza«, lachte ich, »sonst hättest du sie dir patentieren lassen können!«

Meine Mutter hingegen war begeistert von der Diamantenbestattung. »Helene, das hast du toll gemacht!«, lobte sie mich. Ich wurde beinahe rot, solche Töne war ich von ihr nicht gewohnt.

»Na ja, das Bestattungsinstitut habe ja auch *ich* gefunden«, wertete sie meinen Beitrag umgehend ab. Ich ahnte schon, dass sie nicht müde werden würde, diese Tatsache immer wieder einfließen zu lassen.

Sie versprach mir dann, sich um ein kleines Catering für die Aufbahrung und um den Blumenschmuck zu kümmern.

Ob ich denn schon die Totenzettel und Einladungen herausgeschickt hätte, wollte sie wissen. Ich war erneut stolz auf mich, denn die Anzeigen hatte Herr Glück übernommen, ich musste ihm nur eine Adressenliste mailen, und diese wiederum bekam ich von Hermanns Sekretär. Wobei, das war gar nicht so einfach gewesen, wie ich mir das vorgestellt hatte.

Ich rief ihn also an.

»Herr … äh … Leutgeb?«, flötete ich ins Telefon. Ich wunderte mich sehr über sein unhöfliches »Ja, was wollen Sie von mir?«.

»Sie *müssen* mir helfen!«, sagte ich und legte dabei ein herzerweichendes Timbre in meine Stimme.

»Ich muss gar nichts!«

»Was ist denn los? Hab ich etwas falsch gemacht? Passen Ihnen Hermanns Sachen nicht?«

»Sie haben mir die Polizei ins Haus geschickt!«, stieß er hervor.

»Aber das stimmt doch gar nicht!« Ich war ehrlich entrüstet.

Jetzt wurde er unsicher. »Aber die haben gesagt, eine Frau hätte angedeutet, sie fänden hier wichtiges Beweismaterial!«

»Eben. *Eine* Frau – und nicht *seine* Frau. Und – was soll denn das gewesen sein?« Natürlich wusste ich genau, was sie gesucht hatten, aber der Tipp an die Polizei war ja wirklich nicht von mir gekommen.

Herr Leutgeb stotterte. »Na, dieses Lederzeugs!«

»Ach das! Hören Sie, ich weiß, was Sie meinen. Aber ich habe nichts damit zu tun, das müssen Sie mir glauben.«

»Ich dachte, Sie hätten das absichtlich hier versteckt, als Sie neulich im Büro waren.«

»Was? Warum sollte ich so etwas Gemeines tun?«

Herr Leutgeb klang sehr geknickt, als er sagte: »Um seinen Ruf zu zerstören?«

»Oh mein Gott! Sie nehmen doch nicht an, dass ich aus Rache …? Wo er doch schon tot war …!« Ich musste jetzt etwas dicker auftragen, um ihn zu überzeugen, deshalb begann ich zu schluchzen. »Diese Handschellen – oder was immer es auch war. Ich wollte es Ihnen eigentlich nicht sagen …« – schluchz – »… Hermann hatte eine Sadomaso-Geliebte, und die hat ihre Sachen offenbar bei ihm im Büro deponiert.«.

Ich konnte vor lauter Schluchzen kaum sprechen. Vom Sekretär kam kein Mucks. Sein schlechtes Gewissen war deutlich zu hören. Ich musste noch einen draufsetzen.

»Wenn Sie die Sachen gleich weggeräumt hätten, dann wäre mir das vielleicht erspart geblieben!«

Ich meinte, sogar ein Schnäuzen aus der Leitung zu hören.

»Das tut mir sehr leid, Frau Winter. Das wusste ich nicht.

Ich dachte … ich dachte, Sie wollten ihm eins auswischen, und haben …«

»Wie können Sie nur so etwas von mir denken!« Ich war ernsthaft beleidigt.

»Was kann ich denn nun für Sie tun?«

Es hatte geklappt. Ich erklärte ihm, dass ich nicht wüsste, wen ich zur Trauerfeier einladen müsse, und bat ihn, dies für mich zu übernehmen. Vor lauter schlechtem Gewissen bot er mir noch an, auch den Leichenschmaus beim Diplomatenheurigen und einen Redner für mich zu organisieren.

»Sie sind ein Schatz! Ich *wusste*, dass ich mich auf Sie verlassen kann! Und«, tröstete ich ihn, »machen Sie sich nichts draus wegen des SM-Zeugs. Natürlich war es für mich genauso ein Schock wie für Sie, dass Hermann so etwas machte, aber … dadurch, dass die Polizei diese Handschellen dann gefunden hat, wurde auch seine Leiche freigegeben und kann jetzt würdig ins Jenseits überführt werden. Wir wollen ihm doch verzeihen, nicht wahr?«

»Danke«, sagte Herr Leutgeb ergeben und legte auf. Sicherlich machte er sich sofort daran, eine Adressenliste für mich zu erstellen.

***

Lieber José,

wie ist es bei der Polizei gelaufen? Bitte spanne mich nicht so auf die Folter. Jetzt, wo ich weiß, dass deine Mission zu Ende ist, kann ich es kaum mehr erwarten, dich in meine Arme zu schließen.
Lass von dir hören, eine ganz kurze Nachricht genügt mir!

In Liebe, Jeremiah

Abschied mit Hindernissen

Einen Tag vor der Zeremonie wurde Hermann in seinem Kubus angeliefert und im Wohnzimmer aufgebahrt. Vier kräftige junge Burschen im Jogginganzug hatten ihn gebracht. »Sollen wir den Deckel abmachen?«, fragte einer von ihnen, ließ dabei aber deutlich durchblicken, dass er es vorziehen würde, wenn nicht. Ich verneinte ohnehin freiwillig.

»Ich bin sicher, Herr Glück hat meinen Mann wunderschön hergerichtet«, sagte ich. »Ein Blick durch die Luke wird uns allen genügen.«

Die vereinbarte Luke am Sargdeckel ließ sich bequem zur Seite schieben und machte genug von Hermann sichtbar. Ich wollte ganz sicher nicht seine Wundmale oder Sonstiges erblicken, was mich an seine letzten Stunden erinnern könnte. Es war auch so gruselig genug, ihn wieder im Haus zu haben. Selbst Draco spürte seine Anwesenheit, denn als Hermann geliefert wurde, zog er den Schwanz ein, winselte und verschwand in sein Körbchen.

Meine Mutter kam vorbei, um höchstpersönlich den Gärtner beim Schmücken zu überwachen.

»Was ist denn das für ein Ungetüm!«, schimpfte sie erwartungsgemäß, als sie den Sarg sah. »Das ist doch kein Sarg für einen Diplomaten!«

»Mutter«, versuchte ich zu beschwichtigen, »selbst Papst Johannes Paul II. hat einen extrem schlichten Sarg gehabt. Wer was auf sich hält, lässt sich heute einfach begraben!«

»Tatsächlich?« Ganz wollte sie mir nicht glauben, aber sie schien etwas beruhigt. Sie würde ohnehin überall herumerzählen, dass Hermann als Diamant seine letzte Ruhe finden würde.

Als die Gärtner endlich alles nach ihren Wünschen arrangiert hatten, warf sie sich auf ihr nächstes Opfer. Mindestens zehn Mal rief sie beim Brötchenservice an, um kleine Details zu ändern, wie zum Beispiel Lachs durch Kaviar zu ersetzen, dann aber wieder doch Lachs, aber mit Kaviar verziert, jedoch mit wenig Mayonnaise. Schinken ohne Fettrand bitte und die Avocadocreme dürfe auf keinen Fall braun werden, Eier nur spärlich wegen des Cholesterins, aber mit Shrimps müssten sie nicht sparen. Alles nur beste Qualität und gefriergeeignet. Sekt-Orange natürlich und Kir royal. Mutter war am Ende so erschöpft, dass sie sich kurz hinlegen musste. Ich wollte mir gar nicht vorstellen, wie fertig das Brötchenteam nach Mutters Telefonschwallen gewesen sein mochte. Zu meinem größten Entsetzen kam Mutter sogar auf die Idee, bei mir zu schlafen und mir bei der Totenwache Gesellschaft zu leisten. Ich konnte sie nur mit Mühe dazu überreden, doch nach Hause zu fahren.

»Ich *kann* jetzt einfach nicht mehr die weite Strecke fahren!«, klagte sie. »Ich bin einfach zu erschöpft!«

»Mutter«, sagte ich, »ich danke dir für die großartige Unterstützung, aber du *musst* nach Hause fahren! Überleg doch, du willst dich für die Feier sicherlich schön machen, du hast aber dein Kostüm nicht mit. Wenn du morgen noch vor der Trauerfeier heimfahren musst, dann kriegst du Stress. Ich will dir ja nicht zu nahe treten, aber deinem Teint würde das sicher nicht guttun.«

Ob es der Teint war oder die Tatsache, dass ich ihr ein Taxi bezahlte, was sie letztendlich überzeugte, ich weiß es nicht. Aber ich war sie los, und das war schließlich die Hauptsache.

Auch ich hätte mich liebend gerne zur Ruhe gelegt, aber Tereza und ich hatten bekanntlich noch einiges vor.

Zunächst versicherten wir uns, dass alle Fensterläden dicht und alle Türen verschlossen waren. Dann schleppten wir Armando aus dem Keller nach oben. Tereza hatte ihn gewaschen und in ein Tuch gehüllt. Im Keller hatte er es angenehm kühl gehabt, sodass seine Schönheit noch nicht gelitten hatte. Unter dem Laken war er so, wie Gott ihn wohl gewollt hatte – und wenn schon nicht Gott, *ich* hätte ihn so gewollt! Ich seufzte. Rein optisch war an diesem Mann ja wirklich nichts auszusetzen. Liebevoll schnitt ich ihm noch eine hübsche Locke ab und steckte sie in das Gefäß, das mir Herr Glück für meine Haarsammlung überlassen hatte. Kurz war ich versucht, Hermanns Haare, die der Leichenbestatter schon eingefüllt hatte, herauszunehmen und vollständig durch meine und Armandos zu ersetzen. Ich ließ es dann doch bleiben. Wer weiß, falls Herr Glück seine neugierige Nase noch einmal in das Döschen steckte, fiel ihm vielleicht auf, dass nur noch echt blondes beziehungsweise dunkles Gelock vorhanden, Hermanns grau-blonde Haarpracht aber verschwunden war.

»Jetzt aber an die Arbeit«, drängte Tereza, »trauern du kannst auch morgen noch!«

Der Akkuschrauber glühte, als wir endlich alle Schrauben aus dem Sargdeckel herausgedreht hatten. Die Firma »Unvergesslich« hatte wahrlich professionell gearbeitet.

»Sei doch froh«, sagte Tereza, weil ich mich beschwerte, dass man so viele Schrauben verwendet hatte, »früher man hat zugenagelt und basta! Und da«, fügte sie hinzu, »hätten wir uns geplagt, und gesehen man hätt es auch noch, dass wir haben herumgemurkst an Sarg.«

Ich fand, es war reine Verschwendung, eine Leiche würde schon nicht davonlaufen.

Der Sargdeckel selbst ging relativ leicht herunter, es war die kurze Ausquartierung Hermanns, die größere Probleme bescherte – zumindest mir! Erst wollte ich ihn überhaupt nicht anfassen, aber Tereza schalt mich. »Willst du jetzt junge Herr in Sarg stecken, oder soll er hier bis morgen früh herumliegen?«

»Eins – zwei – drei!« Mit einem Ruck hatten wir Hermann hochgehoben, aber er war doch schwerer, als ich gedacht hatte, und ich ließ ihn sofort wieder in den Sarg zurückplumpsen.

»So das nicht geht!«, schimpfte Tereza. Sie hatte freiwillig den schwereren Oberkörper gewählt. Erstens war sie ja viel kräftiger als ich, und zweitens hatte ich panische Angst davor, Hermann könnte womöglich seine Augen öffnen und mich böse anschauen. Trotzdem war es auch kein Vergnügen, mich mit seinen bloßen Füßen herumplagen zu müssen. Wenigstens sahen mich seine Zehen nicht vorwurfsvoll an!

»Auf drei!«, befahl Tereza. »Eins – zwei – drei!« Diesmal biss ich die Zähne zusammen, packte Hermann an den Waden und schwang synchron mit Tereza mit.

Wahnsinn, was für Kräfte beim Schwingen frei werden können! Auf jeden Fall genug, um mich umzuwerfen und mit mir sowohl Hermann als auch Tereza zu Fall zu bringen. Zusammen mit dem Leichnam hatten wir auch die Auskleidung des Sarges aus ihrer Verankerung gerissen, und so landeten wir drei, von altrosa Samtimitat bedeckt, auf unserem Perserteppich.

Zum Glück war wenigstens der Sarg stehen geblieben und hatte uns nicht lebendig begraben – oder gar erschlagen. Nicht auszudenken, was Herr Glück zu einem ramponierten Sarg gesagt hätte, ganz abgesehen einmal davon, dass ich zu meiner ohnehin schon ansehnlichen Palette an Problemen noch einige dazubekommen hätte.

Ich rappelte mich etwas zerschunden wieder hoch. Tereza versuchte, sich von Hermann zu befreien, aber ihre Hände waren unter dem Samtzeug gefangen. Sie murmelte irgendetwas Tschechisches, was nicht sehr freundlich klang. Ich drehte Hermanns Beine zur Seite und hob ihn von Terezas Brust.

»Nichts für ungut«, sagte ich, »aber er hat an deiner Brust nichts zu suchen!«

»Ist sowieso nicht mein Typ!«, sagte sie. »Zu kalt für mich!«

Etwas unbeholfen zogen wir ihn von der Sarg-Ummantelung herunter. Ratsch, machte es.

»Jetzt wir haben sein schönes Nachthemd zerrissen!«, bedauerte Tereza. Wir hatten völlig übersehen, dass die Bestatter das Totenhemd an der samtigen Auskleidung des Sarges festgepinnt hatten. Die Verkleidung selbst war elastisch wie ein Spannleintuch und daher so leicht aus dem Sarg gegangen. Trotzdem war sie ganz geblieben.

»Wir hätten die Verkleidung sowieso rausnehmen müssen«, versuchte ich mich bei Tereza wieder beliebt zu machen, »und das Nachthemd steht ihm eh nicht. Wir drehen es einfach um!«

»Sieht aber bescheuert aus sicherlich«, brummte Tereza. »Warum hat er gekriegt Nachthemd und nicht schöne Anzug? Weil er ist gestorben in Bett?«

»Nein«, erklärte ich ihr, »das ist wegen der Verbrennung. Da darf kein Kunststoff im Sarg sein, hat Herr Glück gesagt. Deshalb haben sie eigene unvergessliche Hemdchen für die Verstorbenen.« Mir war es egal gewesen, seinen Körper würde sowieso niemand so sehen, das hatte mir Herr Glück bestätigt.

Wir rollten Hermann etwas zur Seite, damit wir nun endlich Armando in den Sarg heben konnten. Das ging eigentlich ganz gut. Ich fasste ihn auch viel lieber an als Hermann. Bei ihm hätte ich sogar den oberen Teil genommen, aber Tereza ließ mir keine Wahl. »Platz da, Kopf gehört mir!«, sagte sie. »Sonst du ihn wieder fallen lässt, weil er dir schöne Augen macht!«

»Adieu, schönerrr Mann!«, sagte ich, bevor ich Armando die Samtverkleidung überzog. Hübsch sah das wirklich nicht aus, aber es war ein ideales Versteck.

Dann zogen wir Hermann aus und drehten das Totenhemd um. »Jetzt steckst du doch noch in einer Zwangsjacke«, entschuldigte ich mich bei ihm, »aber besser du als ich, mein Gemahl!«

Hermann in den Sarg zu kriegen war Schwerarbeit. Erstens war er viel schwerer als Armando, zweitens bekam man ihn wegen des dämlichen Nachthemds einfach nicht in den Griff. Widerborstig bis zur letzten Minute!

Beim dritten Anlauf gelang es uns, ihn in den Sarg zu hieven, er landete allerdings mit dem Gesicht nach unten auf Armando. Wären die beiden Männer nicht so mausetot gewesen, diese prekäre Lage hätte ihrer beider Ruf unter Garantie ruiniert.

Wir drehten Hermann um, zupften mühselig sein Nachthemd zurecht und steckten es wieder fest. Ich konnte nicht anders, als Hermann sicherheitshalber mit einer Stecknadel ordentlich zu piksen, er nahm es widerstandslos hin. Tereza stopfte noch das Kissen unter Hermanns Kopf, dann setzten wir den Deckel wieder auf.

In dem Moment wusste ich, dass ich am nächsten Tag einen mächtigen Muskelkater haben würde, denn mit großem Missfallen erkannte ich, dass wir die ganze Prozedur noch einmal wiederholen mussten. Dadurch, dass Hermann nun auf seinem Sohn ruhte, lag er natürlich viel höher als zuvor, und wir konnten die Öffnungsluke nicht mehr ordnungsgemäß zuschieben. Hermanns Nase guckte ein paar Millimeter in die Luft. Tereza versuchte, ihn fester in das Kissen zu drücken, und sie konnte tatsächlich die Luke zuschieben, aber beim Aufschieben schnellte das gute Stück sofort wieder ins Freie.

»Das können wir unmöglich so lassen!«, sagte ich. »Was denken sich denn die Trauergäste, wenn wir seine Nase zuerst ein wenig hinunterdrücken müssen, bevor die Bestattungsleute den Deckel zuschließen. Kommt nicht in Frage!«

Zähneknirschend gab mir Tereza recht. »Das Ganze noch mal?«, fragte sie halbwegs erschüttert.

»Keine Ahnung«, meinte ich, »im Moment bin ich sowieso zu erschöpft. Lass uns eine kurze Pause machen.«

Zur Bekämpfung der Ratlosigkeit wollte ich uns eine Flasche Wein entkorken. Um Tereza bei Laune zu halten, stieg ich selbst in den Weinkeller hinab und nahm eine Flasche Rioja aus einem Karton, dessen Aufschrift sehr teuer aussah. Ich war schon fast wieder draußen, als ich mich noch einmal umdrehte. Mein Unterbewusstsein wollte mir irgendetwas sagen. »Ich darf den Wein nehmen!«, sagte ich halblaut. »Er gehört jetzt mir!« Aber es war nicht das schlechte Gewissen, das mich zurückgetrieben hatte, sondern wohl mein krimineller Instinkt, er führte mich direkt an den Weinkarton zurück. Um Platz zu sparen, hatte der Winzer die Flaschen Hals an Unterteil geschlichtet, sowohl nebeneinander als auch übereinander. Ich wusste sofort, so würde es klappen! Wir mussten Armando umdrehen, sodass seine Füße unter Hermanns Kopf zu liegen kamen. Dann würden die Herren einander weniger stören, und Hermann musste nicht befürchten, seine hübsche Nase könnte dem Sargdeckel zum Opfer fallen.

Gesagt, getan. Wir hoben Hermann erneut aus seinem Quartier, diesmal mit weniger Schwung und mehr Technik und ohne etwas zu beschädigen. Armando war zart genug, dass wir ihn im Sarg wenden konnten. Schweißtreibend war die Arbeit allemal.

Als wir Hermann endlich wieder ordentlich aufgebahrt und etwaige Falten im Totenhemd und in der Sargverkleidung weggezupft hatten, ließen wir uns erschöpft am Fuße des Sarges nieder.

Tereza hatte mir zuvor verboten, den Rioja zu kosten. »Dann ich kann die Herren allein einpacken, nein danke! Erst Arbeit, dann Vergnügen!« Aber jetzt nahm auch sie gerne einen Schluck.

»Auf euch, meine Diamanten!«, rief ich, aber die Erleichterung, dass meine zwei Männer so einträchtig übereinanderruhten, wollte sich nicht auf meine anderen Befürchtungen übertragen. Ich würde erst wieder ruhig schlafen können, wenn die beiden als Schmuckstücke an meinen Ohren baumelten.

Völlig gerädert wachte ich am Morgen auf. Alle meine Befürchtungen hatten sich in meinen Träumen widergespiegelt: funkelnde Diamanten in tiefen Augenhöhlen, Herr Glück im zerrissenen Totenhemd, meine Mutter mit riesigen Ohrringen, aus denen mein Vater lachte, Tereza mit dem Akkuschrauber, den sie einem Polizisten ans Auge hielt, Alma, die eine riesig große Haselnuss wie ein Baby in ihren Armen trug. Ich hätte damit einen ganzen Horrorfilm-Special-Abend im Kino bestreiten können.

Als ich mich aus dem Bett wälzte, schmerzten meine Glieder vom Vorabend. Der Blick in den Spiegel hätte mich normalerweise sofort wieder zurückgetrieben. Meine Augen lagen tief in den Höhlen, ich war bleich wie ein Vampir. Doch einzig die Haare machte ich mir zurecht, alles andere beließ ich so abscheulich, wie es war. Ich sah hervorragend trauernd aus, das sollte keine Schminke verdecken. Kurz überlegte ich sogar, ob ich mein schönes Hütchen mit dem Schleier weglassen sollte, um mein Trauergesicht voll zur Geltung zu bringen, entschloss mich dann aber doch dagegen, schließlich hatte es mich hundertsechzig Euro gekostet.

Tereza trug einen schwarzen Hosenanzug, den sie sich in einem Secondhandladen gekauft hatte, und eine dunkle Sonnenbrille. Wenn sie noch einen entsprechenden Hut getragen hätte, wäre sie problemlos als »Blues Brother« durchgegangen.

»Warum die Sonnenbrille?«, wollte ich wissen. »Von dir erwartet man ja nicht, dass du trauerst, oder?«

Tereza nahm die Brille ab. Ein hübsches Veilchen umgab ihr rechtes Auge. »He, wer hat dir denn das zugefügt?« Ich war sprachlos, sie war doch gestern zugleich mit mir zu Bett gegangen.

»War dein Ex mit seine Kopf«, sagte Tereza, »wie er ist gefallen auf mich gestern. Letzter Gruß von Herr!«

Da hatte ich ja mächtig Glück gehabt. Wie hätte *ich* den Trauergästen wohl ein blaues Auge erklären sollen! Um Tereza würden sich die Leute nicht kümmern, eine Dienstbotin mit blauem Auge war vermutlich keine Seltenheit.

Meine Mutter war die Erste der trostspendenden Gäste. Sie nahm mich weinend in die Arme, dabei hatte sie Hermann gar nicht besonders gemocht.

Ich führte sie kommentarlos ins Wohnzimmer.

Es sah sehr feierlich aus. Tereza und ich hatten noch fest gearbeitet und alle Unfallspuren restlos beseitigt. Der Sarg thronte auf seinem Gestell, die Luke war aufgeschoben, Hermanns Nase lag friedlich einige Millimeter darunter, die Gäste konnten ungehindert einen letzten Blick auf Hermann tun. Kerzen brannten. Herr Glück ließ leise Hintergrundmusik auf uns herabrieseln, sodass wir alle depressiv werden konnten.

Nach und nach trudelten die restlichen Trauergäste ein. Meine Mutter und ich ließen uns die Hände schütteln, großteils von uns völlig unbekannten Personen. Der verpickelte Herr Leutgeb fühlte sich bemüßigt, die Herrschaften mit Namen vorzustellen – als ob mich das interessiert hätte.

Von der Diplomatenpartie erkannte ich einzig Frau Moller wieder. Sie hatte einen schwarz gemusterten Schal um und nahm meine kalten Hände gleich beide in den Schwitzkasten. »Sie arme, arme Frau!«, sagte sie tief bewegt. »Wollen Sie nicht doch einmal bei mir vorbeischauen? Ich kann Ihnen professionell Trost verschaffen.«

»Auf der Homepage?«, fragte ich erstaunt.

»Natürlich auch da. Haben Sie denn schon einmal vorbeigesehen? Das freut mich aber sehr. Tragen Sie sich doch das nächste Mal in mein Gästebuch ein, gell!«

»Ich hab es bis jetzt nur mit der Klopfmethode probiert, Frau Moller«, gab ich zu, »doch gerade als sie so richtig zu wirken begann, da ist mein Mann dann verstorben.« Ich tupfte mir eine imaginäre Träne weg.

»Ich fürchte, bei Trauerfällen nützt das Klopfen allein nichts, da bedarf es schon einer persönlichen Betreuung«, meinte Frau Moller. Sie steckte mir rasch noch eines ihrer Kärtchen zu, denn der ungarische Konsul drängte schon ganz undiplomatisch weiter.

Der Letzte in der Reihe war Inspektor Moravec.

»Ich muss Ihnen noch was sagen, Frau Winter!« Er zog mich etwas zur Seite, sodass meine Mutter nichts hören konnte.

»Wir haben eine Fahndung nach Ihrem jungen Gast ausgeschrieben. Es besteht der dringende Verdacht, dass er Ihren Mann dazu gezwungen hat, Nüsse zu essen.«

»Nein!«, rief ich erschüttert. »Wegen mir?«

»Tut mir leid, wenn ich Ihnen diese Illusion rauben muss«, sagte er, »eher das Gegenteil ist wahrscheinlich. Wir glauben, er wollte Ihnen den Mord in die Schuhe schieben.«

»Aber warum hätte er Hermann umbringen wollen, wenn nicht aus Eifersucht?«

»Aus Rache!«, sagte der Herr Inspektor stolz. »Sie wissen ja«, fuhr er fort, »dass er einen gefälschten Pass hatte. Wir haben Nachforschungen betrieben und herausgefunden, dass er der uneheliche Sohn Ihres Gatten ist.«

»Das ist ja ungeheuerlich«, sagte ich. Ich taumelte, der Herr Inspektor musste mich stützen und an meinen Platz zurückbringen. Meine Mutter sah ihn böse an.

»Was ich Ihnen jetzt gesagt habe, bleibt natürlich unter uns«, betonte er, »zu viele Gerüchte könnten die Fahndung gefährden.«

Ich nickte kraftlos. Der Gesetzeshüter sah mich bedauernd an. Schon befürchtete ich eine neuerliche Tätschel-Orgie, aber er hatte die Strategie geändert und nahm mich väterlich in die Arme.

»Wenn Sie irgendeine Hilfe brauchen, Helene, wenden Sie sich getrost an mich.« Er hatte mich beim Vornamen genannt. Hatte ich etwas zu befürchten?

»Die Polizei, dein Freund und Helfer?«, fragte ich verblüfft, indem ich mich aus seiner Umarmung löste.

»Betrachten Sie es lieber als Nachbarschaftshilfe«, sagte er, »Sie wissen doch, dass ich nur wenige Straßen weiter wohne?«

»Nein! Ist denn das die Möglichkeit!«, rief ich mit gedämpfter Stimme – schließlich war das eine Trauerfeier.

Der Herr Inspektor hielt dies offensichtlich für ein positives Feedback, denn er umarmte mich noch einmal kurz, bevor er sich in die hinterste Reihe setzte.

Meine Mutter fragte: »Was wollte er denn?«

Ich machte »Schsch!«, denn eine massive Dame mit einer extrem spitzen Nase trat nun an den Sarg, räusperte sich kurz und sang *sehr* mittelmäßig »Amazing Grace«. Es dauerte einige Takte, bis ich das Lied erkannte, und noch ein paar mehr, bis mir klar wurde, dass die Dame nicht tschechisch, sondern englisch sang, was mir wirklich ein paar Tränen in die Augen trieb. Sie kam zum Ende. Einige Nasen wurden geräuschvoll geputzt, dann ging es weiter im Zeremoniell.

Als endlos entpuppte sich die Rede des Herrn Leutgeb. Anscheinend war Hermann doch nicht so beliebt gewesen im Außenamt, und der Herr Sekretär hatte selbst zu Stift und Mikro greifen müssen. Aber vielleicht war es ihm auch ein persönliches Bedürfnis gewesen. Elend lang und bis ins kleinste Detail betete er Hermanns Lebensgeschichte und Diplomatenkarriere herunter. Er ließ kein Zeugnis, keine Begegnung, keine noch so kurzfristige Stelle aus. Ich wunderte mich, woher er diese ganzen Details hatte; da war so einiges dabei, was selbst mir unbekannt war. Irgendwann musste wohl ein sehr detaillierter Akt über Hermann angelegt worden sein. Ich fragte mich gerade, ob wohl auch über mich etwas drinnen stand, da hörte ich auch schon meinen Namen.

»… wo er seine Frau Helene kennen- und lieben lernte …« Ich schaltete ab. Was wusste denn der Herr Leutgeb schon über meine Ehe? Es war ja kaum zu erwarten, dass er auf seine Vorgängerin im Amt oder auf Hermanns ledrige Vorlieben zu sprechen kommen würde.

Nach gefühlten drei Stunden schloss er endlich mit den Worten: »Er war mir ein väterlicher Freund!« Ich sah ihn scharf an. Konnte es sein, dass auch Pickelface Leutgeb ein hermannscher Balg war? Im Kopfrechnen war ich zwar eine Niete, aber Herr Leutgeb musste so etwa in meinem Alter sein, also konnte ich diese Möglichkeit beruhigt ausschließen. Na ja, wenigstens hatte er nicht »Lebensmensch« gesagt!

Die korpulente Spitznase bewegte sich wieder in Richtung Sarg. Ich schwor mir, wenn sie jetzt »Candle in the Wind« singt, dann schreie ich, aber sie sang »My Heart Will Go On«, was nicht viel besser war. Die Luft im Wohnzimmer war auch langsam aufgebraucht, die Sängerin schnappte sich wohl die letzten Sauerstoffmoleküle, denn als sie beim finalen »Uuuhuhhuu« angelangt war, blieb mir die Luft weg, und ich kippte ganz einfach vom Stuhl.

Sie hatten mich auf die Couch in Hermanns Büro gelegt, die Füße hochgelagert. Alma stand am Fußende, ich hatte sie zuvor gar nicht gesehen. Auch sie war sehr blass und sagte kein Wort. Tereza erklärte mir später, dass meine Mutter sie entdeckt und dazu vergattert hatte, nach mir zu sehen. Ein mir unbekannter Herr hielt mein Handgelenk.

»Dr. Kitsikoudis«, stellte er sich vor, »meine Frau arbeitet an der griechischen Botschaft.« Der Arzt fühlte meinen Puls. »Wann haben Sie das letzte Mal gegessen?«

»Keine Ahnung. Etwas Toast in der Früh. Ich hatte keinen Hunger.«

»Ist Begräbnis von Gatte. Da man hat keine Hunger!« Tereza stand in der Tür, einen Krug Wasser in der Hand. Sie warf dem Arzt einen tadelnden Blick zu. Das hätte er schließlich wissen müssen!

Der Doktor musterte sie von oben herab. »Ich weiß«, sagte er knapp. »Darf ich mir bitte selbst ein Bild von der Patientin machen?«

Tereza ließ sich nicht beirren und reichte mir ein Glas Wasser. Es fühlte sich gut an, als es kühl meinen Hals hinunterrann.

»Haben Sie öfter Ohnmachtsgefühle?«

»Na ja«, gab ich zu, »so ab und zu bin ich schon mal umgekippt. Der Kreislauf, vermutlich. Aber generell bin ich, glaub ich, schon gesund. War wahrscheinlich der Stress der letzten Tage ...«

»Ich werde Ihnen zur Sicherheit ein wenig Blut abnehmen«, sagte der Doktor.

»Muss das denn sein?« Der Gedanke an Blut ließ mich gleich wieder erblassen.

»Soll ich vielleicht deine Hand halten?«

Ich hatte Almas Anwesenheit schon wieder vergessen. Irgendwas bedrückte sie; ich kannte sie lange genug, um das zu erkennen.

Eigentlich hatte es mich ja gewundert, dass sie sich in den letzten Tagen nie bei mir gemeldet hatte, andererseits war ich ihr dafür auch dankbar gewesen, denn das ewige Lügen und Vortäuschen verlangt einem schon sehr viel Energie ab.

»Hallo, Alma«, sagte ich betont schwach. »Wie geht es dir so?«

»Auch beschissen!«, kam es ehrlich von ihren Lippen. Ich musste grinsen. Ich glaube, dass auch sie sich ein Lächeln verkniff. »Ich sehe, du wirst gut betreut; wenn mich hier niemand mehr braucht, kann ich ja wieder gehen«, sagte sie.

»Ja, ja«, sagte der Arzt, »*Sie* können auch gehen«, wandte er sich an Tereza, die das Zimmer mit weit größerem Widerwillen verließ als Alma.

Dr. Zickizacki oder wie auch immer er hieß, hatte mir in der Zwischenzeit relativ unspektakulär ein wenig Blut abgezapft, ich durfte ein Pflästerchen fest auf die Einstichstelle drücken. Abwechselnd tauchte er verschiedene Streifchen in die Blutprobe.

»Das hab ich mir ja fast gedacht!«, lobte er sich nach einiger Zeit. »Wann haben Sie denn Ihre letzte Monatsblutung gehabt, Frau Winter?«

Ich fuhr hoch wie eine Silvesterrakete. »Was?«

»Ihre letzte Regelblutung.«

»Ja, ja, ich hab schon verstanden. Ehrlich gesagt, ich kümmere mich schon länger nicht darum. Also ...«

Ich stotterte herum wie eine Dreizehnjährige, bei der die Mutter die Pille gefunden hat.

»Frau Winter. Wenn ich mich nicht irre und auch dieser Teststreifen nicht – und das tun wir beide normalerweise nie –, dann sind wir schwanger.«

Wir waren schwanger? Der Teststreifen? Der Herr Souflaki? Ich? Wieso war *ich* schwanger?

Ich legte mich wieder flach und sah angespannt an die Decke. War es möglich? Von einer Nacht? War Hermann der Vater oder der Großvater? Es dauerte nicht lange, da durchschüttelte mich ein hysterischer Lachkrampf.

»Das sind die Nerven«, sagte Dr. Kitzikatzi, als ob ich das nicht selbst gewusst hätte. »Betrachten Sie es doch von der positiven Seite. Ihr Mann hat Ihnen noch einen letzten Gruß hinterlassen. Er lebt in Ihrem Kind weiter.«

»Ja, *das* stimmt sicher«, sagte ich schwach. Am liebsten wäre ich noch ewig so liegen geblieben, aber meine Mutter steckte erbarmungslos ihren Kopf zur Tür herein.

»Es ist doch nichts Ernstes, Herr Doktor?«

Er grinste. »Der Kreislauf. Wir werden gleich wieder bei Ihnen sein können, nicht wahr, Frau Winter?« Er sah mich aufmunternd an.

»Werden wir, Herr Doktor!«, sagte ich.

»Na, dann komm endlich! Ich hab den Gästen schon mal die Brötchen und den Sekt gegeben. Alle warten nur noch auf dich, dann kann Hermann endlich abtransportiert werden!«

Ich hatte nicht den Eindruck, dass irgendjemand auf mich gewartet hätte, außer vielleicht Herr Glück, der schon nervös auf seine Uhr blickte. Wahrscheinlich harrte noch ein wertvoller Mensch auf seine letzte Bestimmung.

Ich nickte ihm zu zum Zeichen, dass sie Hermann nun gerne ins Krematorium führen könnten, er nickte erleichtert zurück.

»Ich melde mich dann bei Ihnen, sobald ich die Asche vom Krematorium zugesandt bekomme. Das wird spätestens in zwei Wochen sein«, versprach er feierlich.

»Oja!«, rief ich. »Ich möchte unbedingt dabei sein, wenn Sie ihn zum Flughafen bringen, bitte. Ich muss mich ja noch ein letztes Mal von ihm verabschieden, bevor er in die Schweiz zum Diamantisieren fährt!«

Noch einmal schritt die Sängerin an den Sarg, aber meine Mutter hatte dafür gesorgt, dass ordentlich gelüftet worden war, außerdem roch es schon etwas fröhlicher nach Sekt und einem Lachs-Ei-Schinken-Gemisch. Frau Spitznase sang »Beyond the Stars« und übertraf sich förmlich selbst. Ich fand, das Lied hätte eigentlich besser für eine Mondbestattung gepasst, aber wahrscheinlich hatten sie noch kein passendes für Diamanten gefunden. Frau Moller blieb jedenfalls beinahe ihr Lachsbrötchen im Halse stecken, irgendetwas passte da mit ihrem Chakra nicht. Dann endlich hoben vier starke Männer den Sarg in die Höhe.

»Der ist zu schwer«, sagte der rechte Vordermann. Die Herren ließen den Sarg wieder hinunter. Herr Glück lief nervös zu den Trägern hinüber. Die fünf Männer diskutierten heftig, aber zu leise, um mithören zu können. Tereza war hinter mich getreten und legte ihre Hand auf meine Schulter.

»Was ist denn jetzt schon wieder los?«, fragte meine Mutter

entnervt. Die Trauergäste schien es nicht zu stören. Es gab noch genug Brötchen. Ein Sektkorken knallte.

Herr Glück trat mit ernster Miene zu uns. »Gnädige Frau, haben Sie irgendetwas Schweres in den Sarg gelegt? Die Grabträger meinen, der Sarginhalt sei sicherlich weit über hundert Kilogramm.«

Ich überlegte, ob ich vielleicht wieder in Ohnmacht fallen könnte.

»Müssen sein Bücher!«, sagte Tereza.

»Bücher?«, fragte Herr Glück. »Welche Bücher? Wir waren uns doch einig, höchstens ein Plüschtier!«

»Ach ja«, seufzte ich, »das hab ich ganz vergessen. Wir haben ein paar seiner Lieblingsbücher reingelegt, mein Mann war so belesen, wissen Sie. Außerdem«, fügte ich verschwörerisch hinzu, »ich wollte sichergehen, dass auch genug Asche vorhanden sein wird, wegen der Diamanten. Sie wissen schon, ich will unbedingt vier Stück.«

»Sollen wir geben wieder raus?«, fragte Tereza. Ich sah sie scharf an. Statt Literatur würde man höchstens tote Antagonisten finden!

»Das hätten Sie mich auch vorher fragen können!« Herr Glück klang ungehalten und gar nicht mehr so freundlich wie zuvor. Er verhandelte noch einmal kurz mit den Sargträgern, dann kam er wieder zu uns.

»Sie haben Glück«, sagte Herr Glück, »man wird ihren Herrn Gemahl auch mitsamt seiner Lektüre einäschern, Bücher sind kein Problem. Sie haben ihm doch keines mit Goldlettern oder so mitgegeben?« Er sah mich ganz böse an.

»Nein, gewiss nicht, das kann ich Ihnen versprechen.«

Die Sargträger schulterten also doch noch den Sarg, und wir geleiteten Hermann – und Armando – bis zum Leichenwagen. Es war schwierig gewesen, die Trauergemeinde dazu zu überreden, sich dem Zug anzuschließen. Erst als Herr Leutgeb den Herrschaften erklärte, dass man nur dann zum Heurigen fahre, wenn der Leichenwagen weg sei, ging es etwas zügiger.

Schließlich war Hermann im Auto, Herr Glück schüttelte mir die Hand und verschwand mit seinem Team.

Herr Leutgeb fuhr mit den Diplomaten zum Heurigen, ich schickte meine Mutter mit. Sie möge sich zunächst einmal um alles kümmern, Tereza und ich würden bald nachkommen, versprach ich.

»Ich muss mich kurz hinlegen, Mutter«, sagte ich, »sei so lieb und kümmere dich einstweilen um die Gäste. Ich bin dir ja sooooo dankbar.«

Als wir endlich allein waren – oder glaubten, allein zu sein –, verkrümelte sich Tereza sofort in die Küche.

»Muss ich schnell machen ein wenig Ordnung. Wenn du willst fahren, dann sag mir Bescheid, bitte. Oder brauchst du noch was?«

»Nein, nein. Ich leg mich kurz hierhin, in einer halben Stunde können wir schon fahren, denke ich.«

Ich nahm mein Hütchen ab und ließ mich erschöpft aufs Sofa sinken.

»Bist du ihn jetzt endgültig losgeworden!« Ich fuhr in die Höhe. Alma stand neben mir, wie eine Rachegöttin blickte sie auf mich herab.

»Was meinst du damit?« Ich konnte mir keinen Reim auf ihre plötzliche Animosität machen. Soweit ich mich erinnern konnte, waren wir beim letzten Treffen die besten Freundinnen gewesen.

»Du weißt, was ich meine!« Ein gefährlicher Satz. Aber mir würde sie kein Geständnis entlocken. Ich hatte ja keine Idee, was genau sie herausgefunden hatte oder zu wissen glaubte.

»Alma, ich bin erschöpft, müde, was weiß ich was noch alles. Ich habe wochenlang darauf gewartet, dass ich Hermann endlich bestatten lassen kann. Wenn es das ist, was du meinst, dann stimme ich dir zu. Ich bin froh, dass es vorbei ist. Glaub mir, es ist schwieriger, um einen tiefgekühlten Gatten zu trauern als um einen beerdigten – oder in meinem Fall, verbrannten.«

»Die Nüsse. Ich habe nachgedacht, Helene.«

»Ja und? Was ist dabei herausgekommen?« Ich versuchte, mir meine Nervosität nicht anmerken zu lassen.

»*Du* hast sie ihm gegeben.«

»Alma! Warum sollte ich so was tun? Weil er eine Geliebte hatte? Ich war gerade dabei, mir selbst einen Geliebten zuzulegen, du erinnerst dich?«

»Aus Rache vielleicht?«

»Alma, du spinnst. Dann hätte ich ihn doch schon vor Jahren umbringen müssen!« Alma ließ sich nicht vom Thema abbringen.

»Ich hab nachgedacht, Helene«, wiederholte sie sich, als ob sie diese Rede auswendig gelernt hätte. »Dieser Nussstrudel bei meiner Vernissage, den hast du mir doch eingeredet. Unbedingt musste es dieser Strudel sein. Du wolltest, dass er daran stirbt, gib es doch zu.«

»Hallo? Und da muss ich den Strudel zur Vernissage schicken? Wenn ich das gewollt hätte, hätte ich ihm jeden Tag ein Stückchen reinschieben können. Außerdem, ich wusste doch nicht einmal sicher, ob er zur Vernissage mitkommen würde. Alma, du redest wirres Zeug!«

»Tu ich nicht. Alles macht Sinn. Er sollte ihn ja gar nicht selbst essen, sondern …«

»Sondern was?« Ich griff zu einem Glas Wasser, das ich mir bereitgestellt hatte. Meine Hände zitterten leicht, ich hoffte, Alma würde es nicht bemerken.

»Es gibt auch noch andere Wege«, sagte sie und durchbohrte mich förmlich mit ihrem Blick.

Jetzt hätte ich Frau Moller brauchen können, damit sie mir die Minderwertigkeitskomplexe wegklopfte, aber auf diese astralen Menschen ist kein Verlass!

»Und was für Wege sollten das sein? Hätte ich ihm den intravenös verabreichen sollen, oder was? Ihm einen Strudel vor allen Leuten hinten reinschieben?« Meine Empörung war echt. »Was soll das Ganze?«

»Nicht *du* solltest ihm die Dosis verabreichen, *ich* hätte es tun sollen!«, schrie Alma.

Ich war froh, dass ich schon von vornherein blass war. Sie hatte mich wirklich durchschaut! Das Geschirrgeklapper in der Küche hatte auch aufgehört, Tereza hörte sicherlich jedes Wort mit. Aber ich hatte noch einen rettenden Strohhalm. Alma konnte nicht ahnen, dass ich von ihrem Verhältnis mit Hermann gewusst hatte. Außer Tereza hatte niemand Kenntnis davon, und die hätte nie auch nur ein Sterbenswörtchen darüber verloren.

Ich blickte daher ziemlich verwirrt drein – zumindest hoffte ich das. »Alma, was redest du da für einen Unsinn! Hermann hätte doch auch von dir keinen Nussstrudel genommen. Er war Allergiker! Er aß nie etwas mit Nuss – noch dazu so etwas Offensichtliches. Er war doch kein Selbstmörder!«

Alma schluckte. »Das nicht, aber er hätte den Strudel ja auch nicht selbst gegessen – *ich* habe ihn gegessen!«

Ich klopfte mir heimlich ans Handgelenk. Obwohl meine Freundin mich durchschaut hat, liebe ich mich so, wie ich bin, und glaube fest an meine Fähigkeiten!, murmelte ich im Geiste dreimal.

»Was sollte denn das für einen Einfluss auf Hermann haben, ob *du* Nussstrudel isst oder nicht? Hallo?«, sagte ich laut.

Das Klopfen hatte geholfen. Alma war tatsächlich verunsichert. »Ich dachte nur …«

»Du dachtest?« Jetzt war ich neugierig geworden, wie weit sie ihre Theorie noch erläutern würde.

»Ich dachte, du dachtest, ich würde ihn später …«

»Später was?«

Alma sah mich durchdringend an, dann brach sie plötzlich in Tränen aus und fiel mir schluchzend um den Hals.

»Schätzchen, ich bin so schlecht!« Ihre Tränen gingen mir an die Nieren. Ich hatte mich so lange zurückhalten müssen, da tat es mir gut, mit ihr mitzuheulen.

Nachdem wir eine Weile so innig zusammen geweint hatten, trat Tereza zu uns. »Will jemand vielleicht ein Glas Sekt oder etwas Stärkeres?«

Ich wollte schon freudig zustimmen, da fiel mir ein, was der griechische Doktor gesagt hatte. »Für mich nicht, danke!«, sagte ich.

»Ich auch nicht, danke!«, sagte Alma.

Tereza zuckte mit den Schultern und trug ihr Tablett in die Küche zurück, nicht ohne selbst einen Schluck zu nehmen.

»Und jetzt erzähl mir bitte einmal ganz genau, warum du so schlecht bist?«

Alma schaute mich schuldbewusst an und deutete auf ihre Ohrringe. »Die da sind von Hermann, wenn dir das was sagt!«

»Nein!« Ich sprang auf. Es war eine Notwendigkeit, jetzt wirklich entsetzt zu tun. »*Du* warst die mit dem SM-Zeugs?«

Alma nickte.

»Wie konntest du mir das antun, Alma! Meine beste Freundin!« Ich brach erneut in Tränen aus. Mittlerweile hätte ich schon im Burgtheater auftreten können.

»Schätzchen, es tut mir so leid. Hermann ist mir schon früher nachgestiegen«, erzählte Alma, »aber ich hab seine Avancen immer ignoriert – wegen dir. Aber irgendwann hat er mir dann vorgejammert, dass du nicht mehr mit ihm ...«

»Dieses Schwein! Er hat mit dir mein Sexualleben diskutiert?«

»Nicht direkt«, wich Alma aus, »er hat über *kein* Sexualleben gesprochen!«

»Was auch nicht viel besser ist«, murmelte ich. »Und da hast du dir gedacht, der arme Kerl, besorg ich's ihm eben?«

»Sei nicht so sarkastisch, Helene. Natürlich war es nicht so. Aber ich war damals auch einsam, und ich hatte deinen Reden ja schon so was Ähnliches entnommen. Es war doch wahr, oder?«

Sie hatte recht, ich gab es schließlich auch zu.

»Aber was mich jetzt wirklich interessieren würde ...«, bohrte ich nach, »sag mir, wie du Hermann den Nussstrudel hättest verabreichen sollen – nach deiner Theorie. Da gibt es doch kein Sadomaso-Dings mit Gegenseitig-Sachen-Füttern oder so?«

»Ach was!«, weinte Alma. »Mit einem ganz normalen Kuss!«

»Nein!«, rief ich. »Das wäre echt gegangen?«

Alma erklärte mir, dass sie stutzig geworden sei, nachdem sie bei der Polizei gewesen war. »Die wollten so gar nichts auslassen, das kam mir verdächtig vor. Drum hab ich mich dann im Internet schlaugemacht über Nussallergie und bin dabei auf einen Artikel gestoßen, der so etwas Ähnliches beschrieben hat. Ein Mädchen mit einer Erdnussallergie wurde von ihrem Freund unabsichtlich zu Tode geküsst.«

»Und das hast du mir zugetraut?« Ich sah sie mit großen Augen an.

»Na ja«, schränkte Alma ein, »wenn ich es recht bedenke, zu so viel Kalkül und Kaltblütigkeit bist du ja wirklich nicht fähig.«

Ich wusste nicht, ob ich mich darüber ärgern oder freuen sollte.

»Dieser Armando«, seufzte Alma nach einer Weile, »der ist doch eigentlich gerade zur richtigen Zeit erschienen. Wo ist er denn heute?«

In meinem Hirn fingen wieder einmal einige Zahnrädchen an, sich zu drehen. Ich hatte dem Kommissar zwar versprochen, über seine Auskünfte Stillschweigen zu bewahren, war aber überzeugt, dass meine Indiskretion die Fahndung nach Armando nicht beeinflussen würde. Daher sagte ich: »Der ist gleich nach unserem letzten Gespräch – du weißt schon, im Kaffeehaus – verschwunden. Sang- und klanglos. Ohne Abschied!«

»Eigenartig«, meinte Alma.

»Ich dürfte dir das eigentlich nicht sagen«, betonte ich, »aber, Alma, du hast recht gehabt.«

»Womit denn, Helene?«

»Jemand hat Hermann tatsächlich genötigt, Nüsse zu sich zu nehmen. Aber ich war es nicht. Es war Armando! *Er* hat Hermann auf dem Gewissen!«

»Was?« Jetzt war es Alma, die mich verwirrt ansah. Auch Tereza war wieder aus ihrem Refugium herausgekommen und zeigte mir heimlich den Vogel.

Ich fasste die Ergebnisse der polizeilichen Ermittlungen zusammen und bat die beiden, dieses Geheimnis zu bewahren. Tereza grinste zufrieden.

Alma war empört. »Da läuft ein mutmaßlicher Mörder frei herum, und du willst das vertuschen?«

»Ich will es ja nicht vertuschen«, sagte ich, »nur nicht an die große Glocke hängen.«

»Er hat deinen Mann getötet. Er hätte dich skrupellos hinter Gitter gebracht. Du liebst ihn doch nicht mehr, oder?«

»Natürlich nicht. Aber, da ist noch etwas«, fügte ich leise hinzu. »Ich möchte nicht, dass ich meinem Kind sagen muss, sein Vater sei ein Mörder gewesen!«

»Was? Wieso Kind?« Almas Augen hätten einem Maki zur Ehre gereicht.

»Die Ohnmacht vorhin«, sagte ich. »Der Doktor hat festgestellt, dass ich schwanger bin.«

»Das ist ja großartig!«, rief Tereza, sie strahlte über das ganze Gesicht.

Alma sagte eine ganze Weile gar nichts, dann schaute sie mir direkt in die Augen. »Weißt du, warum Hermann mit mir Schluss gemacht hat?«

»Keine Ahnung, warum?«

»Weil ich schwanger bin! Er wollte, dass ich es abtreibe! Aber ich will es haben!« Alma schluchzte schon wieder. »Bloß weiß ich jetzt nicht, wie ich es allein erhalten soll. Ohne Alimente. Ich kann ja nicht einmal beweisen, dass das Kind von Hermann ist, jetzt, wo er tot ist.«

Das stimmte nicht ganz, in meinem Haus gab es noch jede Menge genetischer Spuren von Hermann. Vielleicht hatte man auch in der Prosektur eine Probe von ihm genommen. Aber Almas Sorgen waren unnötig. Möglich, dass mich die Schwangerschaft milde gestimmt hatte, ich bin aber auch so kein knausriger Mensch, deswegen sagte ich: »Alma, du brauchst dir keine Sorgen zu machen. Natürlich werde ich mich auch um dein Kind kümmern. Schließlich ist es von meinem Kind Onkel oder Tante, wenn ich mich nicht irre.«

Alma wischte sich die Tränen aus dem Gesicht. »Schätzchen, du bist so großzügig!« Ich würde ihr natürlich verschweigen, dass die Kinder theoretisch auch Halbgeschwister sein konnten. Ich wollte Alma nicht die Illusion rauben, sie wäre die Letzte gewesen, mit der Hermann geschlafen hatte.

Ich hatte eben einen Anfall von Großzügigkeit.

Bevor ich noch weiter edel sein konnte, läutete mein Handy. Meine Mutter fragte ungeduldig, wo ich bliebe, die ersten Gäste wollten schon nach Hause fahren. Den Leichenschmaus hatte ich völlig vergessen!

***

Lieber José,

ich will ja nicht lästig sein, aber ist alles in Ordnung? Habe ich etwas falsch gemacht?

Nach den Wochen des bangen Wartens war ich so in Euphorie, und jetzt meldest du dich nicht mehr? Quälst du mich mit Absicht?
Hab Erbarmen mit mir und schreib mir, wann du zurück sein wirst.

Dein Jeremiah

***

Lieber Jeremiah,

Entschuldigung, dass ich nicht habe geschrieben. Ich war krank, aber ich bin jetzt wieder gesund. Ich habe noch genug Geld, und ich fahre noch in Europa herum. Ich interessiere mich für Deutschland und Spanien vielleicht. Ich schreibe dir von dort.
Es ist alles in Ordnung, ich liebe dich sehr!

José

Reminiszenzen (Schatten der Vergangenheit)

Meine Mutter war völlig aus dem Häuschen, als ich ihr gestand, dass ich schwanger war.

»Um Gottes willen, Helene! Jetzt, wo Hermann tot ist, kannst du es dir ja nicht einmal wegmachen lassen, das wäre ja direkt unmoralisch!«

»Ich denke ja sowieso nicht daran, es abtreiben zu lassen, wieso sollte ich? Ich wollte schon immer ein Kind haben, auch wenn es unpraktisch ist, wie du ja ständig betonst.«

»Worauf du dich verlassen kannst«, wetterte meine Mutter. »Und ich dachte, ich zieh zu dir, damit du nicht so einsam bist. Das kannst du dir jetzt abschminken, meine Liebe. Ein Baby oder Kleinkind, das halte ich in meinem Alter nicht mehr aus. Und – ich bin kein Gratisbabysitter, wenn du das vielleicht gehofft hast. Nein, ich brauche meine Ruhephasen, meine Massagen, meine Pediküre. Mit so einem Kind ist das ja ein Ding der Unmöglichkeit. Und man kann nichts liegen lassen, im Gegenteil, ständig muss man zusammenräumen, damit man nicht auf irgendein Spielzeug steigt. Mit mir nicht, meine Liebe, mit mir brauchst du nicht zu rechnen!«

Egal, wie anstrengend so ein Kind auch sein mochte, ich wusste, dass ich mich den Herausforderungen der Aufzucht weit lieber stellen würde, als tagtägliche Diskussionen mit meiner Mutter zu führen.

Außerdem hatte ich ja meine Perle, Tereza, die bereits Jäckchen zu stricken begann. »Strick ich halt erst einmal in Gelb, bis du weißt, was wird!«, sagte sie.

Allerdings musste sie dann mit dem Stricken doch noch ein Weilchen warten, denn kaum hatten wir die Anstrengungen der Zwei-Herren-Bestattung glimpflich hinter uns gebracht, wartete schon das nächste Problem auf uns.

»Helene, glaube, wir haben neue Problem. Wir müssen verschwinden lassen diese José!«, sagte Tereza eines Morgens beim Frühstück.

»Was?«, rief ich. Ich war bis ins Mark erschüttert. Was war passiert? Hatte das Krematorium festgestellt, dass der Sarg doch zu schwer war, und wollte ihn nicht verbrennen? Mussten wir im Krematorium einbrechen, Armandos Leiche wieder aus dem Sarg entfernen und …?

»Beruhige dich«, sagte Tereza, als sie meine Panik bemerkte, »du musst denken an dein Kind.«

»Du hast leicht reden. Was ist passiert?«

Tereza drückte mir einen Computerausdruck in die Hand. »Diese Priester, Jeremiah, macht sich Sorgen, wo sein Bübchen steckt«, sagte sie, »weil er nicht mehr schreibt E-Mails an seine liebe Freund! Das da ist letztes E-Mail, davor waren schon zwei oder drei.«

Lieber José, las ich, *ich mache mir wirklich Sorgen, weil du nicht schreibst. Ich nehme an, dass du in der Zwischenzeit bereits in Europa unterwegs bist. Bitte melde dich trotzdem. Wo immer du dich jetzt befinden magst, es gibt sicherlich die Möglichkeit, ein kurzes E-Mail zu schicken. Ich weiß noch immer nicht, wie die Ermittlungen gelaufen sind. Was für eine Krankheit hattest du denn? Und woher hast du plötzlich so viel Geld, dass du dir eine Europareise leisten kannst? – Ach, José, ich will dir ja deinen Urlaub gönnen, aber ich würde ruhiger schlafen, wenn ich über dein Wohlergehen informiert wäre! In Liebe, Jeremiah*

»Der kann einem richtiggehend leidtun«, sagte ich. Jetzt, wo ich nicht mehr eifersüchtig zu sein brauchte, fiel mir das nicht schwer.

»Du musst ihm schreiben zurück«, sagte Tereza. »Ich habe schon probiert, aber ist sehr schwierig für mich. Meine Deutsch ist nicht gut genug. Dieser Jeremiah ist nicht dumm, er bemerkt das sofort.«

»Ach, das ist kein Problem. Was soll ich ihm denn schreiben?«

Tereza grinste böse. »Das ich habe schon überlegt. Schreib, dass er hat gestohlen die Geld, zweitausend Euro oder so, von deine Geldbörse, und dass er damit macht Europareise. In eine Monat oder so er wird wieder zurückfahren nach Guatemala.«

»So weit, so gut«, sagte ich, »aber in einem Monat wird er wieder unruhig werden, und was schreiben wir ihm dann?«

»Sag ich ja. Müssen wir verschwinden lassen José.«

»Und das stellst du dir wie vor?«

»Der Pater muss glauben, er kommt nicht mehr zurück, also er muss in Ausland jemand finden – eine fesche schwule Mann, nicht alt wie Priester?«

»Ach so!«, rief ich erleichtert. »Das ist einfach. Wir schreiben ihm ein E-Mail. *Lieber Jeremiah, es geht mir gut, ich habe seit Neuestem einen blonden Deutschen* – oder besser Engländer, da gibt es mehr Schwule, glaub ich, also –, *ich habe einen schönen Briten kennengelernt und will bei ihm bleiben. Es tut mir leid, aber ich möchte nicht, dass du mir weiter schreibst. Bussi, Bussi, José. Es war schön mit dir, aber es ist aus, du bist sowieso zu alt für mich, und jetzt brauchst du auch kein schlechtes Gewissen mehr zu haben wegen deines Gelübdes, Amen.* Na, wie klingt das?«

»Gut«, gab Tereza zu, »so was Ähnliches ich hab mir auch gedacht, aber wir müssen es schreiben von ausländische Computer.«

»Wieso, das ist doch egal, wo wir das schreiben. Wir schreiben eben, dass wir gerade in London sind oder Paris, der kann das doch nicht überprüfen, oder?«

»Doch, er kann schon. Alle Computer haben IP-Adresse, er kann herausfinden, wo E-Mail herkommt, wenn er will.«

»Ganz ohne NSA?«

»Ganz ohne NSA. Ich glaube, ist gar nicht so schwierig mit IP-Adresse. Polizei kann schließlich auch, das ich weiß sicher. Wenn er ihn lässt suchen von Polizei, dann die können vielleicht das finden heraus.«

Ich bewunderte Tereza für ihre Kenntnisse. »Hast du das alles als Putzfrau an der Botschaft gelernt?«

»Man muss nur gut zuhören. Ist schon immer gewesen Stärke von mir.« Tereza lächelte. Ich fragte mich, was für Qualitäten ich bei dieser Frau noch entdecken würde.

Über das Reiseziel mussten wir etwas länger diskutieren. Ich wollte nach London, wegen des Engländers. »Kann er auch kennenlernen woanders«, wandte Tereza ein. Sie wollte nicht fliegen, weil die Kontrollen an den Flughäfen so streng waren. Wir mussten ja Armandos Gepäck mitnehmen. Und wie hätten wir einem Zollbeamten erklären sollen, dass wir beide mit einem Koffer Jungmännerkleidung unterwegs waren? Außerdem konnten wir ja auch Draco nicht allein zurücklassen, und ob der einem Flug gewachsen war, daran hatten wir beide so unsere Zweifel.

»Also fahren wir mit dem Auto«, entschied ich, denn auch im Zug wäre Draco eine Belastung gewesen, Maulkorb hin oder her. »Fragt sich nur, wohin?«

»Spanien vielleicht?«, meinte Tereza, aber das war mir mit dem Auto wiederum zu weit. Schließlich war ich schwanger, auch wenn ich noch nicht viel davon bemerkte, außer vielleicht beim Zähneputzen in der Früh, wo mir immer manchmal etwas mulmig zumute war.

»Recherchieren wir einfach im Internet, wo es die beste Schwulenszene gibt«, schlug ich vor. »Dort wird er dann untertauchen.«

»Da wir brauchen nicht nachforschen«, sagte Tereza. »Ich kenne von Botschaft, dass Prag bietet alles für schwule Männer, sogar Hotel!«

»Na dann!« In Prag kannten wir uns beide aus, es war einfach mit dem Auto zu erreichen. Draco musste noch gechippt werden und brauchte entsprechende Papiere vom Tierarzt, dann konnte es schon losgehen.

Wir packten Armandos Sachen zusammen.

Viel Zeug hatte er ja nicht dabeigehabt, ein paar Jeans und T-Shirts, einen Stapel herkömmliche Boxershorts, aber auch einige weiße Netzhöschen mit Durchblick. Man brauchte nicht viel Phantasie, um sich diese Dingelchen gefüllt vorzustellen. Sie entlockten sogar Tereza ein »Oh, là, là!«, aber sie erlaubte mir nicht, wenigstens eines davon zu behalten. »Müssen wir alle Spuren von junge Mann beseitigen restlos, wieso er sollte Slip zurücklassen? Gibt wieder unnötig Fragen für neugierige Leute.«

Wir stopften also alles in seinen Rucksack, bloß was wir mit der Waffe anfangen sollten, wussten wir nicht. Mitnehmen ging natürlich nicht, aber ich wollte sie auch nicht unbedingt zu Hause behalten. Waffen machen mir Angst, aus Erfahrung weiß ich ja nur zu gut, wie schnell so ein Ding losgehen kann. Nicht immer trifft eine verirrte Kugel die gewünschte Person.

»Andererseits«, wandte Tereza ein, »vielleicht können wir einmal gut gebrauchen. Man kann nie wissen«, gab sie zu bedenken. »Weinkeller vielleicht?«

Ich gab schließlich nach. In irgendeiner Nische würden sie schon ein schönes Versteck finden. »Aber kindersicher, nicht vergessen!«, mahnte ich sie. Sie sah mich mit einem ernsten Blick an, und ich wusste, sie würde die Waffe so gut verstecken, dass sie das Ding vermutlich selbst nie wiederfinden würde.

Ein paar Tage später saßen wir im Auto. Draco schlief bereits auf der Autobahn ein. Es war ziemlich heiß, aber meine Klimaanlage funktionierte, und Tereza hatte eine riesige Kühlbox mit Getränken und »Notproviant«, wie sie es nannte, eingepackt.

Die ersten beiden Tage widmeten wir uns der Erholung und dem Sightseeing.

Ich hatte ganz vergessen, wie schön Prag ist. Natürlich hatte ich auch mit Hermann viele Sehenswürdigkeiten besucht, wenn er nicht im Dienst war, aber meine freie Zeit verbrachte ich in diesen Tagen hauptsächlich mit Shoppen. Schließlich verkehrten wir ja schon damals in höheren Kreisen, und da wollte und musste ich natürlich top gestylt sein.

Tereza hatte uns ein schönes Hotel etwas außerhalb des Zentrums gebucht, das Hundefreundlichkeit versprach. Es lag direkt an einem großen Park, in dem Draco gleich in aller Frühe sein Geschäft verrichten durfte. Zu unserer großen Freude kümmerte sich das Personal auch um den Hund, wenn wir abends ausgehen wollten. Das nenne ich mal Service!

Am ersten Abend lud ich Tereza in das Restaurant ein, in dem mir Hermann seinen Heiratsantrag gemacht hatte. Es hatte sich praktisch nichts verändert. Ich bildete mir sogar ein, dass uns derselbe Kellner bediente, aber irgendwie sehen sich diese Pinguine ja alle ähnlich.

Tereza schüttelte den Kopf, als ich ihr erzählte, dass ich eigentlich nie Ja gesagt hatte. »Sind wir schon dumm, wenn wir sind verliebt, wir Frauen!«, sagte sie. Ich pflichtete ihr seufzend bei und bestellte uns zwei Gläser Champagner. Eines konnte dem Kind ja wohl nicht schaden.

»Im Gegenteil«, meinte Tereza, »Champagner lässt fließen deine Milch.«

»Um Gottes willen«, rief ich entsetzt, »doch nicht schon jetzt!«

Verschämt blickte ich auf mein Blüschen hinunter. Etwas gefüllter sah es ja vielleicht aus seit einigen Tagen, aber sonst konnte man gottlob noch nichts sehen.

»Auf uns dumme Frauen!«, sagte ich, als der Champagner kam.

»Aber nur, wenn verliebt!«, schränkte Tereza ein. »Wenn bei Trost, dann sollen Männer lieber aufpassen, dass sie nichts machen, was uns ärgert!«

»Genau! Zum Beispiel sich eine Geliebte nehmen!«

Am nächsten Tag zeigte mir Tereza ihre Lieblingsplätze. Wir aßen in einem kleinen Gasthaus, das ich allein nie wiederfinden würde und das ich auch niemals ohne Begleitung betreten hätte. Das Gebäude sah von außen heruntergekommen aus. Der Verputz bröckelte von den Gesimsen, die Scheiben starrten vor Dreck, man konnte nicht einmal ins Innere des Lokals sehen.

»Da willst du rein?« Ich war mehr als skeptisch.

»Ist bestes Essen von Prag«, versprach mir Tereza.

Der Gastraum war zwar finster, das kam von den dreckigen Fenstern und den dunklen Holzmöbeln, aber das Lokal selbst war freundlich ausgestattet. Hell karierte, saubere Tischdecken und flauschige Sitzpolster luden zum Niederlassen ein.

Eine sehr blonde Kellnerin brachte die Speisekarte. Tereza schüttelte den Kopf, gab sie ihr gleich wieder zurück und bestellte etwas auf Tschechisch, was die Kellnerin anscheinend sehr freute.

Nach einer halben Stunde kam eine dicke Köchin mit einem riesigen Tablett aus der Küche. Sie stellte es auf unseren Tisch. »Schlachtplatte für zwei Personen«, übersetzte Tereza.

»Für zwei Busse eher!«, entfuhr es mir. »Das schaffen wir nie im Leben!« Auf einem riesigen Berg Sauerkraut türmten sich Koteletts, Schinken, Würste, Gürkchen und böhmische Knödel. Es duftete köstlich.

»Wir werden sehen«, lachte Tereza. »Was bleibt übrig, wir stecken in Kühlbox und nehmen mit nach Baden morgen. Haben wir ja nichts zu verschenken! Aber müssen wir kräftig genährt sein für heute Abend!«

Ich beneidete Tereza, die einen Krug Bier zum Essen trinken durfte und hinterher einen doppelten Becherovka. Obwohl ich maximal eine halbe Portion verputzt hatte, fühlte ich mich wie ein prall gefüllter Medizinball.

Tereza verordnete mir eine Stunde Bettruhe im Hotel, während sie sich um Draco kümmerte. Am Abend übernahm ihn die Hundesitterin, die Draco schon ganz in ihr Herz geschlossen hatte. »Ist ganz liebes Hund«, sagte sie immer wieder, und Draco blickte sie an, als ob er »Ist ganz liebes Frauchen« sagen wollte. Ich war beinahe eifersüchtig.

Wir ließen uns von einem Taxi ins Zentrum bringen. Aus dem Internet hatten wir uns eine Liste mit Schwulenlokalen zusammengestellt, in einem dieser Lokale wollten wir José endgültig verschwinden lassen. Wir klapperten sie zunächst alle ab und sahen vorsichtig in jedes einzelne hinein, ob es für unsere Zwecke geeignet war. Gottlob waren die meisten dieser Lokale in nächster Nähe angesiedelt, und so mussten wir nicht endlos lang durch die Dunkelheit marschieren. Schließlich entschieden wir uns für ein freundliches Café in Altstadtnähe, in dem sowohl männliche als auch weibliche Pärchen saßen. Dort hatten wir ein paar Computer entdeckt, die für unsere Mission zwingend notwendig waren.

Wir setzten uns zunächst an die Bar und bestellten hübsche Cocktails. Tereza nahm eine »Bloody Mary« und ich einen »Virgin Swimming Pool« zum Andenken an unseren lieben Armando. Plötzlich bekam Tereza einen starren Blick. »Nicht umdrehen!«, befahl sie mir leise. Das fiel mir sehr schwer. Ich hatte ja keine Ahnung, was sie Schlimmes entdeckt hatte. »Okay. Jetzt du kannst gucken unauffällig«, sagte sie. »Dort drüben an Wand. Der Typ mit grauer Lederjacke. Ich glaube, wir den kennen!«

Neugierig sah ich in die Richtung. Herr Leutgeb musste meinen Blick gespürt haben, denn er blickte von seinem Bier auf und sah mir direkt in die Augen. Er erschrak heftig. Blitzschnell wandte er sich wieder ab und redete angestrengt auf sein Visavis ein, einen Jüngling mit schütterem Bartwuchs und mindestens genauso vielen Pickeln wie der Sekretär selbst.

»Ist das für uns jetzt ein Problem?«, fragte ich Tereza besorgt.

»Keine Ahnung«, meinte Tereza. »Aber besser wir kennen ihn nicht, glaube ich.«

»Das wird ihm sicher auch lieber sein«, grinste ich.

Wir nahmen die Cocktails und setzten uns an einen Computer, wodurch Herr Leutgeb aus unserem Blickfeld verschwand. Wir hatten uns ein nettes Abschieds-E-Mail ausgedacht, das wir an den armen Pater in Guatemala schickten. Er würde sicher in Tränen ausbrechen, sobald er es geöffnet hatte, und gleich zurückmailen, auf eine Antwort würde er allerdings vergeblich warten. Er tat mir ehrlich leid.

»Wird kommen darüber hinweg. Besser, als wenn José tot«, versuchte Tereza mein schlechtes Gewissen zu beruhigen, aber es gelang ihr mit dieser Bemerkung ganz und gar nicht.

Anschließend suchten wir uns einen kleinen Tisch weiter hinten im Lokal, wo uns Herr Leutgeb nicht sehen konnte, und warfen Armandos Brieftasche unter den Heizkörper. Eine Putzfrau würde die Börse vermutlich eines Tages finden und wahrscheinlich abgeben – oder zumindest untersuchen. Finden würde sie ein wenig Bargeld, Josés Führerschein und einen Schlüssel für ein Schließfach am Hauptbahnhof, wo wir Armandos Gepäck verstaut hatten. Darin würde man unter anderem einen Pragführer (auf Spanisch!) finden, in den wir einige ziemlich unleserliche Notizen hineingekritzelt hatten, wie zum Beispiel den Namen des Cafés und ein paar fingierte Telefonnummern und männliche Vornamen. Wir hofften natürlich, dass ein ehrlicher Finder die Sachen abgeben würde – wenn nicht, hatten wir ja immer noch die IP-Adresse vom Computer, die der Polizei seine »letzte Spur« legen sollte.

Wir zahlten und verließen das Café. Herr Leutgeb und sein Jüngling waren nicht mehr zu sehen.

Auf der Heimfahrt begann es zu regnen. Draco war unruhig, ich glaube, er vermisste seine neue Bekanntschaft. Die Stimmung war gedrückt, da halfen nicht einmal Terezas Knödelsandwiches, die sie uns aus den Resten der Schlachtplatte zusammengestellt hatte. Auf der Autobahn wurden wir von einem Verkehrspolizisten angehalten, weil wir angeblich zu schnell gefahren waren, und ich durfte kräftig Strafe zahlen. Dabei musste ich mich noch bedanken, dass ich in Euro zahlen durfte! Das freche Verkehrsorgan verrechnete mir den schlechtesten Wechselkurs, den ich jemals irgendwo bezahlt hatte.

Zu guter Letzt wurden wir an der Grenze von einem miesepetrigen Kontrolleur gefilzt wie Verbrecher. Er war bitter enttäuscht, dass wir weder Zigaretten noch Alkoholika mitführten. Erst als ich ihm ein Knödelsandwich anbot, durften wir den Kofferraum wieder schließen und endlich unbehelligt den Heimweg fortsetzen.

»Stell dir vor, wir haben noch Sachen von Armando mit. Oder gar Pistole!«

»Halt die Klappe, Tereza«, schimpfte ich, »ich will mir absolut gar nichts mehr vorstellen!«

»Hormone«, murmelte Tereza und biss herzhaft in einen Knödel.

Die nächsten Tage verbrachte ich viel an der frischen Luft, um meinen schwankenden Hormonhaushalt auszugleichen. Draco profitierte davon, sein Benehmen wurde immer besser. Seit mit Herrchen Hermann die Konkurrenz weggefallen war, folgte er mir aufs Wort. Die Hundetrainerin lobte unsere Fortschritte sehr. Sie gestand mir, sie sei anfangs skeptisch gewesen, ob ich auch konsequent genug sein würde. Die Zweifel waren natürlich berechtigt, das will ich gerne zugeben, aber ich hatte mich geändert. Erstens mochte ich dieses Tier nun, was ich nie für möglich gehalten hätte. Draco war zwar nicht hübscher geworden, aber er nahm mich so, wie ich war. Er ertrug meine Launen genauso wie meine Faulheit. Er wollte mir nie etwas Böses und – er war mir treu!

Außerdem war es mir eine Genugtuung, dass Hermanns Absicht, mich mit ihm zu ärgern, gegenteilige Wirkung gehabt hatte. Abgesehen von der Kleinigkeit, dass Draco mir das Leben gerettet hatte, hatte er mich in gewisser Weise auch erzogen, nicht nur umgekehrt. Hermanns ironischer Satz »Da hast du nun das Kind, das du immer wolltest« hatte sich im positiven Sinn bewahrheitet – was nie und nimmer seine Intention gewesen war.

Das Baby würde auch kein Problem sein, versprach mir die Trainerin, wenn ich mich an ein paar Kleinigkeiten halten würde. Zu gegebener Zeit würden wir Draco entsprechend einstellen.

Als ich eines Morgens sauerstoffbetankt von einem langen Spaziergang zurückkam, lief mir Tereza schon aufgeregt entgegen.

»Helene! Helene! Du sollst anrufen die Herr Glück von Bestattungsinstitut!«

Oh mein Gott, dachte ich. Zwei Wochen waren noch nicht vergangen, und unser Sarg stand noch in der Warteschlange für die Kremation. Sie hatten doch nicht den Sarg geöffnet und … Mein Kind sollte nicht im Gefängnis zur Welt kommen!

Es gibt nichts Schlimmeres, als mit feuchten Händen ein Smartphone bedienen zu wollen. Endlich hatte ich es geschafft.

Nach einer langen Warteschleife, in der ich mehrere Durchgänge einer besinnlichen Klaviermelodie über mich ergehen lassen musste – wäre ich nicht so aufgeregt gewesen, ich wäre unter Garantie eingeschlafen –, meldete sich endlich jemand mit: »Bestattungsinstitut Unvergesslich, wie kann ich Ihnen behilflich sein?«

Herr Glück war selbst am Apparat, ich erkannte seine weinerliche Stimme sofort.

»Ah, Frau Winter«, sagte er gar nicht mehr so weinerlich, »gut, dass ich Sie erreiche. Das Krematorium hat mich in Kenntnis gesetzt, dass Ihr Herr Gemahl heute um vierzehn Uhr eingeäschert wird. Wenn Sie wollen, können Sie dabei sein, wenn sein Sarg in den Ofen fährt. Ein bis zwei Stunden später bekämen wir dann die Urne, und ich könnte sie noch heute mit der Swissair in die Schweiz schicken. Was sagen Sie dazu?«

»Herr Glück, Sie sind ein Schatz!«, sagte ich spontan. »Ich werde pünktlich um zwei beim Krematorium sein.«

»Seien Sie lieber schon etwas früher dort, nicht dass wir im letzten Moment was versäumen«, riet mir Herr Glück. Mir war es recht. Ab heute Nacht würden die Spuren meiner unglücklich zu Tode gekommenen Männer auf ewig im Sande – oder vielmehr in der Asche – verlaufen sein.

Herr Glück war die freundliche Professionalität in Person. Er führte mich würdig in den Schauraum, von wo aus ich zusehen konnte, wie Modell »Kubus« langsam in die Brennkammer glitt. Ich war so ergriffen, musste mich kein bisschen verstellen. Da fuhren sie hin, meine Männer, ob in ein besseres Leben oder nicht, das konnte ich nicht mit Gewissheit sagen. *Mein* Leben war definitiv besser geworden. Keine Demütigungen mehr, kein Unterordnen, keine zerbrochenen Hoffnungen. In meine Villa würde bald neues Leben einziehen und Harmonie, ich freute mich schon riesig darauf.

»Darf ich Sie auf einen Pfefferminztee einladen, während wir auf die Asche warten?«, schlug ich Herrn Glück spontan vor. Er war sehr angetan von meinem Vorschlag. Die nächsten eineinhalb Stunden bereute ich meine Großzügigkeit von Minute zu Minute mehr, aber nicht, weil Herr Glück dann drei Pfefferminztees trank und eine Kardinalschnitte dazu verspeiste, sondern weil er mir ohne Unterlass bewegende Geschichten aus seinem aufregenden Bestatterleben aufzwang.

Ich war redlich erschöpft, als eine schwarz gekleidete Dame uns endlich die Urne aushändigte. »Es hat ziemlich lange gedauert, bis alles restlos verbrannt war«, sagte sie vorwurfsvoll. »Wir mussten eine XL-Urne nehmen, bei so viel Asche. Das macht dann noch dreiundfünfzig Euro vierzig extra.«

Ich bezahlte mit Freuden. »Die Bücher!«, flüsterte ich Herrn Glück zu, der zustimmend nickte. Dann übernahm er das Gefäß und verstaute es in einer mit Styroporkügelchen ausgelegten Holzkiste. »Damit ja nichts passieren kann!«, betonte er.

Jetzt konnte nichts mehr passieren, das wusste ich, aber das würde Herr Glück nicht verstehen.

Wir fuhren dann getrennt zum Flughafen, und ich entband Herrn Glück von der Pflicht, mit mir auf den Abflug der Swissair-Maschine zu warten. Noch mehr Totengeschichten hätten mein Fassungsvermögen gesprengt. Er verabschiedete sich überschwänglich und versprach mir, sich zu melden, sobald die Diamanten im Lande waren. Ich glaubte es ihm gerne, denn ich hatte ja erst die Hälfte der Bestattungssumme überwiesen – den Rest würde Herr Glück erhalten, wenn ich die Diamanten auf Echtheit überprüft hatte. So stand es im Vertrag.

Ich wartete nochmals über eine Stunde, bis sich das Flugzeug mit dem weißen Kreuz auf dem roten Heck in die Lüfte erhob. Dann winkte ich Hermann und Armando ein letztes Mal nach.

»Schwerer Abschied?«, fragte eine Stimme hinter mir, die ich gut kannte. Es war der Inspektor Moravec.

»Meine M… äh … Urne. Die Asche«, stotterte ich. »Sie wird in die Schweiz überführt.«

»Oh, und ich dachte schon, es sei der junge Mann …«

»Herr Inspektor!«, rief ich entrüstet. »Glauben Sie denn, ich würde Sie belügen?«

Moravec wurde rot. »Aber nein, das war ja nur so eine Polizistenidee. Aber warum fliegt denn die Asche Ihres Mannes in die Schweiz? Hatte er dort Verwandte?«

Ich konnte durchatmen. »Weil man sie dort in einen Diamanten verwandeln wird«, erklärte ich stolz und zeigte ihm Hermanns »Flugpapiere«.

»Das war Ihnen Ihr Gemahl wert? Nach allem, was er …?«

»Herr Inspektor, das verstehen Sie nicht!«, sagte ich. Zumindest hoffte ich sehr, dass er es nicht verstand. »Aber was machen Sie eigentlich hier?«, fragte ich. »Sie werden mich doch nicht verfolgt haben!«

Er lachte, ich bildete mir aber ein, dass er wieder ein wenig rot wurde.

»Dienstlich«, sagte er nur, »sonst hätte ich Sie jetzt auch auf einen Kaffee eingeladen.«

»Sehr lieb, danke«, sagte ich. »Ich hätte ohnehin keine Zeit gehabt, ein andermal vielleicht.«

Wir verabschiedeten uns wie alte Bekannte. Das heißt, der Inspektor tat so, und ich konnte mich nicht wehren.

Als ich auch ihn endlich losgeworden war, überkam mich ein ungeheuerliches Glücksgefühl. Das musste gefeiert werden.

Spontan lenkte ich meinen Mazda nicht nach Hause, sondern in die Wiener Innenstadt.

Das Kaffeehaus war gerammelt voll mit Japanern, was mich aber nicht davon abhielt, mich an meinen Stammplatz zu setzen.

Der Ober begrüßte mich herzlich. »Freut mich, dass Sie uns wieder einmal beehren!«, sagte er. »Eine Melange, wie immer?«

»Sehr gerne«, sagte ich, »und bringen Sie mir auch ein Glas Sekt.«

»Darf ich fragen, was gnädige Frau feiern?«

»Mein Mann ist soeben auf seine letzte Reise gegangen«, sagte ich würdevoll.

»Oh, ich dachte, er sei schon länger verstorben!« Dieser Ober hatte wirklich ein gutes Gedächtnis.

Ich erklärte ihm in wenigen Worten die Umstände. Er war beeindruckt. »Also, als Diamant würde ich auch gerne enden«, sagte er, »besonders, wenn ich dann als Schmuckstück an einer so schönen Frau glänzen könnte.« Das Trinkgeld war ihm heute sicher!

»Wollen Sie mit mir darauf anstoßen?«, bot ich ihm an, und er ging wider Erwarten darauf ein. Die Japaner winkten ungeduldig, als er sich an meinen Tisch stellte, mir zuprostete und »Auf unsere Diamanten!« sagte.

»Sollten Sie nicht lieber an diesen Tisch dahinten gehen?«, fragte ich. Ich wollte nicht, dass er meinetwegen Stress bekam.

»Man muss in meinem Beruf Prioritäten setzen«, sagte er und trank seine Flöte in einem Zug leer. »Danke schön, gnädige Frau. Darf ich Ihnen noch was bringen? Einen Nussstrudel à la Großmutter vielleicht?«

»Ach«, sagte ich, »nichts gegen Ihre Großmutter, aber falls diese Japaner ein Stück übrig gelassen haben, dann würde ich lieber einen Apfelstrudel nehmen. Er ist einfach bekömmlicher.«

Epilog

Gestern ist endlich das heiß ersehnte Päckchen aus der Schweiz gekommen. Ich bin sofort zum Juwelier damit, der mir sowohl den Saphir als auch zwei der Diamanten in einen phänomenalen Goldring setzen wird. Die beiden anderen Steine werde ich Alma zu ihrem Geburtstag schenken. Ich denke, das ist eine reizende Geste von mir. Sie wird gerührt sein.

Alma ist übrigens zu uns gezogen. Sie hat ihre Wohnung im Hundertwasserhaus aufgegeben und sich ein kleines Apartment über der Galerie eingerichtet, falls sie in Zukunft einmal länger in Wien bleiben muss. Dass daraus so schnell nichts werden wird, hat sie selbst schon begriffen. Der kleine Hermann (ja, sie hat ihren Sohn tatsächlich nach seinem Vater benannt – wie bourgeois!) hält uns alle ziemlich auf Trab, seit er entdeckt hat, dass er krabbeln kann. *Mein* kleiner Goldschatz tut sich beim Sitzen noch etwas schwer. Ich kann den Tag nicht erwarten, bis Emma sich endlich von allein aufrichtet. Andauernd will sie, dass ich sie aus ihrem Gitterbett hebe, damit sie ja nichts verpasst.

»Du sie noch ganz verwöhnst«, schimpft Tereza. »Pass auf, sonst sie wird wie ihre Mama!«

Aber wenn sie sich unbeobachtet fühlt, nimmt Tereza Emma immer hoch, selbst wenn diese gar nicht protestiert hat!

Noch einer würde alles für sie tun, wenn er könnte – Draco! Ich möchte nicht in der Haut desjenigen stecken, der Emma etwas Böses tut. *Das* würde derjenige nämlich wahrscheinlich nicht überleben, dafür würde unser im Allgemeinen so friedlicher Pitbull unter Garantie sorgen.

Apropos Sorgen. Inspektor Moravec kam anfänglich auch ein paarmal ganz »zufällig« an unserem Haus vorbei. Natürlich musste ich ihn hereinbitten. Ich fürchtete schon, ihn inventarisieren zu müssen, bis er erkannte, dass ich schwanger war. Seitdem habe ich ihn nicht wiedergesehen, und meinetwegen kann das auch gerne so bleiben.

Auch meine Mutter macht sich rar, seit die Kinder auf der Welt sind. Sie hat übrigens eine neue Busenfreundin – Frau Moller! Die beiden haben sich beim Leichenschmaus näher kennengelernt und festgestellt, dass sie viele Gemeinsamkeiten haben, unter anderem den Hang zum ganzjährigen Schal-Tragen sowie natürlich das Ziel, mich zu bekehren. Beides finde ich lachhaft!

Ins Kaffeehaus komme ich derzeit leider so gut wie gar nicht. Deswegen hat Tereza uns heute Apfelstrudel gebacken, zur Feier des Tages sozusagen, wo wir doch alle wieder vereint sind. Der Duft zieht herrlich durchs ganze Haus, mir läuft schon das Wasser im Mund zusammen. Ich muss Tereza unbedingt mit meinem Ober bekannt machen, von ihr kann selbst *seine* Großmutter noch etwas lernen!

Ich frage mich allerdings, wo Tereza so lange bleibt. Die Türglocke hat doch bereits vor fünf Minuten geläutet?

Ah! Draco wedelt nervös mit seinem Schwanz. Sie hat jemanden hereingebeten.

Er ist groß und sieht sehr erhaben aus, an den Hüften vielleicht etwas voller, aber im Übrigen sitzt sein Anzug tadellos. Ich kann sein Alter von hinten natürlich nicht erkennen, doch seine Stimme klingt verhalten und sonor. Tereza bittet ihn in die Küche. Gut, dass die Durchreiche praktisch nie ganz geschlossen ist, so kann ich problemlos mithören.

»Tut mir leid«, sagt Tereza, »ich Ihnen kann nicht helfen. Wie, sagen Sie, heißt junge Mann?«

»José Minera«

»Nie gehört.«

»Aber er *muss* hier gewohnt haben«, seufzt der Gast, »da bin ich mir ganz sicher. Möglicherweise hat er einen falschen Namen benutzt? Barrientes vielleicht?«

»Hm. Sagt mir nix. Wie er hat ausgeschaut?«

Ich weiß genau, wie er ausgeschaut hat!

»Dunkle Locken, blaue Augen, schlank«, sagt der Unbekannte und schnäuzt sich die Nase.

»Sie werden doch nicht meinen unsere liebe Armando?« Tereza macht sich am Herd zu schaffen. »Setzen Sie sich doch. Möchten Sie Kaffee vielleicht oder Tee?«

»Gerne, eine Tasse Kaffee wäre sehr nett.«

Tereza kommt ins Wohnzimmer und drückt einen Espresso aus der Maschine. Sie bedeutet mir, mich ruhig zu verhalten.

»Wer ist das denn?«, frage ich.

»Ralph de Bricassart«, flüstert Tereza und grinst. »Nur bisschen fetter.«

»Pater Jeremiah«, sagt sie, nachdem ich sie verständnislos ansehe.

Jetzt geht mir ein Licht auf. »Muss ich nervös werden?«, frage ich Tereza.

»*Du* nicht«, sagt sie. Keine Ahnung, was sie damit meint.

Sie bringt ihm den Kaffee und erzählt von Armando. Wie charmant er war, wie gerne ihn alle hatten. Ich seufze leise und suche im Gesichtchen der schlafenden Emma nach Spuren ihres Vaters.

»Wie, sagten Sie, hat er sich genannt?«, fragt der Pater und rührt dabei geräuschvoll in seinem Kaffee.

»Armando«, sagt Tereza. »Aber wieso er hat überhaupt benutzt eine falsche Name?«

Tereza hat das Verstellen noch nicht verlernt.

»Er wollte seinen Vater erst kennenlernen, bevor er ihn … äh … mit den Tatsachen konfrontiert.« Der Pater räuspert sich mehrmals.

»Ich nix verstehen«, sagt Tereza. »Welche Vater?« Sie klingt ungehalten.

»Er hat Ihnen also wirklich nicht gesagt, dass er der uneheliche Sohn von Herrn Winter ist?«

»Was?« Tereza ist entsetzt. *Ich* bin beunruhigt. Was führt der Typ im Schilde?

»Sie haben es wirklich nicht gewusst«, stellt der Priester fest. Terezas Schauspielkunst hat ihn überzeugt.

»Nein. Vielleicht der Herr, aber der ist ja dann gestorben so unglücklich. Sie wissen?«

»Nein, wie tragisch!«, ruft der Pater.

Er ist im Gegensatz zu Tereza ein miserabler Lügner!

»Was ist denn passiert?«

»Ein Allergieschock«, sagt Tereza. »Meine Herr war sehr allergisch auf viele Sachen.«

»Das tut mir leid«, sagt der Pater. »Wie hat José, ich meine

Armando, es aufgenommen? Schließlich war Herr Winter sein Vater!«

»Wir nicht haben das gewusst«, wiederholt Tereza, »daher ich habe nicht gekümmert um ihn, sondern um Frau Winter. Aber Armando dann ist gewesen krank, vielleicht wegen Trauer?«

»Was hatte er denn?« Der Pater putzt sich erneut geräuschvoll die Nase. Unter anderen Umständen täte er mir direkt leid.

»Fieber. Fast vierzig Grad«, sagt Tereza. »Aber er nicht wollte Doktor, nur Hausmittel. Wegen Religion, hat er gesagt.«

Meine Güte, Tereza, trag doch nicht so dick auf! Der Kerl ist doch nicht blöd!

»Das ist doch … Sie haben keinen Arzt geholt? Bei vierzig Grad Fieber?«

Da hast du den Salat, Tereza!

»Natürlich wir haben, obwohl er sich geweigert. Aber der Doktor hat gegeben ihm Fiebermittel, und ist er dann schnell wieder gesund geworden. Sehr schnell!«

»Was meinen Sie mit ›sehr schnell‹?« Ich kann förmlich hören, wie der Pater die Stirn in Falten legt.

»Ach«, sagt Tereza, »das ist so Sache. Junge Herr ist dann plötzlich weg ohne Abschied. Muss was passiert sein, ich sage zu Frau Winter. Frau Winter sagt, ihr fehlen zweitausend Euro aus Geldbörse, aber ich sage, kann nicht sein, dass unser liebe Armando hat genommen. Muss andere Grund sein.«

»Es tut mir leid, wenn ich Sie enttäuschen muss«, sagt der Pater, »es kann sein, dass er das Geld wirklich genommen hat.« Er kramt geräuschvoll in seiner Tasche.

»Ist nicht notwendig«, sagt Tereza – warum auch immer.

»Wollen Sie ein Stück Apfelstrudel, er ist ganz frisch, Herr …?«

»Pater Jeremiah«, sagt er. »Gerne. Es riecht köstlich!«

Hallo, Tereza! Wir haben selbst noch nicht einmal gekostet!

»Und er ist nicht wieder gekommen nach Hause? Und hat nicht geschrieben, wo ist er?«, fragt Tereza.

»Doch«, sagt der Pater, »aus Prag.«

»Dann Sie sollten auch nach Prag«, sagt sie mit Überzeugung.

Er seufzt. »Da komme ich her«, sagt er, »aber man hat nur seine Geldbörse gefunden. Und darum bin ich hier. Ich dachte mir, Sie könnten mir vielleicht weiterhelfen. Hatte er Freunde hier, zum Beispiel, die eventuell mit ihm …?«

»Tut mir leid. Davon wir nichts gewusst. Er immer ist nach Wien gefahren zu Kurs, vielleicht er hat dort Freunde gehabt? Fragen Sie nach Armando auf Lateinamerika-Institut. Vielleicht man kann Ihnen helfen dort?«

»Danke, das werde ich tun. Ich werde morgen auch noch nach Prag zurückfahren und dort weitere Nachforschungen betreiben«, sagt der Pater, »Vermisstenanzeige aufgeben und so weiter.« Er seufzt tief. »Dürfte ich vielleicht den Laptop sehen, von dem aus er hier seine E-Mails geschrieben hat? Vielleicht finde ich da einen Anhaltspunkt.«

»Da muss ich schauen nach«, sagt Tereza und geht in den Keller. Soll ich mich jetzt um den Pater kümmern? Was hat Tereza vor? Ich bleibe lieber, wo ich bin, womöglich stellt mir dieser Mensch noch dumme Fragen.

Tereza kommt aus dem Keller zurück. »Wie dumm«, sagt sie, »ich das habe ganz vergessen! Wir haben erst später bemerkt, dass fehlt Laptop auch. Aber mit Tod von Herr Winter wir nicht haben sofort bemerkt. Muss Armando genommen haben, wie er gegangen so schnell. Tut mir leid.«

»Das ist wirklich schade«, sagt der Pater und kramt wieder in seiner Tasche.

»Nein, nein«, sagt Tereza, »war altes Gerät und fast kaputt. Lassen Sie.«

Das Kramen hört auf, dafür seufzt der Pater.

»Nehmen Sie noch ein Stück Apfelstrudel zum Abschied?«, fragt Tereza.

Ah! Sie will ihn loshaben! Gut so!

»Der Strudel ist hervorragend. Ich habe nie einen besseren gegessen«, sagt Terezas Gast, »aber ich kann beim besten Willen kein Stück mehr essen.«

Na, Gott sei Dank! Wir wollen schließlich auch noch einen!

»Dann ich gebe Ihnen noch eine Stück mit. Für Reise nach Prag«, sagt Tereza.

Hallo, Tereza! Was ist bloß in dich gefahren!

»Warten Sie«, sagt sie, »ich noch gebe etwas Zucker darauf.«

Das ist ja allerhand. Uns zuckert Tereza den Apfelstrudel nie!

Endlich erhebt sich dieser Jeremiah, und Tereza bringt ihn nach draußen.

Ich gehe in die Küche, muss mir endlich ein Stück Apfelstrudel nehmen. Emma wälzt sich auch schon unruhig in ihrem Bettchen. Ein Bröckchen Apfelfülle wird sie entzücken!

Ich schaufle mir ein großes Stück auf einen Teller. Neben dem Kuchenblech liegt ein Sieb mit dem Zucker darin. Warum hat Tereza nicht den Zuckerstreuer verwendet? Waren etwa Ameisen daran, wie neulich?

Ich koste noch ein Randstück direkt vom Blech. Es ist genau, wie es sein soll. Außen knusprig, innen weich und mollig. Nicht zu säuerlich und nicht zu süß!

Tereza kommt zurück in die Küche. Sie sieht mich an, und ihr Blick wird starr.

»Du hast gegessen Apfelstrudel?«

»Ja, warum denn nicht?« Ich staune über ihr erregtes Gesicht.

Mit einem Mal schlägt sie mir den Teller aus der Hand und schreit: »Du nicht sollst so viel Zucker essen! Willst du werden fett wie …«, aber ihr fällt niemand Fettes ein.

Ich blicke entsetzt auf die Scherben am Boden und trauere um den köstlichen Strudel.

Tereza wirft alles in den Müll. Das Sieb mit dem Zucker dazu. Dann guckt sie aufs Backblech, wischt das Messer ab und gibt mir wortlos ein sehr kleines, ungezuckertes Stück auf einen frischen Teller.

Ich nehme ihn kopfschüttelnd und will ins Wohnzimmer gehen, weil Emma schon nach mir schreit.

»Gleich bekommst du süßen Apfelbrei«, verspreche ich und sehe Tereza dabei böse an.

»Ach. Noch was«, sagt sie und greift in ihre Schürzentasche. Sie nimmt einen Packen Hunderter heraus und legt ihn auf den Tisch. »Das sind die zweitausend Euro.«

Ich sehe sie verdutzt an. »Für Laptop ich hab nichts genommen«, ergänzt sie. Dann lachen wir beide, bis uns die Tränen kommen.

Danksagung

Ein großes Danke an alle meine lieben, geduldigen Testleserinnen und -leser, deren Lob meinem schreibenden Ego sehr gutgetan hat:

Anita, Barbara, Cat, Irmi, Mitzi, Elisabeth, Evi und Werner, eure Freundschaft ist mir nicht nur literarisch sehr wichtig!

Dorli und Lisi, meine Lieblingsschwestern, Lisa, meine Lieblingstochter, eure Kritik bedeutet mir sehr viel, weil Familienmitglieder sich mit negativer Kritik leichter tun und mir dadurch sehr helfen!

Ein weiterer Dank gilt meinen zwei ehemaligen Studienleiterinnen von der Hamburger Schule des Schreibens:

Frau Katrin Lange, Sie haben die böse Seite in mir entdeckt, das hat mich schreibend sehr viel weitergebracht.

Frau Sabine Korsukéwitz, vielen, vielen Dank für Ihre fachliche Unterstützung, aber vor allem auch für Ihren vehementen Ansporn, die Verlagssuche nicht aufzugeben!

Weiters gilt mein Dank meiner Agentin Lianne Kolf und allen Mitarbeitern des Emons Verlags, die an mich glauben und mir die Chance geben, mir einen sehr lang gehegten Wunsch zu erfüllen: das eigene Buch!

Last, but not least:

Mein Werner, du hast nichts zu befürchten, solange ich dich so liebe, also sieh zu, dass dem so bleibt!

Beate